O Bom Partido

Carly Phillips

O Bom Partido

tradução

Pedro Barros

essência/Planeta

Título original: *The playboy*

Revisão: Fátima Couto
Capa: Joana Figueiredo
Ilustração de capa: Fabiana Shizue

Dados Internacionais de Catalogação na Publicação (CIP)
(Câmara Brasileira do Livro, SP, Brasil)

Phillips, Carly
O bom partido / Carly Phillips ; tradução Pedro Barros. --
São Paulo : Editora Planeta do Brasil, 2010.

Título original: The playboy
ISBN 978-85-7665-498-8

1. Romance norte-americano I. Título.

10-00399 CDD-813

Índices para catálogo sistemático:
1. Romances : Literatura norte-americana 813

2010

Editora Planeta do Brasil Ltda.
Avenida Francisco Matarazzo, 1500 – 3º andar – conj. 32B
Edifício New York
05001-100 – São Paulo-SP
www.editoraplaneta.com.br
vendas@editoraplaneta.com.br

Para Janelle Denison, por estar presente dia após dia, página após página, linha após linha, palavra após palavra. E então fazer tudo novamente. Este livro não poderia ter sido feito sem você!

Um obrigado especial

Mais uma vez, agradeço a Lynda Sue Cooper por responder às minhas perguntas, não importando o tamanho, e por escrever *True Blue*. Você é uma dádiva! Todos os erros são unicamente meus.

Capítulo 1

O POLICIAL RICK CHANDLER PAROU a viatura em frente a uma residência pacata na rua Fulton e saiu com cuidado. Yorkshire Falls era uma cidadezinha no norte do estado de Nova York, com mais ou menos 1.725 habitantes. O índice de criminalidade era baixo em comparação ao das grandes cidades, e os cidadãos de lá eram bastante fantasiosos. Para se ter uma ideia, a última grande confusão tinha a ver com um ladrão de calcinhas, e o irmão mais jovem de Rick, Roman, por mais absurdo que pareça, era a pessoa de quem a cidade mais suspeitava que pudesse ter cometido o crime.

Lisa Burton, a mulher que telefonara para a polícia pedindo socorro naquela tarde, era uma professora ginasial não propensa a exageros nem medrosa, mas, apesar de não achar que havia problemas, Rick precisava se certificar disso. Com uma verificação preliminar dos arredores, concluiu que não havia perigo. Assim, entrou pelo jardim da frente e subiu os degraus de arenito azul. A porta estava bem fechada, e ele bateu com força. As venezianas da janela lateral se mexeram, e uns olhos desconfiados o espreitaram.

"Polícia", anunciou ele. Ouviu o som das trancas sendo abertas, até que uma fresta surgiu na porta. "É o policial Chandler", falou, mantendo a mão sobre a arma, numa atitude instintiva de precaução.

"Graças a Deus!" Ele reconheceu a voz da proprietária da casa. "Pensei que você nunca fosse chegar."

A voz ofegante e rouca de Lisa não o surpreendeu. Mesmo com todo o seu conservadorismo de professorinha, Lisa, conforme acabou descobrindo, sentia atração por ele. Tentara levá-lo para a cama antes e, embora Rick quisesse acreditar que ela não telefonara desnecessariamente para a polícia, sua voz sedutora o deixou nervoso. "A senhorita informou que havia uma confusão?", perguntou.

A porta abriu-se com tudo. Ele entrou na casa... de início, com cuidado, pois ela ainda não havia saído de trás da porta de carvalho maciço.

"Eu falei que precisava de uma presença policial." Ela chutou a porta atrás dele. "Eu falei que precisava de você."

Sua intuição dizia-lhe que não havia razões para procedimentos de defesa e, assim, tirou a mão de sobre a arma no coldre. Mas manteve-se cauteloso, e, ao respirar, seu instinto provou-se correto. Um odor pesado de perfume o rodeou, e todo o mecanismo de defesa masculino que possuía entrou em operação. Tossiu, engasgando com o que, acreditava, tinha a intenção de ser um afrodisíaco poderoso. Era realmente poderoso, mas a mulher que fizera o telefonema estava fadada a ser desapontada. A única coisa que seria acesa naquele lugar era a luz.

Ele apertou o interruptor na parede e, ao mesmo tempo, Lisa surgiu-lhe aos olhos. Devia ficar surpreso com a aparência dela, mas estava bastante calejado com os últimos acontecimentos. A professorinha de aparência sóbria transformara-se numa dominadora ousada. De suas botas de couro preto na altura do joelho ao bustiê apertado de couro, seus cabelos emaranhados, escuros e pervertidos, tudo isso dizia-lhe: "Possua-me agora, no chão, contra a parede, não importa".

Rick balançou a cabeça. Apesar de já saber a resposta, tinha de perguntar. "Que diabos está acontecendo?"

Ela jogou os ombros contra a parede e ficou numa posição provocante. "Já devia ser óbvio. Você declinou as ofertas de todas as mulheres da cidade, incluindo as minhas. Mas vou mudar isso já. Apesar da minha profissão e de minha aparência comum, posso ser *bem* extravagante." Ela apontou sua unha pintada de vermelho na direção de Rick. "Deixe-me mostrar-lhe minhas aptidões."

Uma sobrancelha levantada foi o máximo de resposta que Rick conseguiu dar. E então deu uma boa e longa suspirada, certo de uma única coisa: sua mãe intrometida, Raina, estava por trás dos ataques seguidos e nada sutis de Lisa.

Raina incutira na cabeça de todas as mulheres a ideia de que seu filho do meio se estabeleceria apenas se encontrasse alguém especial, alguém que o mantivesse entretido. Lisa, como várias outras mulheres da cidade, obviamente levara a sério as palavras de sua mãe. Embora Raina estivesse certa ao pensar que Rick gostava de exclusividade, estava errada ao acreditar que ele voltaria a se casar, muito menos ter filhos. Dada sua experiência anterior no altar, sua mãe já devia saber disso.

Por que tentar se apaixonar e correr o risco de sofrer quando podia curtir a enorme quantidade de mulheres disponíveis, sem perigo de se magoar? Apesar de sua reputação de mulherengo ser um tanto exagerada, não havia como negar que gostava de mulheres. Ou pelo menos gostara... até o dia em que a população feminina de Yorkshire Falls resolveu iniciar um ataque em massa contra a sua solteirice.

"E aí, está pronto para me amarrar?" Lisa balançava um par de algemas de veludo na sua direção.

Uma outra hora, um outro lugar, caramba!, uma outra mulher e talvez ele ficasse interessado pelos seus encantos. Mas com Lisa não havia química, e ele preferia a amizade dela aos seus dotes femininos. Cruzou os braços no peito e disse-lhe o mesmo que falara nas últimas duas vezes que ela se oferecera para ele, embora não de maneira tão aberta como naquele momento. "Desculpe. Não vou morder a isca."

Ela piscou, um breve sinal de vulnerabilidade em seus olhos. "Está bem. Eu posso dar todas as mordidelas de que nós dois precisamos." Ela sorriu, escancarando seus dentes brancos e dissipando, com suas palavras, qualquer ilusão de delicadeza que imaginava ter visto.

"Agora não, Lisa." Ele esfregou as têmporas, que ardiam. "Para ser honesto, nem agora nem nunca." As palavras saíram-lhe com dificuldade.

Rick respeitava os sentimentos dela, apesar de suas ações predatórias. Afinal de contas, sua mãe criara-o para ser um cavalheiro. Mas ele podia apostar que nem mesmo Raina, com toda a pressão que fazia, previra a audácia das mulheres de Yorkshire Falls para chamar-lhe a atenção.

Se Lisa preferia couro a renda, ela sabia disfarçar bem. Além disso, ela devia saber que, com uma atitude grosseira como aquela, estava se arriscando a ser rejeitada. Assim como Rick sabia que, se suavizasse suas palavras, corria o risco de o ataque voltar a acontecer. Já acontecera antes, não apenas com Lisa. Outras mulheres, outros truques sem-vergonha. Era a terceira tentativa de sedução naquela semana.

Lisa deu de ombros e virou o rosto, obviamente mais envergonhada do que queria parecer. Porém, mais uma vez, recuperou-se, e, passando a língua sobre os lábios brilhantes, falou: "Um dia vou descobrir seu ponto fraco".

Ele duvidava. Rick começou a dirigir-se para a porta, mas virou-se. "Gostaria que você soubesse que é ilegal ligar para o 190 a não ser que haja realmente um problema." Ele devia anunciar isso no jornal, mas para que desperdiçar árvores e tinta se as mulheres não fossem dar a mínima? E por que se importariam, quando sua mãe determinada queria netos e não se preocupava com qual filho o fizesse primeiro?

"Te vejo nas aulas de educação contra as drogas lá na escola", disse Lisa antes que ele fechasse a porta.

"Doidinha...", murmurou.

Uma hora depois, quase no fim de seu turno, Rick aproveitava o tempo para redigir um relatório, omitindo detalhes importantes do último chamado. Não pretendia causar problemas para Lisa relatando o incidente de outra forma que não fosse como um falso alarme. Mas esperava que essa última rejeição servisse à professora como uma nova lição sobre telefonar para a polícia desnecessariamente.

Pegou um elástico e mirou num ponto do outro lado da sala. Um tempo atrás, achava divertidas as atitudes de sua mãe e sua miríade de mulheres; mas não mais. Precisava descobrir uma maneira de fazê-las desistir...

Caramba, se soubesse como... Estreitou o olhar e disparou. O elástico atingiu o alvo, uma foto de revista, rasgada, de um casal de noivos, todo feliz, pendurada numa tela na parede bege manchada. "Na mosca!"

"É melhor não deixar mamãe ver isso."

Rick virou-se quando Chase, seu irmão mais velho, passou atrás dele, sentando-se à sua escrivaninha.

Chase riu, mas Rick não pareceu achar graça. A determinação de Raina era lendária. Nem mesmo os problemas cardíacos pareciam diminuir seu ímpeto. Não bastava ter casado o irmão mais novo, Roman. Não... agora, na sua jornada para ter netos, ela focara em Rick.

Chase era o verdadeiro solteirão, que já ajudara Raina a criar os irmãos mais novos depois da morte do pai, vinte anos atrás. Tendo cumprido sua obrigação familiar, fora excluído da maioria das tramoias casamenteiras da mãe... até aquele momento.

Rick não tivera a mesma sorte. "Pensei que mamãe ficaria bem ocupada com sua renovada vida social para se preocupar com a minha."

Após um luto de anos, sua mãe começara a namorar. Um termo estranho para uma mulher daquela idade, pensava Rick. Mas era isso que ela estava fazendo: namorando o dr. Eric Fallon. A solidão dela fora uma preocupação dos três filhos, e Rick ficara muito feliz por ela ter conseguido superar isso. Também tinha esperanças de que ficasse tão ocupada com sua nova vida que deixaria de se intrometer na dele.

Chase deu de ombros. "Mamãe sempre encontra tempo para meter o nariz onde não é chamada. Veja quem ela está manipulando agora: o bom médico, para arrancar um filho de Roman e Charlotte", disse, falando do irmão mais novo e sua nova esposa. "Além de controlar a sua vida social." Ele pegou um lápis e girou-o entre as mãos.

Rick deixou os ombros cair, tentando aliviar-se da tensão após tanto tempo de patrulha.

"Pelo menos Eric a tem mantido ocupada", falou Chase.

"Mas não o suficiente. Talvez seja hora de ela arrumar um emprego. Você podia oferecer-lhe um."

"De quê?" O tom de voz de Case não escondia seu susto.

“Para mim, colunista de fofocas parece adequado”, brincou Rick, arrancando um sorriso do irmão também.

Mas Chase logo se recompôs. “De jeito nenhum vou trazê-la para cá. Se fizer isso, não vai demorar para ela começar a interferir na minha vida social também.”

“Que vida social?”, perguntou Rick, com um riso forçado no rosto. Chase era tão reservado, que Rick não podia perder a chance de aporrinhar seu irmão mais sisudo.

Chase balançou a cabeça. “As coisas que você não sabe sobre mim!” Um sorriso irônico surgiu em seus lábios ao mesmo tempo que cruzava os braços. “Para um tira, é incrível que você saiba de tão poucas coisas.”

“É porque você guarda tudo para si.”

“Isso mesmo!” Chase fez que sim com a cabeça, a satisfação emanando de seus olhos azuis. “Gosto de minha privacidade, e por isso voto para que mamãe continue focada na tua vida amorosa por mais algum tempo.”

“Ah, obrigado.” Falar de Raina lembrava Rick de suas tramoias e o fez recordar de seu último chamado do dia. “Tem visto Lisa Burton?”, perguntou ao irmão.

“Na Norman’s hoje pela manhã, tomando café. Por quê?”

Fez-se de desinteressado. “Só para saber. Houve um alarme falso na casa dela hoje à tarde.”

Chase animou-se, seus instintos jornalísticos obviamente entrando em ação. “Que tipo de alarme falso?”

“O de sempre.” Não havia por que contar a Chase que a professorinha naquele exato momento estava realizando um pouco de sadomasoquismo com seus ovos mexidos. Ela devia estar bastante envergonhada, e Rick não era do tipo que revelava suas aventuras sexuais. Chase ensinara-o a respeitar as mulheres, quer elas merecessem ou não. “Ruídos não identificados do lado de fora.” Deu de ombros. “O lugar estava seguro.”

“Devia ser algum animal.”

Rick aquiesceu.

“Ela lhe pareceu nervosa?”, perguntou Chase.

Rick balançou a cabeça. “De forma alguma.”

"Bom."

"Falando em jantar..." Chase levantou-se.

"Mas eu não falei."

"Bem, eu sim. Está pronto para irmos à casa de mamãe?"

O estômago de Rick resmungou, lembrando-lhe que estava com tanta fome quanto o irmão.

"Parece uma boa ideia para mim. Vamos lá!"

"Rick, espere!" Felicia, a telefonista, entrou na sala. "Há uma mulher num veículo parado na Rodovia 10, perto da entrada da cidade. Phillips acabou de chegar. Pode cuidar disso enquanto ele recebe as instruções para o seu turno?"

Rick aquiesceu. "Por que não?" Dessa forma, poderia adiar um pouco ter de lidar com a mãe e suas perguntas capciosas sobre sua vida social. Virou-se para o irmão. "Diga a mamãe que sinto muito e que estarei lá assim que possível."

"Não vou contar para ela sobre esse sorrisinho em seu rosto ou do alívio que obviamente está sentindo por ter ganhado um adiamento. Mas, se houver uma mulher lá na casa de mamãe te aguardando, você vai me pagar", falou Chase.

Felicia dirigiu-se até Chase, confiante e feminina, apesar do uniforme azul-marinho. "Saio daqui a cinco minutos. Me leve para a casa de sua mãe e eu te protejo das garras casamenteiras dela", falou, dando uma piscadela com os olhos castanhos.

Rick observou, impressionado. Felicia tinha um bom coração, e um corpo ainda melhor, cheio de curvas e feminilidade por baixo das roupas. Nem mesmo um cego seria capaz de negar que ela era um arraso.

"E aí? O que você acha?", perguntou ela a Chase.

Ele forçou um sorriso e pousou um braço nos ombros de Felicia, com os dedos arriscadamente próximos às curvas que Rick observara antes.

"Ora, você sabe que não posso levá-la comigo para casa, querida. As línguas ficariam soltas, e amanhã estaríamos na primeira página do *The Gazette*", disse Chase, falando do jornal da cidade.

Felicia soltou um suspiro exagerado. "Você está certo. Bastaria uma noite com o Chandler mais velho para destruir minha reputação." Levou a mão à testa, num gesto obviamente dramático. "O que eu estava pensando?" Ela riu e então endireitou-se, arrumando a blusa. "Além disso, tenho um encontro. É melhor deixarmos Rick ir ver aquele carro enguiçado", falou Felicia. "Nos vemos depois, Chase."

"Até mais", disse ele, e virou-se para Rick: "E é melhor você ir voando para a casa de mamãe, assim que puder".

Rick balançou a cabeça. "Não se preocupe! Tenho certeza de que mamãe considera a casa dela um território neutro. Ela não tentaria arrumar uma para você enquanto estivesse por perto, pois correria o risco de sofrer as consequências." Ele pegou as chaves da viatura.

"Tratando-se de mamãe, eu não ficaria tão sossegado", alertou Chase.

Rick teve de reconhecer que seu irmão tinha razão quando, dez minutos mais tarde, se deu conta de que estava a caminho de mais um chamado de emergência para resgatar mais uma donzela em perigo. De acordo com sua experiência prévia, Rick desconfiava de que não seria uma parada de rotina, mas sim um golpe motivado por sua mãe.

Apesar do desconforto que crescia dentro dele, tinha de admitir que estava desapontado com a falta de criatividade. Até aquele momento, as emergências eram maneiras criativas de conseguir a atenção do policial Rick Chandler. Ficar sem combustível, se fora realmente isso que acontecera, estava bem baixo no *ranking* de criatividade.

Dirigiu até a periferia da cidade e andou até onde a motorista do carro vermelho-brilhante aguardava ajuda. Ao se aproximar, conseguiu ver uma renda branca cheia de babados que só podia ser um véu de noiva pendurado sobre a janela. Virou os olhos para o céu. Primeiro uma dominadora, agora uma noiva. O vestido reforçou sua suspeita de que estava prestes a cair num golpe. Noivas não apareciam do nada em Yorkshire Falls, e não havia nenhum casamento marcado para aquele dia na cidade. A loja de fantasias mais próxima ficava em Harrington, perto dali, e Rick não ficaria surpreso se essa mulher tivesse dado uma passadinha por lá antes.

Aparentemente era mais criativa do que ele tinha pensado, mas ela não o estudara bem. Rick Chandler adorava resgatar mulheres, mas uma noiva, de qualquer tipo, era o que ele menos gostava. Da última vez que respondera a um pedido de socorro parecido, tinha terminado a faculdade e estava na polícia fazia dois anos. Uma de suas melhores amigas, uma garota de quem gostava muito, Jillian Frank, havia largado a faculdade porque ficara grávida e seus pais a tinham expulsado de casa. Rick agiu sem pensar duas vezes. Tinha aquela porcaria de sangue dos Chandler. A lealdade corria forte em suas veias, a necessidade de proteger ainda mais forte.

Começou dando a Jillian um lugar para morar, mas acabou casando-se com ela também. Ele planejara assumir o bebê e, assim, provera um lar para Jillian. Pensou que se tornariam uma família. Como sempre tivera uma queda por ela, mesmo antes de irem para a faculdade, praticar uma boa ação para uma amiga não fora algo tão difícil.

Apaixonar-se foi o desenvolvimento natural... para ele. Moraram juntos durante a gravidez dela, e ele baixou a guarda, entregando-se de corpo e alma – mas foi logo atropelado quando o pai do bebê retornou, algumas semanas antes do parto. Sua esposa, antes agradecida, foi embora, deixando Rick com os papéis do divórcio e mais sábio pela experiência.

Decidiu naquele momento que nunca mais entregaria seu coração a alguém, mas que tentaria se divertir e curtir a vida. Afinal de contas, era um homem que gostava de mulheres. Seu breve casamento não alterara isso. Para não ter de colocar num quadro de avisos que não pretendia se casar novamente, sempre deixava claros seus sentimentos para as mulheres com quem se envolvia. Essa suposta noiva era tão atraente para Rick Chandler quanto uma parede de tijolos.

Com uma mão na arma e a outra na janela aberta, inclinou-se. "Posso ajudá-la, senhorita?"

A mulher virou-se para ele. Seu cabelo ruivo tinha um tom único, e os olhos verdes eram os maiores que ele já vira. Talvez sua maquiagem nupcial tenha antes ficado perfeita, mas as lágrimas se misturavam ao rímel, borrando o rosto cheio de *blush*.

Algo nela parecia-lhe familiar, mas Rick não conseguia dizer o que era. Numa cidade pequena como aquela, conhecia a maioria das pessoas, mas de vez em quando era surpreendido por alguém. "Imagino que o carro da senhorita esteja com problemas."

Ela fez que sim com a cabeça e deu uma longa suspirada. "Será que o senhor não pode me rebocar?" Sua voz rouca parecia a de alguém que acabara de tomar um gole de uma bebida forte.

A vontade de descobrir o que havia sido a partir dos lábios dela o pegou de surpresa. Não apenas acreditava que estava protegido contra os encantos dessa mulher, como também não se deixara levar por nenhuma mulher ou tentativa de sedução desde que sua mãe começara a forçar um casamento. Porém, diante dessa suposta noiva tímida, começou a suar, sentindo um calor que não era causado pelo sol ardente de verão.

Olhou para ela com cautela. "Eu não consigo rebocá-la, mas posso telefonar para o Ralph e pedir para ele enviar o guincho." Tentou se concentrar no problema do carro dela e não em seus lábios, que pareciam saborosos.

"Será que poderia me ajudar a sair daqui primeiro?" Ela estendeu-lhe a mão sem aliança. "Eu sairia sozinha, mas acho que estou presa." Ouvia-se um farfalhar enquanto ela tentava sair do carro.

Rick ainda não tinha certeza de que se tratava realmente de uma mulher em perigo, e pesou os prós e contras. Uma noiva sem um casamento ou aliança não o inclinava a acreditar que se tratasse de uma ação de rotina.

Nada disso importava. Ela precisava sair da porcaria do carro. Rick abriu a porta e estendeu a mão. Ao sentir os dedinhos dela em sua palma, ficou bastante abalado. Não conseguia dizer o que sentia, mas quando aqueles olhos verdes surpresos e vívidos encontraram os seus, percebeu que ela sentia o mesmo.

Tentando afastar o desconforto, puxou-a em sua direção. Ela agarrou sua mão com mais força, mas ao se levantar cambaleou para a frente, caindo em seus braços abertos. Os seios volumosos esmagaram-lhe o peito, um perfume doce o envolveu, deixando-o desnorteado, e seu coração assumiu um ritmo veloz e furioso.

"Porcaria de salto alto", sussurrou ela em seu ouvido.

Ele não conseguiu conter o riso. "Sou um bom samaritano."

Ela apoiou-se em seus ombros e se endireitou. Apesar de ela estar agora a uma distância que lhe permitia pensar com mais clareza, seu perfume estava cravado em sua memória – uma fragrância que ficava ainda mais pura com o delicado vestido branco e a tiara empoleirada em sua cabeça.

"Obrigada pela ajuda, senhor policial", falou sorrindo, e Rick percebeu que ela tinha covinhas dos dois lados.

"Não foi nada", respondeu, mas mentia. Desejava nunca ter atendido aquele chamado de socorro.

Rick fora exposto a muitas mulheres em sua vida, e nenhuma jamais tinha mexido tanto com ele. E ele não entendia exatamente por que isso acontecera com *aquela* mulher.

Deixou seu olhar percorrer o corpo dela, numa tentativa de descobrir qual era o encanto. Certo, seus seios apontavam para cima de maneira sedutora sob o tecido ajustado do vestido. Grande coisa! Já vira seios antes. Caramba!, todas as mulheres que haviam tentado seduzi-lo ultimamente certificavam-se de deixar os seios bem à mostra, mas nenhuma o fizera sentir vontade de jogar para longe qualquer racionalidade e arrastá-la para o meio do mato a fim de fazer amor até o sol se pôr.

O corpo de Rick sentiu um arrepio com esse simples pensamento, e ele se forçou a voltar ao exame atento de suas várias qualidades. Passou para a boca sedutora. Os lábios dela estavam cobertos de *gloss* claro, formando uma boca naturalmente volumosa que gritava "beije-me". E ele já tivera de admitir para si mesmo a fraqueza de realmente querer beijá-los.

A química, naquele momento, estava agindo com força total, e ele não podia negar que aquela mulher era a mais sedutora das iscas que sua mãe enviara. Quer dizer, isso *se* sua mãe a tivesse enviado. Será que não havia mais mulheres no estoque de Raina e ela acabara decidindo importar uma? Talvez fosse isso. Talvez o fato de ela ser nova na cidade, nova para ele, fosse o que o interessava, mesmo que se tratasse de um golpe de sua mãe.

"Há algo errado?", perguntou ela, enrugando o nariz. "Você está me olhando como se nunca tivesse visto uma mulher vestida de noiva antes."

"É algo que tenho tentado evitar."

Ela franziu o cenho. "Solteirão convicto, né?"

Sem querer pensar no que ela acabara de dizer, decidiu que era hora de descobrir a verdade. "Precisa que eu a leve para a igreja?", perguntou, agindo como o policial de verdade que era, e não como o homem que ela deixara excitado.

Ela engoliu seco. "Nada de igreja, nada de casamento."

Ou seja, se ela algum dia fora noiva, não era mais agora. Na verdade, provavelmente deixara algum pobre-coitado sentado na igreja aguardando por ela. "Nada de casamento? Mas que estranho! O noivo ainda está no altar?"

Kendall Sutton percebeu que o sensual policial de olhos cor de avelã a analisava com os olhos, de cima a baixo. Nunca vira antes um homem com sobrancelhas tão grossas e olhos tão bonitos. Ou pelo menos tão desconfiados.

Era óbvio que o homem ao seu lado acreditava que ela fugira instantes antes de dizer "Aceito", e Rick não estava nem um pouco encantado com o caráter dela. Ela devia ficar ofendida. Mas, em vez disso, estava curiosa com o ceticismo dele. O que faria um homem tão bonito ver as mulheres com olhos tão desconfiados? Não sabia, mas por algum motivo inexplicável não queria que ele a visse de maneira negativa.

Ela fechou um pouco os olhos por causa do brilho do sol de fim de tarde, lembrando-se de como acabara ficando encalhada ali, de que poucas horas atrás estava no salão nupcial da igreja onde planejava se casar. Tentara se convencer de que a cintura do vestido estava muito apertada e de que fora o tecido que a deixara sem ar. Quando essa mentira não funcionou, tentou acreditar que voltaria a respirar bem assim que se acalmasse e conseguisse dizer "Aceito". Estava mentindo para si mesma.

Seu casamento iminente a estava deixando sufocada. Voltara a respirar com frescor assim que ela e Brian cancelaram a união, bem no dia do casamento, e sem ficarem magoados por isso. Kendall encarou o policial que aguardava respostas.

Não era obrigada a gastar saliva com seu herói relutante, mas ela queria explicar. "Meu noivo e eu nos separamos amigavelmente." Relatara os aspectos mais positivos dos acontecimentos daquela manhã, torcendo para que ele percebesse que ela não abandonara ninguém, nem quebrara voto algum.

"Tenho certeza que sim", respondeu ele, passando a mão em seu cabelo cor de chocolate amargo.

Sua franja comprida caiu sobre a testa de uma maneira tão sensual, que foi impossível para Kendall ficar incólume.

"Mas então por que está chorando?", perguntou ele.

Ela tentou esconder a umidade que enchia seus olhos. "É por causa do sol."

"É mesmo?" Ele franziu o cenho e a estudou melhor. "Mas então de onde vêm as manchas de maquiagem ressecada no rosto?"

Observador, inteligente e *sexy*. Uma combinação poderosa, pensou Kendall. Ele conseguia ver além, e ela tremia apesar do calor que fazia.

Kendall suspirou. "Está certo, você me pegou numa reação tipicamente feminina. Acabei de ter uma crise de choro." Mas ainda não sabia se fora uma reação atrasada à morte recente de sua tia ou alívio por não acabar enjaulada num casamento, ou mesmo ambos. De qualquer forma, sentindo-se aliviada, havia entrado no carro e saíra voando. "Sou impulsiva", falou, rindo.

Mas Rick não riu.

Kendall sabia que devia ter esperado passar um tempo, se recomposto e então ido para o Oeste. Sedona, no estado do Arizona, era seu sonho, o lugar onde esperava ficar para sempre e aprender mais sobre a arte de criar joias. Mas, ainda sofrendo com a morte da tia, acabara indo para Yorkshire Falls, onde ficava a velha casa de sua tia, de onde tinha boas lembranças. O fato de ela poder ficar na residência da tia era uma vantagem, mas não fora planejado. Mesmo assim, devia ter ido para casa trocar de roupa antes de pegar a estrada.

Como o policial se mantivesse em silêncio, a boca de Kendall entrou em parafuso, seu nervosismo forçando-a a falar enquanto ele a escrutinava. "Minha tia sempre dizia que impulso nos leva apenas até o próximo ponto de ônibus. Meio profético, não foi?" Ela compreendeu sua situação: encalhada num vestido de noiva, apenas com algumas peças de roupa que usaria na lua de mel e com pouco dinheiro no bolso, a caminho da casa de sua falecida tia.

"Sua tia me parece bastante inteligente", por fim falou Rick.

"Ela é. Quer dizer, foi." Kendall sentiu um nó se formando em sua garganta. Tia Crystal morrera havia algumas semanas, na clínica de repouso que Kendall fizera das tripas coração para pagar. Não que sua tia tivesse pedido alguma coisa. Ela é que quisera pagar. Havia apenas duas pessoas na Terra por quem Kendall faria qualquer coisa – sua tia e sua irmã de catorze anos. Ao longo do tempo, Kendall deixara de lado o rancor que sentia pela irmã caçula e passara a amá-la. Assim que terminasse de resolver as coisas da casa de Crystal, iria visitar Hannah na escola antes de ir para o Oeste.

O policial a observava com cautela, protegendo os olhos do sol. Rugas circundavam seus olhos cor de amêndoa, agora mais dourados devido aos raios do sol.

"E então?" Rick aproximou-se. Seu perfume masculino a rodeou, mais poderoso do que o calor do sol. "Vamos lá. Admita o real motivo de estar aqui, e podemos ir em frente."

Ir em frente para onde? "Não sei do que você está falando." Mas a adrenalina começou a correr com força em seu corpo.

"Ora, querida. Eu te resgatei. O que você achou que aconteceria em seguida?"

"Bem, cara, sei lá. Sexo no banco traseiro de sua viatura?"

Quando os olhos dele escureceram, parecendo que iam trovejar, ela se deu conta da atração sexual que havia e desejou morder a língua por ter deixado escapar aquela observação sarcástica. Mas a honestidade a obrigava a admitir que sentia o mesmo. Kendall, na verdade, estava tentada a arrastá-lo para o mato e resolver tudo ali mesmo com ele. Embora fosse difícil aceitar, o policial a deixava excitada. Mais do qualquer outro homem... nem mesmo Brian.

"Pelo menos, estamos tendo algum progresso. Então você admite que preparou uma armadilha?"

"Eu não admito nada. Para falar a verdade, não tenho a menor ideia do que você está falando." Ela colocou as mãos sobre as coxas. "Então, diga-me, senhor policial, é assim que a elite de Yorkshire Falls recebe todos os recém-chegados? Com grosseria, sarcasmos e acusações veladas?" Ela nem esperou a resposta. "Se for, agora sim, consigo entender por que a população da cidade é tão pequena."

"Nós somos bastante seletivos a respeito de quem deixamos ficar."

"Ora, bom para nós dois, então, que eu não pretenda ficar muito tempo."

"Por acaso falei que não queria que você ficasse?" Seus lábios contorceram-se num sorriso obviamente relutante.

Mesmo quando estava nos seus momentos mais sarcásticos, ou até acusatórios, sua voz gentil transbordava carisma. Sexo. Ela sentiu um calafrio.

Então molhou os lábios secos. Ela tinha de sair dali. "Por mais que odeie pedir algo a você, será que poderia me levar até a Rua Edgemont, 105?" Tudo o que podia fazer naquele momento era confiar no distintivo e na decência dele, e no seu próprio instinto sobre o homem, apesar da disposição dele.

"Edgemont, 105." Seu corpo ficou rígido, obviamente surpreso.

"Foi isso que eu disse. Deixe-me lá, e você nunca mais me verá."

"Isso é o que você acha", murmurou.

"Como assim?"

Ele balançou a cabeça e resmungou algo baixinho. Então a encarou. "Você é a sobrinha de Crystal Sutton."

"Sim. Sou Kendall Sutton, mas como..."

"Sou Rick Chandler." Ele pensou em estender a mão para cumprimentá-la, mas obviamente temeu um novo contato e enfiou o punho dentro dos bolsos da calça.

Kendall não se apercebeu de imediato do que acabara de escutar, mas, quando o fez, seu olhar rapidamente o encontrou. "Rick Chandler?" Sua tia Crystall mantivera apenas uma amiga depois que Kendall a tirara de sua casa em Yorkshire Falls para a clínica de repouso perto de Nova York. Kendall ficou observando seu rosto lindo. "O filho de Raina Chandler?"

"Eu mesmo." Mas mesmo assim ele não parecia muito feliz.

"Faz muito tempo. Uma eternidade." Desde os dez anos de idade, quando passara uma longa e divertida temporada na casa de tia Crystall, antes de a artrite da velha senhora ser diagnosticada e de Kendall ter de ir embora. Ela tinha uma vaga lembrança de Rick Chandler, ou seria de algum dos irmãos? Deu de ombros. Como fora apenas uma temporada e ela tivesse apenas dez anos, não ficara amiga de ninguém na cidade, nem mantivera contato com ninguém desde que partira.

Partir era a sina de Kendall. Seus pais eram arqueólogos e viviam em expedições nos cantos mais remotos do mundo. Quando criança, ela dificilmente sabia onde estavam, e hoje se interessava tanto pelo paradeiro deles quanto eles pelo dela.

Kendall vivera com eles no exterior até completar cinco anos, quando enfim a mandaram de volta para os Estados Unidos, onde ela ficara se deslocando de lá para cá aos cuidados de vários membros da família. Ela sempre tentara entender por que seus pais haviam tido uma filha que não planejavam criar, mas o tempo que ficava com eles nunca foi suficiente para perguntar-lhes – até que Hannah nascera e seus pais retornaram para o território norte-americano, onde ficaram por cinco anos. Aos doze, quase treze, Kendall voltara a morar com eles, mas ainda não conseguia abrir seu coração para as pessoas que a haviam abandonado, retornando apenas devido ao bebê recém-nascido. A distância entre ela e os pais ficara ainda maior, embora não houvesse mais oceanos e continentes separando-os, e assim permaneceu até o dia em que partiram. Kendall tinha, então, dezoito anos, e precisara se virar.

"Você cresceu." A voz de Rick a fez retornar para o presente. Um sorriso largo e charmoso dominava seus lábios.

Sem dúvida nenhuma, o homem tinha o seu charme. "Você também cresceu", gaguejou ela, tolamente. E ficou um homem espetacular. Um com mais raízes na cidade em que nascera do que uma árvore. Ela não tinha a menor ideia do que era criar raízes, e um homem, sensual, que as possuísse significava problemas para uma mulher destinada a ficar vagando.

"A minha mãe sabe que você vinha para cá hoje?", perguntou Rick.

Ela fez que não com a cabeça. "Foi mais uma decisão impulsiva." Assim como seu cabelo, pensou ela, e apontou com a mão para as tranças cor-de-rosa.

Ele suspirou e pareceu relaxar um pouco. "Foi algo motivado pelo casamento cancelado?"

Ela aquiesceu. "Uma espécie de rejeição mútua." Mordeu o lábio inferior e disse: "Nada aconteceu conforme o planejado hoje".

"Nem mesmo o seu resgate?"

Ela deu um sorrisinho. "Foi uma experiência interessante, policial Chandler."

"Foi mesmo." Ele riu.

Sua voz grave e áspera mexeu com as entranhas dela, que ficaram quentes e desejosas.

"Veja, sei que pode soar estranho, mas será que podemos guardar os detalhes desse primeiro encontro para nós mesmos?" As bochechas dele ficaram rapidamente vermelhas, e vergonha era algo que ela duvidava que Rick Chandler sentisse com frequência.

"Basta me tirar desse calor infernal e me colocar numa casa com ar--condicionado, que prometo não dizer uma palavra."

Ele ergueu uma sobrancelha. "Faz tempo que você não vem para a casa de Crystall, não é?" Não era uma pergunta, mas uma afirmação que ambos sabiam ser verdade.

Só Kendall sabia os motivos. Ela balançou a cabeça. "Faz anos. Por quê?"

Ele deu de ombros. "Você verá com seus próprios olhos. Tem alguma bagagem no porta-malas?", perguntou.

"Uma maleta e uma pasta." Com acessórios de banho e outras roupas de viagem. Ela suspirou. No momento, não podia fazer nada a respeito, mas depois precisaria ir comprar roupas para o dia-a-dia.

Rick apanhou as malas e as acomodou em seu carro antes de tocar em seu cotovelo, num gesto cavalheiresco – bem diferente do comportamento cínico que exibira até aquele momento.

Alguns minutos depois estavam a caminho. O suor corria pelas costas de Kendall, e o maldito vestido grudava em sua pele molhada. Apesar do ar-condicionado no carro, as rajadas de ar gelado pouco faziam para aliviar o calor intenso. Estar tão próxima de Rick Chandler fazia a temperatura dela levantar voo. Entretanto, ele aparentemente nem se importava com seus encantos.

Rick tornara-se seu guia turístico, indicando as paisagens, as poucas que havia naquela cidadezinha. Durante todo o tempo, mantivera uma distância respeitosa ao falar. Respeitosa demais, pensou ela, irritada.

"Chegamos." Rick comentou que estavam na Rua Edgemont.

Ela ergueu a cabeça. De longe, a velha casa estava do mesmo jeito que ela lembrava: estilo vitoriano, com uma varanda em todo o entorno e um enorme jardim na frente. Um lugar onde tomara muito chás e tivera suas primeiras experiências com o desenho de adornos e joias, antes de a artrite da tia mudar tudo. Fora também ali que Kendall nutrira sonhos infantis de permanecer para sempre com a tia que adorava.

Mas a casa de Crystal fora temporária, assim como qualquer outra residência em que ficara, antes ou depois. E quando a tia tivera de mandar Kendall embora devido à sua saúde, ela aprendera a não investir muitos desejos e sonhos em uma única pessoa ou lugar. Mas, se aprendera bem tal lição, por que então sentia um doloroso nó em sua garganta naquele momento, enquanto escrutinava a casa dilapidada com seus olhos de adulta? Soltou um suspiro de frustração.

Rick estacionou o carro e virou-se para ela, com seu braço forte sobre o banco do passageiro. "Ficou um pouco deteriorada ao longo dos anos."

"Isso é um eufemismo." Ela forçou um sorriso. Não havia por que despejar seus problemas sobre o homem. Já fizera muito por ela. "Tia Crystal contou que havia alugado a casa. E como ela nunca me pediu para cuidar de nada durante a sua estada na clínica de repouso, mesmo que eu me oferecesse, imaginei que as coisas estavam indo bem. Acho que eu estava errada."

"As aparências enganam. *Está* tudo bem. Depende do seu ponto de vista."

E mais uma vez surgia aquele humor negro. Ela soltou uma gargalhada, adorando o que ouvia.

"Pearl e Eldin estão te esperando?", perguntou ele.

"Os inquilinos?" Ela fez que sim com a cabeça. "Liguei para eles da estrada e disse que estaria na cidade, mas que ficaria num hotel. Eles insistiram para eu ficar na casa de hóspedes, no fundo." Kendall queria acreditar que estaria menos destruída do que a casa principal. "Eu esperava vender a casa para *eles*." Com as contas extravagantes da tia, Kendall precisava vender a casa no mínimo pelo preço de mercado; abaixo, de jeito nenhum.

Ela mordeu o lábio inferior. "Se chegarmos facilmente a um acordo, posso estar longe daqui em uma semana", falou, com um falso otimismo.

Rick permaneceu em silêncio.

"Que foi?"

Ele balançou a cabeça. "Nada. Está pronta para entrar?"

Ela aquiesceu, dando-se conta de que estivera paralisada. Antes que conseguisse reorganizar as ideias, Rick estava ao lado da sua porta oferecendo a mão para ajudá-la a sair. Ela cerrou os dentes antes de tocá-lo, e então colocou a mão sobre a dele. Houve faíscas de eletricidade, agora mais carregada do que antes. Kendall não conseguia afastar o tremor, nem queria, mas ele aparentemente sim, pois logo lhe soltou a mão, deixando-a livre para ajustar o vestido e dirigir-se para dentro da casa.

Kendall foi andando pela entrada comprida. Seus saltos agulha ficavam se prendendo nas partes quebradas do asfalto, mas conseguiu permanecer em pé – até que, bem perto da varanda, o saltou prendeu-se no chão quente. Enquanto uma perna ficava para trás, seu corpo inteiro arremessou-se para a frente, uma situação que parecia destinar-se a ser uma queda de bruços sobre o piso duro.

Ela gritou e fechou os olhos, não querendo ver o que estava prestes a acontecer.

Capítulo 2

Por que as mulheres insistem em usar saltos altos? Rick não sabia, mas aquela ali parecia muito bonitinha, mesmo num vestido de noiva. Percebeu que ela titubeava na entrada, e teria ajudado, mas tinha uma mala numa mão e acreditava que era mais seguro manterem uma distância discreta... porém ela perdeu o equilíbrio.

Ele não conseguia evitar a queda, mas podia amortecê-la, e assim moveu-se para a frente, deixando-a cair sobre ele em vez de sobre o chão duro. Recebeu a pancada e, quando suas costas bateram no degrau da varanda, com a dor, soltou um grunhido. Deu uma respirada funda e ficou indefeso diante do perfume agradável e provocante dela.

Caramba!, Kendall era diferente de todas as que conhecera até então. Mesmo sem ar, não conseguia parar de pensar nela, e não era devido ao cabelo dela que fazia cócegas em seu rosto. Era feminina e doce, tudo que uma mulher precisa ser, e mesmo aquele estranho cabelo rosa era bem indicativo de sua personalidade.

"Você está bem?"

Ele não tinha certeza de quem fizera a pergunta primeiro.

"A única coisa ferida é meu orgulho", admitiu ela. "E você?"

"Tive quedas mais feias deslizando para a segunda base."

"Beisebol?"

"*Softball*, contra delegacias das cidades próximas."

A conversa fútil não conseguiu evitar que pensasse que ela estava em seus braços novamente. O desejo que tomava conta de seu corpo crescia, algo que era impossível para ela sentir com toda aquela renda entre eles. Mas, apesar do vestido, para *ele* era possível sentir, e estava na hora de desembaraçar os corpos antes de se comportar como um idiota e beijá-la inconscientemente. "Será que dá para você se levantar? Se não o fizer, vou ficar quebrado."

"Seria uma referência velada ao meu peso?", perguntou ela.

Só uma mulher confiante consegue fazer uma piada assim – o que confirmava a impressão de que ela não era mesmo igual às outras mulheres. Ela rolou para um lado, e Rick começou a sentir falta da pequena pressão sobre si.

Ele a olhou com cuidado e reprimiu o riso. Não conseguia se ajeitar facilmente, pois ficara ainda mais enrolada no vestido. "Sabe o que dizem por aí? Se quer que seja bem feito, faça você mesmo." Rick soltou um suspiro exagerado e se levantou. Em seguida se agachou e ergueu o pacotinho branco e macio nos braços.

"O que você está fazendo?" Ela agarrou-se no seu pescoço e o segurou com força.

Suas costas haviam sofrido muito com a queda, e ele não queria se arriscar a repetir o episódio. "Estou evitando que as partes vitais do meu corpo se machuquem novamente."

"Engraçado, você me parece intacto..."

Ele deu um suspiro profundo. Queria dar um basta na ilusão de que não havia perigo sob aquele vestido. Ele a desejava, e ela sabia disso.

Essa mulher recém-saída de um relacionamento, que mexia tanto com ele, era um perigo. Ela também significava diversão, algo que, ele notara apenas agora, não sentia havia muito. Sua vida tornara-se rotineira. Era um comentário infeliz, se parasse para pensar na mãe e em seu pequeno exército de recrutas mulheres. Mas Kendall não era uma das mulheres dos planos de sua mãe, e, por causa disso, Rick gostava ainda mais dela.

Ele seguiu pela entrada, deixando a bagagem para trás, e até subiu os degraus que davam na casa com ela em seus braços. De repente, a porta se abriu com tudo. Pearl Robinson, a inquilina da casa e metade de um casal de velhos que viviam pecaminosamente, como ela gostava de dizer a todo mundo na cidade, estava diante deles.

"Eldin, temos visitas!", Pearl gritou por cima dos ombros. Fazia tempo que ela estava com Eldin Wingate. Havia ajeitado o cabelo grisalho num coque. "Eu estava esperando a sobrinha de Crystal, mas não duas pessoas." Seu olhar percorreu Rick e a mulher em seus braços. "Você tem escondido as coisas da gente, Rick. E da sua mãe também. Ora, hoje de manhã mesmo ela estava lamentando que seu destino não era ser avó."

Ele revirou os olhos para cima. "Não me surpreende nem um pouco."

Pearl olhou por sobre os ombros. "Eldin, venha já para cá, seu preguiçoso!", gritou, pois Eldin não aparecera a tempo de ficar a seu lado nessa recepção. "E venha logo, antes que ele a deixe cair."

"Pode deixar, isso não vai acontecer", sussurrou Rick no ouvido de Kendall, nem tanto para deixá-la mais calma, mas para conseguir sentir o aroma de seu cabelo maravilhosamente perfumado.

"Mas você não se importaria se eu não quiser correr o risco, né? Só para evitar..." Ela agarrou com mais força, com suas mãozinhas delicadas, a nuca de Rick.

Ele gostou da sensação.

"Estou indo, mulher." A cara-metade de Pearl surgiu atrás dela, um homem alto, de cabelo branco e que não precisava usar dentadura. Pelo menos, ele dizia isso. "O que está acontecendo de tão importante que te impede de dizer para nossos convidados entrarem?..." Ele olhou para Rick e parou abruptamente de falar.

"Olá, Eldin." Rick se conformou com as perguntas que seriam inevitáveis.

"Puta merda, policial!"

"Não te falei?", perguntou Pearl, olhando para sua cara-metade. "É por isso que não vou me casar contigo em breve." Ela virou-se para Rick e Kendall. "Vivemos pecaminosamente", falou, abaixando a voz, apesar de não haver ninguém nas redondezas para escutar.

"Essa droga de mulher não vai se casar comigo por um motivo esdrúxulo."

"Eldin tem um problema nas costas, e me recuso a me casar com um homem que não consegue me carregar no colo. Já lhes disse que estamos vivendo pecaminosamente?" Ela abaixou o tom de voz novamente.

Ao rir, os seios de Kendall encostavam no peito de Rick, e o corpo dele ficou superaquecido. "Podemos entrar antes que eu a deixe cair?", perguntou ele.

"Desculpem-me os modos." Pearl empurrou Eldin para trás, e eles abriram caminho. "Pode passar, Rick, atravesse a porta com sua noiva no colo."

Ele nunca conseguiria redimir-se desse pecado. Rick entrou na casa de hóspedes, sufocante e quente, que ficava atrás da casa principal de Crystal Sutton. Eldin os acompanhara para que pudessem "se ajeitar", mas Pearl se desculpou, dizendo que precisava ir para a cidade fazer compras.

"Que compras, que nada...", resmungou Rick. Ela queria era contar para todo mundo que vira Rick Chandler atravessar a porta com a noiva no colo. Pouco importava que nunca tivesse ocorrido uma cerimônia ou que a noiva e o suposto noivo tivessem acabado de se conhecer.

A tensão nos ombros de Rick aumentava. Só podia torcer para que, quando a fofoca chegasse até sua mãe, ela colocasse um fim àquela besteira. Raina sabia que Rick não se casara ou fugira com uma amante novamente. Ela era esperta o suficiente para não acreditar em boatos sem fundamento. Mas a notícia se espalharia, e todo mundo ficaria especulando sobre Rick Chandler e a dama de vestido de noiva que ele carregara no colo ao atravessar a porta.

Ele resmungou e cogitou, pela primeira vez, a possibilidade de mudar-se para uma cidade grande, onde pudesse ficar anônimo e perder-se na multidão. Afastou esse pensamento, sabendo que isso nunca aconteceria. Apesar das coisas que aconteciam ali, amava sua família e amigos e gostava muito da sensação de morar em uma cidade pequena, como Yorkshire Falls, para querer realmente ir embora. Mas um homem tem o direito de sonhar, não tem?

Olhou para a porta fechada do banheiro aonde Kendall fora se trocar. Sua *noiva*. Riu do absurdo da ideia e passou a mão pela sua testa úmida. Caramba!, aquilo ali parecia uma sauna. Ele tinha de levar Kendall a uma loja de departamentos para comprar um ar-condicionado.

Mas onde estava ela? Ela disse que precisava tirar o vestido, mas isso fora há dez minutos. Foi até a porta do banheiro e bateu duas vezes. "Está tudo bem aí?"

"Mais ou menos", veio uma resposta abafada.

Sacudiu a maçaneta, mas a porta estava trancada. Bateu mais uma vez. "Abra, ou vou derrubar a porta." Esperava não ter de fazer isso. Suas costas e ombros ainda doíam do mergulho que fizera na entrada.

A porta se abriu com tudo, rangendo. Ele entrou a tempo de vê-la sentar-se sobre o assento sanitário fechado e deixar a cabeça pender entre os joelhos. "Estou tãoooo tonta."

Ele a olhou, preocupado. "Não é de estranhar, com aquela porcaria de vestido atrapalhando a sua circulação. Pensei que você fosse tirá-lo."

"Tentei, mas está quente aqui e não consegui desabotoar sozinha o vestido. Assim, resolvi sentar aqui por um instante. Depois fiquei pensando sobre minha tia e todos os anos que ela passou aqui. Levantei, fiquei tonta novamente...", falou, dando de ombros.

Ela gostava de se perder em pensamentos, algo que Rick descobrira ao conversarem no acostamento da estrada. Sua mente vagava para lá e para cá, mas uma coisa que ela falou chamara sua atenção. A dor. Rick perdera o pai quando tinha quinze anos. Era jovem, mas não o suficiente para não se lembrar dele. Seu pai era muito companheiro, ia assistir a todos os jogos de beisebol dos filhos, além de sempre buscá-los na escola.

"Perdi meu pai há um bom tempo. Posso entender o que você está passando agora", falou ele, disposto a se abrir para essa mulher sem saber exatamente por quê. E isso o deixou alerta. Mas não se censurou. "Foi vinte anos atrás. Eu tinha quinze", falou, lembrando-se. "Mas às vezes dói como se tivesse acontecido ontem."

Rick notou que os olhos de Kendall estavam úmidos, e sentiu um nó em seu coração por isso. Não esperava conectar-se a ela de modo algum, muito menos emocionalmente, o que ele em geral bloqueava por completo. Ficou surpreso por compreender tão bem essa estranha, essa mulher. "Sinto muito pela sua tia."

"Obrigada." Sua voz tinha um timbre áspero. "O mesmo pelo seu pai."

Ele aquiesceu. Obviamente, ela e Crystal haviam tido um relacionamento especial. Laços familiares eram algo com que Rick também conseguia se identificar. Os Chandler eram mais ligados do que a maioria das pessoas, unidos por lembranças compartilhadas, boas ou más. Ao descobrir a dor de Kendall, nova e crua, viu-se desejando ser o responsável por aliviar-lhe a angústia – e não apenas porque "servir e proteger" era o lema de seu trabalho.

Conteve um gemido. Ele já sentira aquilo antes, e recebera um soco no estômago por tentar fazer alguma coisa. "Quando você voltou a si, não te passou pela cabeça pedir ajuda?" A pergunta os trouxe de volta para o problema a ser solucionado.

Ela jogou a cabeça para o lado. "Mas que excelente ideia! Deus, por que não pensei nisso antes?"

Ele soltou uma risadinha. "Estava fraca, né?"

"Mais ou menos isso. Me ajuda?"

Seus olhos grandes o seduziram, e ele não pôde resistir ao apelo. "Por onde começo?"

"Os botões das costas." Ela jogou a cabeça para a frente, e as tranças vermelho-rosadas ficaram caídas sobre o vestido branco como a neve. Quando ela estivesse se sentindo melhor, Rick teria de perguntar-lhe a respeito da cor do cabelo... não que se importasse muito. Gostava dela de qualquer jeito. Naquele momento, lembrou que gostava de loiras, apesar de ter de admitir que não tinha a menor ideia de qual era a verdadeira cor do cabelo dela por baixo da tinta rosa.

Sua mão dirigia-se para o primeiro botão perolado quando se deu conta da intimidade do ato. Estava num banheirinho desabotoando o vestido de uma noiva. Aquela imagem o deixou sem ar, lembrando-lhe quando ele e Jillian fugiam para namorar, Rick em seu uniforme, Jillian em traje de gestante. Mas agora já conseguira superar a dor, e estava bem longe de amar alguém. A última notícia que tivera é que ela e o marido eram um casal feliz com três filhos e que moravam na Califórnia. Terminado e esquecido, a não ser pelas lições que ficaram, pensou Rick.

Era por isso que aquela noiva e os sentimentos que ela inspirava nele o pegaram de surpresa. Apesar de Kendall não ser a noiva *dele*, o sentimento de propriedade era-lhe inevitável. Essa ideia só não o deixou mais preocupado porque sabia que ela não ficaria muito tempo na cidade.

Voltando sua atenção à tarefa, soltou o primeiro botão minúsculo e então o seguinte, revelando uma pele que parecia de porcelana. Ela tinha um pescoço comprido e elegante e as costas incrivelmente macias, que ele sentia vontade de beijar, descendo a língua pela sua coluna, saboreando-a centímetro a centímetro.

"Ah, já me sinto bem melhor", falou ela com um longo suspiro, que se assemelhava, no tom, a um orgasmo.

Se Rick já não estivesse ensopado pelo calor do local, começaria a suar em bicas. Inclinou-se, a poucos centímetros de realizar sua fantasia, quando ela ergueu a mão e inconscientemente afastou algumas tranças de cabelo da nuca. Rick não conseguiria mais resistir à tentação. Ao inalar seu perfume agradável, os lábios dele encostaram-se em sua pele sedosa, já quente pelo calor, molhada pela umidade.

Ela sentiu um arrepio no corpo e soltou um suspiro leve, mas não se afastou, tampouco o empurrou para longe. Isso, Rick imaginou, era um bom sinal, e ficou ainda melhor quando ela virou a cabeça e encostou seus lábios nos dele.

Os olhos dele permaneciam fechados enquanto ela respondia ao seu pedido silencioso, permitindo que ele a experimentasse pela primeira vez. Sua boca era quente, delicada e determinada, alimentando em Rick um desejo tão forte, que corria o risco de consumi-lo por completo. O coração dele estava disparado e suas mãos começaram a suar, algo ridículo para um homem com recém-completados trinta e cinco anos, que já beijara sua quota de mulheres, mas cuja reação a esta fora intensa desde o começo. Tocou a língua nos lábios dela, fazendo sair fogo deles, cujas chamas o consumiam por dentro e por fora, mas, antes que conseguisse encontrar a entrada para sua boca úmida, Kendall interrompeu o beijo.

Deixou a cabeça cair, sem conseguir olhar para ele. "Desculpe-me, mas isto é muito chato."

E bem no momento que Rick pensou que ela quereria mais. "Não ouvi nenhum não de você", falou, sentindo como se tivesse tomado um soco no estômago.

Kendall se endireitou, olhou para ele e piscou, surpresa. "Mas não falei mesmo." Escancarou os olhos compreender. "Você acha que falei que o fato de me beijar era chato? Ah, não. O beijo foi incrível." Um sorriso sem graça surgiu naqueles lábios. "Mas minha situação é constrangedora. É chato. Assim como esta conversa." Ela balançou a cabeça e ficou corada. Então passou a mão na nuca e começou a massagear com firmeza os músculos que tinham se enrijecido durante o beijo.

Ridiculamente aliviado, Rick sorriu antes de se dar conta de quanto ficaria incomodado se ela o rejeitasse. "Eu até me ofereceria para massageá-la, mas acho que deixaria nossa situação ainda mais complicada."

"E, sendo um oficial da lei, você precisa ficar longe desse tipo de *complicação*?" Os olhos dela cintilavam travessura, deixando claro o significado subentendido da pergunta.

"Não durante minha folga." As palavras escaparam de sua boca antes que pudesse se conter.

Ela soltou uma risada. "Gosto de você, Rick Chandler."

"O sentimento é mutuo, senhorita Sutton." Ele deu um risinho. Puxa, era bem possível se apaixonar por aquela mulher. E será que *isso* não resolveria seu problema atual?

Um relacionamento com Kendall forçaria um recuo de sua mãe e da miríade de mulheres que ela enviava atrás dele. A chegada incomum de Kendall certamente produziria fofocas. As mulheres mais prudentes logo se afastariam ao saber que Rick estava envolvido com a recém-chegada, mas as mais descaradas, como Lisa, precisavam de uma mensagem ostensiva, imperativa. Uma mensagem como Kendall, seu cabelo rosa e o vestido de noiva.

Não que ele estivesse acreditando que Kendall apoiaria essa ideia maluca de fingir que estavam envolvidos a fim de manter as mulheres longe de Rick. Ele nem pretendia sugerir isso, mas tinha de admitir que o plano era divertido. "Ainda não conseguimos livrá-la desse vestido", falou ele por fim.

"Estou aqui esperando."

Ele cerrou os dentes e terminou de abrir o restante dos botões do vestido no maior silêncio possível, focado unicamente na tarefa que realizava e não na pele que ia sendo revelada.

Parou quando as pontas de seus dedos finalmente chegaram à cintura. "Que tal eu respeitar sua privacidade e você assumir daqui em diante?" Pois o próximo passo seria retirar a parte de cima do vestido e deixar expostos seus seios. E, então, passaria para os membros inferiores, as pernas, e aí...

"Acho que seria melhor." A voz dela interrompeu seus devaneios na hora exata.

"Vou deixar a porta aberta." Ele começou a sair. "Grite se precisar de alguma coisa."

"Pode deixar." Ela ofereceu-lhe um sorriso de gratidão.

"Bom. Bom." Rick saiu em silêncio, fugindo antes que pudesse ceder a mais algum desejo – seu ou dela.

O vestido de noiva estava pendurado na altura da cintura de Kendall, que olhava para o seu reflexo no espelho. Ela gostaria de poder colocar a culpa no calor, mas sabia que sua resposta aos lábios de Rick em sua carne, as mãos fortes dele em sua pele nua, eram os responsáveis.

Ela não imaginara que ele a beijaria, mas era impossível negar a tensão sexual que havia entre eles. Tampouco o laço criado devido à correspondência dos sofrimentos. Além disso, por Deus, ele estava tirando o vestido dela. Impossível ser mais íntimo! Quando os lábios dele haviam tocado sua pele... seu corpo tremeu com a lembrança, seus mamilos se enrugaram com a sensação que rememorava.

Kendall normalmente não curtia muito gente descarada. Mas precisava ver o rosto dele, e por isso tinha virado o rosto... e então sua boca encontrou a dele. O beijo a deixara totalmente abalada. Ele era tão sedutor, que ela se derretia só de olhá-lo. Tão forte, que com certeza podia protegê-la com um único toque. Rick a fazia sentir-se desejada. E, ao fazê-lo, satisfazia uma necessidade que ela ainda não sabia que existia.

Sempre fora a menina deslocada que ninguém desejava. E apesar de Brian a ter desejado, eles não eram próximos. O relacionamento deles fora um acordo de negócios. Ele conseguia para ela os trabalhos de modelo de que precisava para pagar os tratamentos da tia, e ela fingia ser sua namorada para ajudá-lo a passar pelo período de transição após uma separação. Apesar de o relacionamento falso ter se transformado em algo real, Kendall nunca realmente se unira a Brian.

Nada parecido com o que tivera com Rick. Um beijo, e sentira mais do que um baque físico. Ficar trancada num banheirinho com Rick fora um confinamento diferente dos outros. Um confinamento sensual. Do tipo que ela gostaria de explorar mais. Por que não? Esse pensamento surpreendente lhe veio à mente.

Assim como as respostas. Apenas algumas horas atrás, terminara seu relacionamento com Brian e deixara para trás uma fase importante de sua vida. Apesar de não ter ficado apaixonada por ele, a experiência toda fora traumatizante. Mesmo não mais se sentindo tonta, jogou água fria no rosto, balançou a cabeça e embalou a nuca com suas mãos geladas e molhadas, a fim de criar um choque.

Ela não podia estar raciocinando direito. Pelo menos não conseguia acreditar que estava tentada a se permitir ter um interlúdio romântico com um virtual estranho. Porém era isso que parecia que ia acontecer. Afinal de contas, ela vira o desejo nos olhos dele, sentira o tremor em seus dedos calejados. Kendall não era muito propensa a casos ou rapidinhas com homens que acabava de conhecer, mas Rick Chandler, com sua bondade e força, sua franqueza e generosidade, sem mencionar sua sensualidade, testava sua resolução.

Terminou de tirar o vestido e saiu para vestir roupas mais casuais, deixando os enfeites nupciais no chão, como se fossem lixo. O casamento já fazia parte de seu passado. Havia um caminho livre para ela no futuro. Apesar de a ideia de receber um pouco de amor e calidez parecer maravilhosa e apesar de o policial Rick Chandler parecer o homem perfeito para isso, não seria justo com ele.

Não podia usá-lo dessa maneira, não importando quão bem ele a fizesse sentir-se. Era difícil escolher como amante para um casinho um homem que morara em apenas um lugar, que valorizava a estabilidade e, além de tudo, um amigo da família... isso sem contar a incerteza de estar preparada para ter um relacionamento desse tipo. E não estava, garantia a si mesma.

A desgraça é que seu corpo pouco se importara com essa certeza. Ajeitou-se e dirigiu-se para a outra sala, tentando enfrentar a química, que lhe era impossível controlar ou negar.

Rick saiu lentamente do banheiro, de modo que pudesse ouvir um baque caso Kendall ficasse com calor e caísse desmaiada novamente. Ficou bem feliz quando, minutos depois, a porta se abriu e ela saiu de lá, mas logo sua alegria se evaporou ao observar sua nova vestimenta, tirada da maleta que ele levara para dentro mais cedo.

Uma camiseta rosa e florida, toda cortada, deixava à mostra sua barriguinha lisa e nua, enquanto um shortinho branco gasto, também cortado, lhe moldava os quadris e revelava suas curvas e as pernas compridas. Suas proporções eram perfeitas, o que o fez desejá-la mais ainda do que antes. Algo que imaginava ser impossível.

Porém, por mais espetacular que ela parecesse, não era seu corpo que ele não podia parar de olhar, mas sim a cinta-liga cheia de babados ainda presa nas coxas.

"Qual o problema?" Ela abaixou a cabeça. "Oh!" Suas bochechas atingiram um tom rosado que combinava com a cor do cabelo. "Estava com pressa e me esqueci."

Ela agachou-se para retirar o acessório, deslizando o elástico por aquelas pernas compridas. Pernas que ele podia imaginar dobradas ao redor de sua cintura enquanto faziam amor infinitamente.

"Consegui." Ela ergueu a cabeça e o encarou. "Você parece fascinado com isso. Quer ver mais de perto?", perguntou, balançando a renda azul e branca no ar.

E, de acordo com a tradição, ser o próximo a se casar? "De jeito nenhum." Mas já era tarde. Ela havia arremessado a cinta-liga para o ar, e só lhe restava pegá-la, se não quisesse que caísse no empoeirado chão de madeira. Resignado, agarrou o objeto ofensivo.

"Mandou bem!" Ela bateu palmas para ele. "Estou impressionada."

"Agora me diga, por favor, que a tradição não vale nada se a noiva não disse 'Aceito'."

Um sorriso irônico surgiu em seus lábios. "Você está com medo." Soltou uma risada alta.

"Sou um tira. Não tenho medo de nada", falou. Mas, se isso era verdade, por que seu coração estava batendo como um tambor em seu peito e ele respirava com dificuldade?

"Está bem, não tem medo. Mas você parece prestes a desmaiar." Ela foi para o lado dele e colocou uma das mãos em seu ombro.

O toque dela o deixou mais calmo, e ele gostou da sensação... mais do que devia.

"Posso fazer alguma coisa?", perguntou ela.

Ele olhou a porcaria da cinta-liga. "Você pode responder à minha pergunta."

"Como nunca me casei e tecnicamente não sou uma noiva, tenho certeza de que a cinta-liga é inofensiva. Sente-se melhor assim?"

Não muito, pensou ele. Os dedos dela ainda estavam em seu ombro, chamuscando sua pele através da camiseta azul-marinho do uniforme. Seu olhar voltou-se para o corpo dela novamente. "Você parece muito mais confortável", falou, mudando de assunto.

Ela deu um risinho. "É incrível o que se livrar de um vestido que parece um albatroz pode fazer por você."

Ele ergueu uma sobrancelha. "Uma mulher que compartilha a minha opinião sobre casamentos? Impossível!" Não conseguia imaginar uma mulher que tivesse medo de um vestido de noiva. Mas aquela era Kendall, e ela era diferente. Não era de estranhar que se sentisse atraído por ela.

"Está me dizendo que nunca conheceu uma mulher independente antes?"

"Não nesta cidade. Todo mundo parece pretender se casar aqui."

Ela abriu bem os olhos, deixando clara a curiosidade. "Deve haver algumas mulheres que desejam ficar solteiras. Livres para fazer o que quiserem, quando quiserem."

"Você é assim?", perguntou.

Kendall fez que sim com a cabeça. Rick a havia compreendido bem. "Sou uma temporária", respondeu com ironia.

"Por quê?"

A resposta estava no passado dela. Por ter de se mudar de um lugar para outro, não se permitia ficar muito ligada a alguém ou a alguma coisa. Mas ela não achou que Rick precisasse, nem mesmo quisesse conhecer seus bloqueios psicológicos, assim, apenas deu de ombros com delicadeza e respondeu: "Sei lá".

"Sua infância..." Ele obviamente estava recordando o que ela havia contado sobre seu passado. "Mas não há motivos para se mudar agora. Você já considerou a possibilidade de se fixar em algum lugar?"

"Não, nesta vida nunca." Não precisava mais passar por isso, pensou Kendall. "Acabei de sair de Nova York, onde fiquei por dois anos, por causa de tia Crystal e para poder pagar as contas da clínica de repouso. Está na hora de me colocar em primeiro lugar."

Ele acenou com a cabeça, indicando que entendera.

"Por que não nos sentamos?", sugeriu ela.

"Foi a melhor ideia que você deu até agora." Ele apontou para o sofá coberto com lençóis, assim como os outros móveis da casa de hóspedes. Fazia tanto tempo desde a última vez que alguém ficara ali, que ela teve de se desdobrar em duas para ajeitar as coisas – mesmo para uma estada breve.

Ela sentou-se ao seu lado no sofá encardido. "Desculpe-me por não poder oferecer a você um lugar melhor e mais limpo para se sentar."

Ele deu de ombros. "Não tem problema."

"Então, conte-me sobre as Mulheres Perfeitas", falou voltando o assunto para ele.

Ele soltou uma risadinha. "Não é tão ruim assim. É apenas que minha mãe está doente e acredita que está na hora de os filhos dela assentarem e dar-lhe netos." Ficou sério ao mencionar a saúde da mãe. "Agora ela iniciou uma campanha pesada, da qual todas as mulheres solteiras da cidade estão participando ativamente."

Kendall recordou o que Pearl falara um pouco antes a respeito da mãe dele, lamentando o seu destino sem netos. Era óbvio que havia algo mais. "Pobrezinho. Todas as mulheres da cidade jogando-se para você." Estalou a língua, brincando, apesar de em parte ficar com ciúmes por não ser a única que achava aquele homem incrivelmente sedutor. Não que desejasse casar-se e assentar-se, mas conseguia entender por que aquelas mulheres o consideravam o par perfeito.

"Pode ter certeza de que é bem mais complicado do que parece, principalmente porque não estou interessado."

"Fico surpresa por você estar me contando isso."

"Ah, você logo ia ficar sabendo dessa história. Principalmente depois que Pearl fizer com que todos saibam de você e sua chegada em grande estilo." Ele passou a mão naquele cabelo lindo, preto. "Você ficará marcada."

Kendall começou a rir, lembrando-se de Rick carregando-a pela porta enquanto Pearl cantarolava a marcha nupcial, ao mesmo tempo em que culpava as costas de Eldin para evitar o casamento. Kendall pensou em comentar que Eldin parecia ter vontade de colocar uma aliança no dedo dela, mas teve a impressão de que Pearl era bem resoluta. Assim como, aparentemente, a mãe de Rick.

Mas Rick não via a mesma graça nessa situação. Assim, Kendall juntou as mãos e procurou ser sincera. "Acho impossível alguém acreditar que você se casaria sem que ninguém ficasse sabendo."

"Mas talvez estejam cogitando a possibilidade, pois isso já aconteceu antes." Seus olhos ficaram nublados. As lembranças obviamente o incomodavam, deixando-o pouco à vontade.

Ele já fora casado. Largado, na verdade. Não era de espantar que resistisse à pressão da mãe agora. Ela adiantou-se, surpreendendo-o. "Conte-me!"

"Nem morto", falou. Levantou-se e perguntou: "Então, quais são seus planos?", jogando a bola de volta para ela.

Dava a impressão de que ambos tinham barreiras emocionais que não queriam que fossem superadas. Kendall estava morrendo de vontade de saber mais sobre ele, porém Rick havia se fechado. E como ela não queria construir nenhum tipo de intimidade que criasse um laço, já que planejava ir embora logo, tinha de respeitar a privacidade dele.

Rick gostaria de saber quais eram os planos de Kendall, e ela imaginou que fosse apenas a curto prazo. Tudo ao seu redor parecia velho e decrépito. Esfregou os olhos com uma mão cansada. "Acho que hoje vou limpar apenas o quarto onde irei dormir e, talvez, a cozinha." Ela enrugou o nariz só de pensar em toda aquela poeira girando ao seu redor. "Amanhã começo a arrumar a casa. Ah, e acho que preciso entrar em contato um corretor de imóveis para ver o que podemos fazer, mesmo sabendo que tenho de terminar de arrumar antes de poder mostrar o lugar."

Ele fez que sim com a cabeça, com as mãos enfiadas no bolso traseiro enquanto analisava o estrago. "Vou te ajudar a limpar."

Sua oferta a sensibilizou, mas ela não podia aceitar. "Não precisa fazer isso. Sério... acho que posso eu mesma deixar um quarto tinindo."

"Com quê? Você vai precisar de material de limpeza e, se os meteorologistas estiverem corretos, de um ar-condicionado. De jeito nenhum conseguirá dormir nesse lugar se não puder respirar."

Ela tentou respirar fundo, mas engasgou. Rick estava certo. O ar estava parado e sufocante. Preocupação e uma onda de depressão pairavam sobre ela. "Ai, Deus! Eu realmente não antecipei esses gastos extras." Calculou mentalmente quanto dinheiro havia na conta. Infelizmente, só para viver nos próximos meses, precisaria de mais do que tinha no banco.

"Acho que você pensou que chegaria, colocaria a casa à venda, venderia e iria embora, certo?"

Kendall fez que sim com a cabeça. "Um pouquinho otimista demais?"

"Um pouco." Ele deu um risinho. "Mas gosto da sua atitude. Por que lidar com problemas antes de eles surgirem?"

"Você está apenas querendo ser legal. Não é do seu feitio chamar uma garota recém-chegada à cidade de avoada ou de idiota impulsiva..."

Seu risinho sedutor transformou-se numa careta, e seus lábios viraram-se para baixo. "Ei, pare de ser dura consigo mesma! Você passou por poucas e boas. Mas tem alguma ideia do que fazer no momento?"

Quanto a dinheiro, tinha os cartões de crédito, e Brian ficaria bem feliz de enviar para lá, na hora, as joias e coisas dela. Se conseguisse encontrar uma loja para colocá-los em consignação, talvez conseguisse obter uma grana extra. Certo, ela tinha um plano. Olhou para Rick. "Apenas me mostre como chegar ao centro e irei..."

"Voar para lá num tapete mágico?"

Suspirou e incluiu o conserto do carro em sua lista de despesas. "Será que não consigo uma carona?", perguntou, mordendo o lábio inferior ao perceber que, para um homem cansado de mulheres que sempre queriam alguma coisa dele, ela era um problema que não valia a pena enfrentar.

"Estou indo para a cidade. E, antes que peça, sim, posso te dar uma carona de volta para casa depois."

Casa. Será que ela já tivera alguma? Não querendo se aprofundar em pensamentos complexos naquele momento, deu-lhe um sorriso de gratidão. "Você é um cavaleiro com uma armadura brilhante, Rick Chandler."

Ele deu uma risadinha. "O que posso fazer? Não consigo resistir a uma dama em perigo." Havia uma mistura de humor e tristeza inesperada em sua voz, apesar do sorriso sedutor. Será que a tristeza tinha a ver com seu casamento?, perguntava-se Kendall.

Mais uma vez, ela gostaria de saber tudo a respeito daquele homem enigmático. O que o fazia ser tão retraído? O que acontecera em seu passado que o levava a evitar um novo casamento, apesar do hábito de resgatar mulheres em perigo? Consciente da atração que sentia por Rick, Kendall estava feliz por não ficar tempo suficiente para descobrir as respostas a essas perguntas.

Capítulo 3

Uma hora depois Rick tinha apresentado para Kendall a loja de departamentos Herb Cooper inteirinha, ajudando-a a escolher produtos domésticos. Nos corredores, mais de uma vez, Rick teve a sensação de estar sendo observado. Entretanto, assim que se virava para ver quem era, os corredores pareciam vazios.

Talvez devido às muitas horas de plantão, o barulho de alguém tropeçando chamou-lhe a atenção, e ele se virou a tempo de ver Lisa Burton. Ela espiava por trás da seção de queijos e biscoitos, achando que ele não poderia vê-la. Rick suspirou e fingiu não se importar, não permitindo que ela percebesse seu olhar. Não precisava de mais uma confrontação com a professorinha tarada.

"Você ficou quieto de repente." Kendall quebrou o silêncio. "Estou quase acabando as compras e sou muito grata a você por ter ficado comigo esse tempo todo."

"Foi um prazer", respondeu. E tinha sido mesmo. Ele gostava de Kendall, por sua inteligência e senso de humor. Preferia Kendall a qualquer outra mulher com quem passara algum tempo, incluindo a espiã Lisa.

Uma rápida olhada por sobre os ombros permitiu-lhe ver que Lisa desaparecera. Tinha certeza de que fora ao corredor ao lado, pretendendo encontrar-se com ele na outra ponta. Naquele mesmo instante, Rick formulou um plano. Se se antecipasse ao encontro e agisse antes que ela viesse até ele, Lisa e seu sonho de casar com ele podiam ficar no passado – ficando assim com uma mulher a menos, mas com uma cidade inteira ainda com que lidar. De qualquer forma, era um começo.

"Para o jantar." Kendall deu um risinho e jogou um pacote de salsichas no carrinho de supermercado.

Jantar. "Droga!" Sua mãe e Chase o aguardavam – olhou para o relógio – havia mais de uma hora. Mas seu atraso não seria nenhuma surpresa, por isso nem haviam tentado contatá-lo. Quando saía para um chamado, sua família aprendera a tolerar seus atrasos frequentemente longos.

"Tenho de admitir que não é alta culinária, mas salsichas cozinham rápido e não são muito caras. Comida perfeita para gente solteira... então por que a exclamação?" Kendall o encarava de olhos bem abertos.

"Esqueci que tinha de ir jantar com minha mãe."

"E, em vez disso, aqui estou eu te importunando." Ela aproximou-se e tocou-lhe o braço.

Faíscas crepitaram naquele momento, provando ser besteira o que ela acabara de falar e reforçando a ideia de que seu plano de afastar Lisa tinha tudo para dar certo.

"Sinto muito por ter te prendido", falou Kendall.

"Não há por quê." Ele estava curtindo passear com aquela mulher, que o encantava, o excitava e desejava dele apenas aquilo que podia oferecer.

Pegou o celular do cinto e discou os números de cabeça, esperando ouvir a voz de Raina na outra ponta. "Oi, mãe. Desculpe-me pelo atraso. Tive uma complicação."

"Sua nova noiva?" Ela soltou uma risada, parecendo animada, bem diferente do seu estilo esbaforido de sempre.

Desde que sua mãe fora diagnosticada com problemas no coração, alguns meses atrás, Rick se preocupava com sua saúde. Ele e Chase se alternavam nos cuidados para com ela, garantindo que comesse na hora e na quantidade certas. Depois da morte do pai, era normal os três irmãos Chandler cuidarem de Raina. "Mas a senhora já comeu, não?"

"Chase e eu comemos", confirmou. "Ele foi chamado de volta para o serviço, mas estou mantendo o seu prato aquecido. E deixei para comer a sobremesa contigo, assim faço companhia para você. Estou louca para saber tudo sobre o seu recente casamento."

Revirou os olhos para cima. Rick sabia que sua mãe não acreditava na fofoca, mas o boato obviamente se espalhara pela cidade. Uma espiadela no corredor confirmou-lhe que Lisa estava onde imaginara, aguardando-o e, sem dúvida, tentando descobrir com quem ele estava. Rick precisava dar a Lisa um motivo firme e definitivo para acreditar que ele não correspondia aos seus desejos. Ao mesmo tempo, precisava oferecer uma mulher na qual sua mãe pudesse se concentrar, substituindo as hordas que o deixavam louco.

"Obrigado por me aguardar, mãe. Estarei aí em..." Olhou o relógio, calculando quanto tempo precisariam para terminar. "Mais ou menos meia hora. Ah, e vou levar uma convidada."

Ao seu lado, Kendall fez que não com a cabeça. "Não precisa fazer isso", murmurou. "Eu ficarei bem."

Ele indicou com a mão que ela não se preocupasse e conseguiu pegar o final da pergunta da mãe.

"Uma mulher, mamãe, e você terá uma bela surpresa." Antes que sua mãe pudesse começar o interrogatório, desligou, fechou o telefone e o prendeu novamente no cinto.

"Isso, sim, foi estúpido." Kendall o encarava.

Rick aproximou-se, ciente de que Lisa bisbilhotava bem ali, no canto. "Mas que falta de gratidão com alguém que te salvou de salsichas cozidas e poeira para jantar!"

"Você acabou de me contar que sua mãe está louca para te casar. Todo mundo aqui na cidade provavelmente acha que fizemos isso, e agora me leva para jantar em sua casa? Ficou maluco?"

"É provável que sim." Rick notou o olhar de choque de Kendall, mas deu um sorriso. "Tenho um plano. Na verdade, é uma troca; e você precisa me ouvir antes de dizer não."

Uma certa apreensão era visível nos olhos dela, fazendo-o pensar que Kendall vetara a ideia antes mesmo de ele conseguir fazer a proposta.

Ela pôs as mãos na cintura e o encarou. "O que o faz pensar que eu diria não?", perguntou, surpreendendo-o com um desafio.

Rick imaginou que ela pretendia provar que conseguia lidar com qualquer coisa que lhe fosse oferecida, e, depois daquele beijo, ele também não se importaria em provar o mesmo.

"Então, que tipo de troca tem em mente?" A apreensão sumira de sua voz.

Se quisesse ter uma chance de convencê-la a seguir com seu plano, Rick precisava alterar a atitude dela. Encostou uma mão na porta de vidro atrás da cabeça de Kendall, prendendo-a entre seu corpo e a prateleira de comida congelada, numa posição que, para qualquer observador, inspirava intimidade. Pretendia assim tirar-lhe as defesas. "Estou propondo uma limpeza geral." Baixou o tom devido à proximidade e à cautela que fervia em suas veias. "Vou limpar sua casa se você limpar a minha."

Kendall balançou a cabeça, e uma gargalhada baixinha saiu de sua garganta. "Você não está falando sério."

"Sobre sua casa, sim. Sobre a minha, não." Por impulso, aproximou-se, pegou uma mecha de seus cabelos e a acariciou com o polegar e o indicador, gostando da sensação sedutora do cabelo em sua pele. "Vou ajudá-la a arrumar a casa de sua tia para poder vender, e você me ajudará a deixar minha casa em ordem. Minha casa interior."

Impossível ser mais explícito. Quer ser minha namorada, Kendall? Rick sentiu um arrepio na pele, e seu corpo tremeu. Tudo lhe parecia perfeito. *Ela* parecia perfeita. Então, como tivera a capacidade fazer uma proposta tão dura e insensível?

"Pare de fazer rodeios e diga-me logo que ideia é essa."

Ele respirou longamente e optou por ir direto ao ponto. "Quero que finja ser minha namorada. Permita que a fofoca se espalhe pela cidade, para que, assim, as mulheres se afastem de mim." Seus olhos a penetravam. "E, então, que me diz?"

Um tique nervoso surgia em sua boca. "O mesmo que disse antes. Você é maluco!", respondeu, com seus olhos enormes encarando-o.

Seria sua imaginação ou vira um pingo de sofrimento em seus olhos verdes, mesmo que ela estivesse tentando mascarar a emoção? "Não sou maluco", corrigiu. "Sou um cara cansado de receber uma atenção indesejada das mulheres. E, por acaso, também gosto de sua companhia, e esse acordo beneficiaria a nós dois." Será que o corpo dela não lhe dizia o que o dele já sabia? Que eram perfeitos um para o outro, e faltava apenas serem unidos com solda?

Rick balançou a cabeça, dando-se conta de que acabava de sugerir um relacionamento fingido. Mas seu corpo não ouvia nada enquanto ela mordia aqueles lábios volumosos.

"Não sei."

"Você comentou que está com pouca grana. Tem dinheiro para contratar um carpinteiro?", perguntou, agarrando-se aos fatos necessários para convencê-la de que tinha o que ela precisava. Era *dele* que ela precisava. "Um pintor?", continuou. "E todo tipo de profissionais de que a casa precisa...?"

Kendall deu um suspiro. "Acho que não." Não mesmo, pensou. Mesmo que conseguisse fazer algumas joias nas pausas da arrumação da casa, ainda assim não teria renda suficiente para pagar pelos reparos. Rick se oferecia para fazê-los... por um preço. Um preço que ela pagara antes com Brian e que acabara num vestido de noiva.

Um calafrio que não tinha nada a ver com a caixa congelada atrás dela desceu pela sua coluna. Kendall não queria depender de mais ninguém para suprir suas necessidades ou conquistar seus sonhos. E, principalmente, não queria que ninguém criasse um obstáculo para seus objetivos. E Rick – com seus olhos dourados, sorriso sedutor e todo aquele charme – era uma ameaça muito maior do que Brian jamais fora.

Mas era inegável que sua proposta fazia sentido. Suas cabeças ainda estavam unidas, e o contato íntimo dificultava-lhe pensar e avaliar as opções. Aquela proximidade física era algo intencional, Kendall não tinha dúvida disso.

"E como um incentivo adicional, preciso dizer que tenho muita habilidade com as mãos."

Kendall queria perguntar quais eram essas habilidades, mas se conteve. Seu corpo já reagira ao argumento, intencionalmente de duplo sentido, e um calor delicioso remexia seu estômago, ao mesmo tempo que uma palpitação de desejo surgia um pouco abaixo, entre suas pernas. A voz dele pingava sexo, e Kendall se deixou seduzir.

Lambeu os lábios para umedecê-los e tentou, sem sucesso, pensar em outra coisa. "Não me deixe no vácuo. Diga-me o que essas mãos podem fazer." Infelizmente, o pedido pareceu muito necessitado, deixando bem claro o que ela sentia no momento.

Rick deu uma risadinha. "Fiz uns pequenos reparos na casa de minha mãe, nos meus dias de folga", respondeu, mais concentrado do que ela. "Posso resolver quase tudo que você precisa, e o que eu não puder, posso solicitar a alguém como um favor. Para sua sorte, meus horários são bastante flexíveis. Dez por trinta e oito."

"Não entendi. Pode traduzir?"

Rick revirou os olhos, uma expressão engraçada que ela achou incrivelmente afetuosa. "Vocês, civis, são patéticos... Faço quatro turnos de dez horas por semana, com três dias de folga. Bastante tempo para ajudá-la com a casa e, ao mesmo tempo, passar a impressão que quero para as pessoas."

Kendall não parava de esfregar suas mãos úmidas. "E qual seria essa impressão?"

Rick passou a mão, com gentileza, na bochecha dela. "Que não posso ficar longe de você. Que finalmente encontrei a mulher para mim. E que ninguém mais me interessa."

Ele falava tão sério que parecia ser sincero – mas, conforme Kendall se forçava a lembrar, não era. Tratava-se apenas de mais uma proposta. Tratava-se de um homem empenhado em evitar relacionamentos e casamento, que, naquele momento, estava apenas provando a ela que podia representar bem seu personagem de namorado.

Kendall teria de fazer o mesmo, caso concordasse. Tendo acabado de sair de um acordo semelhante com Brian, sabia quão íntimos ela e Rick poderiam se tornar. Mas Rick não estava pedindo a ela o seu futuro; queria apenas uma solução temporária para seu problema. Assim como Kendall precisava de uma solução temporária para o dela. Uma mão lava a outra.

Tinha pouco dinheiro no banco, e aquele homem oferecia a solução para o que desesperadamente precisava.

"Kendall?" Rick quebrou o longo silêncio, interrompendo-lhe os pensamentos.

Ela conseguia fazer aquilo. Se contivesse bem seu coração e ficasse se lembrando de que logo se mudaria dali, não haveria como se ligar àquele homem solitário ou àquela cidade.

Podia lidar com a proposta. Notou que Rick a olhava com atenção. "Sim", respondeu.

"Sim, estou prestando atenção, ou sim..."

"Serei sua namorada", falou, antes que pudesse mudar de ideia. "Fingir ser, quero..."

Antes que pudesse terminar, Rick beijou-a nos lábios, pegando-a desprevenida. Suas bocas ficaram unidas por um breve instante, mas tempo suficiente para o inferno entrar em erupção, para as brasas se acenderem e, mais uma vez, surgirem faíscas. Então, logo em seguida, ele interrompeu o beijo, afastado a cabeça para olhá-la nos olhos. "Obrigado."

Os lábios dela estavam dormentes. Um calor inesperado tomou-lhe o coração, e isso a deixou assustada. Ainda abalada, tentou manter a compostura. "Ainda não sei se consigo dizer 'de nada'."

De repente, um grito alto os interrompeu. Kendall virou-se e viu uma mulher na ponta do corredor sair correndo, tão rapidamente que não conseguiu ver-lhe o rosto. Kendall sequer sabia se o som viera da mulher que saíra correndo. Voltou-se para Rick. "O que foi aquilo?"

Ele girou os ombros. "Não sei dizer." Uma emoção surgiu-lhe nos olhos, mas logo desapareceu. "Acho que este acordo será muito benéfico para nós dois."

Kendall deu de ombros, insegura. "Continuo achando que você é maluco."

"Que nada. Apenas gosto de deixar as coisas mais animadas." Um brilho surgiu em seu olhar. "Agora vamos terminar as compras para irmos logo embora."

"Se você quer assim, não vou me responsabilizar pelo que pode acontecer."

"Querida, você chegou à cidade usando um vestido de noiva. Não tem como ninguém me acusar de nada." Algo que se provou correto, alguns minutos depois, quando o gerente passou a compra dela pelo caixa.

"Recém-casados, não é?" O homem velho e careca colocava o preço à mão nas mercadorias. Código de barras, obviamente, ainda não chegara a General Store. "Está se mudando de sua casa para a casa de hóspedes de Crystal?", perguntou a Rick, mas nem esperou a resposta. "Sinto muito por sua tia, senhorita Sutton. Quero dizer, senhora Chandler."

Kendall começou a ficar sem ar. "É Kendall. Chame-me de Kendall", falou. "Kendall Sutton."

Herb ergueu a cabeça e olhou zangado para os dois. "Você se casou com uma feminista, foi?", perguntou a Rick. "Faça-a assumir seu nome. Senão, daqui a pouco ela estará requerendo mais direitos, como o controle remoto, por exemplo. E então, não sobrará nada para o marido, nem mesmo seu orgulho."

Rick suspirou longamente e, como Kendall pôde perceber, teve de conter o riso. Mas não repreendeu o homem.

"Você não vai falar nada?", perguntou Kendall, baixinho.

"Não iria adiantar de nada, e, além disso, não é nada mal que eles continuem imaginando coisas, certo?"

"Sobre um relacionamento, não um casamento."

"Você logo vai conhecer melhor esta cidade, mas vou fazer o que me pediu." Rick tocou-lhe a mão. "Não nos casamos, Herb. E agradeço se puder corrigir as pessoas que ficarem falando isso. Não que vá adiantar muito", disse Rick, abaixando a voz para que apenas Kendall pudesse escutar.

Herb passou a mão na careca. "Mas ouvi Pearl contar que viu você carregando no colo esta bela senhorita num vestido de noiva."

"Bem, é verdade..."

"É uma longa história, senhor..." Kendall deu-se conta de que não sabia seu nome. "É uma longa história, Herb."

"E gostaríamos de explicar, mas estamos atrasados para o jantar na casa de minha mãe." Rick apertou com mais força a mão de Kendall.

Kendall tentou compreender aquela conversa e percebeu que Rick já assumira o personagem – espalhando a notícia de que iriam juntos jantar com a mãe dele, segurando sua mão em público. Sentiu o calor de sua mão e engoliu seco.

Herb riu. "Raina vai gostar de ter uma nora que more de verdade em Yorkshire Falls."

"Eu não..."

Rick deu uma cotovelada leve em Kendall, lembrando-a de não desmentir. Ela podia não ser sua noiva, mas a partir daquele momento era sua namorada – pelo menos para os moradores da cidade.

Então, que comece o farsa!, pensou Kendall, e entregou a Herb seu cartão de crédito para que ele pudesse cobrar a compra. Herb observou seu nome no cartão, olhou de Rick para Kendall, então resmungou alguma coisa sobre mulheres e seus ataques de independência, mas logo em seguida finalizou a compra e empacotou os itens.

"Você viu Lisa Burton sair correndo daqui?", perguntou Herb.

"Foi ela quem soltou um grito antes?", indagou Kendall.

"Sim. Deixou a cesta cair e saiu, obrigando-me a limpar os ovos quebrados e tudo o mais."

"Nunca se sabe o que mexe com as mulheres, Herb." Rick agarrou o cotovelo de Kendall, num gesto cavalheiresco. "Foi bom te ver", disse Rick, cumprimentando o homem.

"Digo o mesmo."

"Prazer em te conhecer", falou Kendall enquanto ajudava Rick a pegar os pacotes.

"Acho que vamos nos ver bastante. Uma casa precisa de muitas coisas para ficar habitável para duas pessoas e..."

"Com certeza. E é por isso que temos de ir agora." Rick cortou Herb e conduziu Kendall para fora antes que uma nova discussão pós-casamento começasse.

Isso era bom, já que Kendall imaginava que estavam prestes a enfrentar um belo interrogatório da mãe casamenteira de Rick.

Parece que Rick foi atingido por um meteoro, pensava Raina, extremamente feliz. Não via aquele olhar apaixonado, vidrado, em um filho seu desde...

bem, desde que Roman vira Charlotte no desfile de São Patrício. Devia ser por causa de toda aquela pele que as mulheres deixavam exposta ultimamente. Raina percebeu que Rick não conseguia parar de olhar para a barriguinha e o umbigo nus de Kendall.

Ver os dois jovens juntos fez Raina sentir um misto de paz e felicidade. Com o retorno da sobrinha de Crystal, de olhos brilhantes, Raina sentia a presença da amiga. Ficou se perguntando se Crystal não havia mandado Kendall para lá para mexer, de alguma forma, com a vida de todo mundo. Se fosse isso, Raina pretendia ajudar.

"E, então, o que pretende fazer com a casa?", perguntou Raina a Kendall. "Deus sabe quanto Pearl e Eldin gostariam de ficar."

A jovem baixou a guarda. "É mesmo? Isso é maravilhoso!"

Raina fez que sim com a cabeça. "Fico feliz por você aceitar, pois eles vivem bem apertados de grana. O acordo que fizeram com sua tia era o único que podiam pagar."

"Falando em acordo, preciso saber os detalhes desse contrato de aluguel", falou Kendall.

"Ah, mas não há um contrato", falou Raina, abanando a mão.

"Como assim?"

"Nesta cidade, as pessoas que se conhecem há décadas ainda fazem as coisas com um simples aperto de mãos. Sei que parece bobo. Mas é assim. Quando sua tia adoeceu, Pearl e Eldin conseguiram vender o apartamento, que lhes saía caro, e mudaram-se para lá a fim de trabalhar como caseiros. Para manter o lugar durante sua ausência."

Kendall engasgou com o copo d'água que tomava. "Desculpe-me. Não sabia que eles não pagavam aluguel." Tossiu novamente e enxugou os lábios com um lenço de papel.

Raina percebeu que Rick prestava bastante atenção à conversa.

"A senhora chama de manutenção aquilo que eles estão fazendo?", perguntou Kendall quando se recuperou.

"Eldin é pintor de parede durante seu tempo livre, coisa que ele tem de sobra desde que se aposentou por invalidez", falou Rick. "Se olhar com cuidado, verá umas manchas estranhas nas paredes da casa."

"Retoques", explicou Raina.

"Ainda não consigo acreditar que não pagavam aluguel para a tia Crystal."

"Ah, Crystal não via motivo para isso. Ela havia quitado a hipoteca da casa fazia anos. Sabia que as coisas estavam apertadas para Eldin e Pearl, e, quando foi para a clínica de repouso, convidou-os para irem morar lá." Raina aproximou-se e tocou a mão de Kendall. "Sua tia era uma boa mulher."

"Uma das melhores que conheci", falou Kendall, baixando a voz conforme a lembrança da perda a pegava.

Mas sorriu logo em seguida, mostrando força interior, algo que Raina admirava.

"Mas, ainda assim, vou precisar arrumar o lugar", disse Kendall. "E então poderei decidir o que fazer..." Ela se interrompeu. Encontrou o olhar de Rick, e uma mensagem silenciosa passou entre eles.

Ah, Raina lembrava-se muito bem dessa época. Pequenos olhares, relances que apenas um casal nos estágios iniciais de um relacionamento podia entender.

"Quero dizer, eu..."

"Ela não sabe bem o que fazer com a casa", interrompeu Rick, finalizando o que Kendall tinha a dizer.

"Bem, você não pode *vender* a casa de sua tia. É a sua herança!" Raina não entendia bem os comportamentos dos dias de hoje, mas não conseguia acreditar que a sobrinha de Crystall abrisse mão da herança.

"Mãe, a senhora não tem nada que opinar sobre o que Kendall faz com a propriedade dela", falou Rick.

Kendall suspirou. "É difícil até pensar em receber uma herança depois de ter passado a vida inteira mudando-me de um lugar para outro."

"Ah, sim. Seus pais ainda estão fora do país? Crystal costumava me contar das viagens deles." Raina batia na mesa com as pontas dos dedos, pensando. Transitoriedade não era uma virtude, mas talvez Kendall não fosse como seus instáveis pais.

"Eles são arqueólogos. Estão em algum lugar da África agora."

"E sua irmã? Como ela está?"

"Hannah está num internato em Vermont. Está bem. Recebi um ou dois telefonemas dizendo-me que ela é meio criadora de caso, mas sempre foi impetuosa. Pretendo ir para lá, conversar eu mesma com ela, assim que as coisas se ajustarem por aqui."

Raina balançou a cabeça. "É triste quando uma família não vive como uma família."

"Mãe!" Rick reprimiu-a com o tom de sua voz. "Kendall acabou de perder a tia. Não precisa ficar aturando as aporrinhações da senhora, que não tem nada a ver com a vida dela nem com o que ela pretende fazer."

Protetor, pensou Raina, e, apesar de Rick ter essa característica por natureza, dessa vez ela sentia que sua defesa de Kendall tinha um quê de pessoal. Raina olhou para seu filho satisfeita.

"Rick, não me importo de explicar. A maioria das pessoas não compreende meu estilo de vida. Na verdade, se eu não o vivesse, provavelmente não entenderia também." Ela sorriu para Raina. "Levando-se em consideração a família obviamente calorosa e amável que vocês têm, tenho certeza de que a vida de minha família lhes parece estranha."

"Maluca. Bem, talvez", admitiu Raina, preferindo ser honesta. As pessoas podiam mudar, pensou, desde que recebessem o incentivo correto. "Quero que você se considere parte de nossa família. Crystal iria gostar disso, e eu também." Mais do que Kendall imaginava.

Pelo pouco que vira, Raina não achava Kendall Sutton apenas bonita. Era graciosa, simpática e inteligente. Também tinha opiniões firmes. E Raina acreditava que fora a independência dela que conquistara Rick, que vinha sendo bombardeado por mulheres mais voltadas para o lar. Raina tinha de assumir a culpa por isso, mas as coisas haviam mudado.

Rick obviamente se apaixonara por Kendall, mesmo que ainda não tivesse se dado conta. Talvez, se recebesse amor e ternura, Kendall aprenderia a amar a estabilidade que não tivera quando criança. E haveria alguém melhor do que os Chandler para ensinar-lhe o valor de uma família? Principalmente Rick.

"Isso é muito gentil. Nem sei o que dizer." Os olhos de Kendall mostravam um brilho incrível.

"Eu sei! Você foi enganada! Pela maior especialista no assunto", falou Rick, irônico.

Raina fez uma careta para o filho.

"Que assunto?", perguntou Kendall.

"Casamentos."

"Ah, sim." Kendall adiantou-se na cadeira e deu um risinho. "Ouvi falar de seu talento para ser cupido, senhora Chandler."

"E ouvi falar bastante de sua chegada promissora. Agora, diga-me, como você conseguiu acabar no acostamento da estrada num vestido de noiva?"

"Mãe..."

"É uma pergunta justa, Rick." As bochechas de Kendall assumiram um tom rosado, mas ela seguiu em frente, como uma guerreira. "Eu devia ter me casado hoje de manhã", respondeu, envergonhada por admitir que esteve a um passo de falar "Aceito", quando então, por sorte, as coisas deram errado. "Mas ambos percebemos que casar seria um erro, e meu noivo e eu nos separamos."

Raina tivera um casamento feliz por quase vinte anos, até o falecimento de John. Não conseguia aceitar a ideia de casar-se com alguém que não amasse, ou de terminar tudo de maneira tão abrupta. "Cancelar um casamento tão repentinamente... Ele te traiu?", perguntou Raina, chocada e ofendida por Kendall.

Rick chutou-a com delicadeza por baixo da mesa.

Kendall fez que não com a cabeça. "Não, mas éramos mais bons amigos do que qualquer coisa. Ele me fez uns favores, conseguindo-me alguns trabalhos como modelo para ajudar a pagar a clínica de repouso de tia Crystal. E eu me sentia em dívida com ele. A partir daí, as coisas saíram de controle, mas, graças a Deus, percebemos a tempo. Fiquei tão aliviada que nem consegui pensar. Saí andando, entrei no carro e segui em frente."

O ato impulsivo chocou Raina, que passara toda a vida na mesma casa, levando a vida da maneira esperada. "Assim, simplesmente?"

"Exatamente assim."

Raina piscou, estupefata. Mas já que havia lhe contado até ali, precisava saber tudo. "E o cabelo rosa, foi para um trabalho como modelo?"

Kendall levou uma mão às mechas rosas. "Melhor se tivesse sido... Na verdade, foi um impulso."

"Outro?", perguntou Rick, devorando Kendall com o olhar.

Raina quase não conseguiu conter o riso.

"Ontem à noite entrei em pânico. Estava no banheiro diante do espelho e simplesmente..." Seus olhos pareciam vitrificados. "Entrei em pânico. Não conseguia acreditar que ia me casar com Brian. Eu o amo como amigo, mas em toda a minha vida nunca fiquei amarrada a alguém ou alguma coisa. Vi meu reflexo e fiquei com medo de não conseguir enfrentar o casamento." Sua voz ficou mais baixa. "Mas dei minha palavra, prometi para ele... e ele havia sido muito bom para mim. Pensei que talvez, se mudasse de aparência, poderia seguir em frente com essa nova vida."

"E então você comprou tintura rosa?"

Ela riu. "Não. Eu tinha tintura vermelha no armário de casa. Na verdade, cor de Cherry Cola, mas, como meu cabelo é loiro bem claro, a cor não ficou como pensei. Em vez de refrigerante de cor avermelhada, cheguei ao rosa." Ela deu de ombros. "Podia ser pior."

"Logo percebi que você era loira", falou Rick, em voz profunda e rouca.

"Por causa de meu comportamento impulsivo e avoado de hoje?", perguntou Kendall, rindo.

"Porque ele tem uma queda por loiras", interpelou Raina, querendo ajudar. "E se você quiser, em algum momento, voltar a ser loira, posso te levar para a cidade e apresentá-la a Luanne e sua filha Pam. São donas do Salão da Luanne, o único da cidade."

"A senhora precisa ficar em repouso", falou Rick, bravo.

Droga!, pensou Raina. Esse problema cardíaco que fingia ter ia acabar com ela. Odiava criar problemas para os garotos, odiava as complicações que criara para sua vida social, mas era algo necessário. Tivera essa ideia depois que fora levada às pressas para o pronto-socorro, alguns meses atrás, onde recebera o horrível diagnóstico de uma indigestão. Mas seus filhos não sabiam a verdade, e Raina aproveitara a situação para seguir firme no objetivo de mostrar-lhes o erro de continuarem solteiros.

Raina os fez acreditar que estava bastante doente, e, em consequência, eles se haviam unido para realizar seu maior desejo: Roman fora o escolhido para dar-lhe um neto. Raina acreditava de verdade que ele e Charlotte fariam exatamente isso, apesar de Roman insistir que ele e a nova esposa precisavam de um tempo para si mesmos antes de iniciar uma família.

Mas Raina não desejava apenas netos. Queria ver os filhos resolvidos, vivendo felizes para sempre com a esposa dos sonhos e a própria família. Não queria que tivessem uma vida solitária. Ela já conquistara um terço de seus objetivos. Chase e Rick eram os próximos.

"A senhora está doente?", perguntou Kendall, visivelmente preocupada.

Raina respirou fundo e levou a mão ao coração. "Tive um problema algum tempo atrás."

"Um problema cardíaco", explicou Rick. "Ela precisa moderar as atividades e a dieta, e isso é só o começo."

"Norman tem trazido as refeições, e os meninos contrataram uma empregada." Raina vinha mantendo uma conta corrente para devolver o dinheiro aos filhos assim que a farsa terminasse. Odiava a teimosia deles de não permitirem que pagasse por seus cuidados. E, a cada dia que passava, desgostava ainda mais do fato de eles estarem sempre por perto.

Mas ela criara essa situação, e iria até o fim. Até então, Kendall parecia-lhe sua melhor esperança para nora número dois.

"A senhora é sortuda de ter filhos tão dedicados, senhora Chandler."

"Raina, por favor. Realmente, tenho os melhores filhos do mundo. Serão maridos maravilhosos também. Pode perguntar para minha primeira nora. Ela agarrou Roman, o eterno viajante, com unhas e dentes. Rick é um pouco mais fácil, já que não precisa ser convencido a morar num só lugar. Mas você..."

"Ahã." Rick pigarreou bem alto. "Mamãe, gosto de eu mesmo fazer meus galanteios às mulheres, sem sua ajuda." Rick espremeu a mão de Kendall, e o rosto dela ficou mais vermelho do que o cabelo.

"Então você admite que há romance no ar?", perguntou Raina, contente.

"Não precisa lavar a louça, mamãe", falou Rick, ignorando a pergunta.

Mas Raina não se intimidou. Rick nunca levara uma mulher para um jantar em família antes, e a presença de Kendall falava mais alto do que qualquer coisa que ele pudesse ter dito.

"Cynthia vai chegar logo cedo para limpar tudo. Por ora, Kendall e eu precisamos ir embora. Prometi a ela que a ajudaria a ajeitar um quarto ou dois para que pudesse dormir numa casa limpa hoje à noite."

"Não há necessidade. Ela dorme aqui", falou Raina num tom de voz que amedrontava os filhos quando eram pequenos. "Aquele lugar parece um curral, nada adequado para um ser humano, e não são algumas horas de limpeza que vão mudar isso. Sem ofensas, Kendall..."

A jovem balançou a cabeça. "Imagine! Mas não quero atrapalhar."

"Você nunca atrapalharia."

"A senhora é um amor, mas estou acostumada a me virar."

Ah, então vocês, jovenzinhos, querem privacidade, não é?, conjecturou Raina, aliviada por Kendall não ter aceitado o convite. Com uma visita em casa, perderia sua melhor oportunidade de andar na esteira, que era quando os filhos não estavam por perto. Quando tramara o esquema, devia ter fingido hipertensão, não alguém com problemas cardíacos, que precisava diminuir as atividades... mas não estava pensando no futuro.

Rick levantou-se, e Kendall o seguiu. Então ele pousou uma mão na cintura dela. "Não vamos expor nossa privacidade, mamãe." Inclinou-se e deu-lhe um beijo de boa-noite.

Muito depois de Kendall ter-lhe agradecido e ido embora com Rick, a alegria de Raina permanecia, e ela não conseguia relaxar. Fazia décadas que não via seu filho do meio rindo com tanta leveza, muito menos por causa de uma mulher. Desde que Jillian lhe partira o coração. Mas isso era passado.

Kendall era o futuro. E, apesar de Rick acreditar que não iria se casar novamente, Raina sabia das coisas. Graças a Kendall e a sua impulsividade, Rick iria acabar acreditando nisso também.

Rick abriu a porta para Kendall, deu a volta no carro, para o lado do motorista, e entrou, afivelando o cinto de segurança antes de se virar para ela. Ergueu a mão e ela bateu. "Missão cumprida."

"Será?"

"Conheço minha mãe, e ela definitivamente acredita que viu faíscas entre a gente hoje à noite." Porque houve faíscas mesmo, pensou Rick.

Mas isso ficaria para depois. Havia sombras tingindo a pele frágil sob os olhos de Kendall, evidenciando exaustão. Ela precisava descansar.

"Ela vai cancelar a busca por uma nora?"

Rick fez que não com a cabeça. "Não foi isso que eu falei." Girou o punho e deu partida no carro. "Na verdade, irá adiantar as tropas."

"Então para que serviu a noite de hoje?", perguntou Kendall.

"Minha mãe não irá mais ficar empurrando outras mulheres para mim. Em vez disso, concentrará todas as atenções naquela que tem mais potencial."

Rick virou o rosto a tempo de vê-la abrir e fechar aquela boca cujos lábios o seduziam tanto.

"Você está falando de mim?"

Ele soltou um risinho. "Exatamente." Mas Rick logo se recompôs, pois havia algo mais urgente para discutir com ela. "Kendall, que tipo de relacionamento você tinha com Brian?"

Ela endireitou-se no assento, substituindo o riso por tensão. "Não acho que isso seja importante."

"Lógico que é. Você disse que ele te fez alguns favores, e que, por isso, sentia-se em dívida com ele." Ao ouvir a descrição que Kendall fizera do acordo deles, ficou incomodado. "Estamos entrando num acordo semelhante. Apenas não quero que se sinta constrangida."

"Se está preocupado com a possibilidade de meus negócios passados com Brian impedirem que levemos a cabo nossa farsa, não há por quê. Já sou uma profissional", falou com ironia.

Era isso que o preocupava. Rick não queria que Kendall achasse que ele queria se aproveitar dela. "Sei que ele te conseguiu alguns trabalhos como modelo para que pudesse pagar pelos cuidados de sua tia. O que você lhe deu em troca?"

Kendall esfregou os olhos com as mãos cansadas.

Rick agarrou-lhe a mão, apertando-a com força.

"Brian estava saindo de um relacionamento complicado. Fora seriamente magoado por uma modelo que tinha de ver frequentemente em eventos. Queria ter ao seu lado uma mulher linda, como ele mesmo dizia, para mostrar para sua ex que a havia superado. Precisava que eu fingisse ser sua..."

"Namorada." E Rick lhe pedira o mesmo.

A mesma coisa que a fizera sair correndo de Nova York, num vestido de noiva. E que a deixara desesperada, como ela mesma admitira. Rick sentia-se um traste por colocá-la na mesma situação desagradável novamente.

Ele suspirou fundo. "Eu sinto muito."

"Eu não. Não faço coisas que eu não queira", garantiu. "E acredite em mim: eu também estou recebendo muito em troca deste acordo."

"Além da minha deliciosa companhia?" retrucou ele, levando a conversa para um tom mais leve.

"Sim, além disso."

Kendall riu, aquecendo-o por dentro e por fora. "E o que seria?"

"Assim que você terminar de consertar a casa de minha tia, poderei partir para uma vida inteiramente nova." Ela encostou-se no banco e fechou os olhos, com os lábios cheios de satisfação e um sorriso.

Bem, Rick perguntara e ela respondera. Azar o dele se não gostara da resposta.

Capítulo 4

DURANTE TODOS OS DIAS DE "folga" de Rick, os dois limparam, consertaram e esforçaram-se para tornar habitável a casa de hóspedes. Poeira e sujeira pairavam lado a lado com a tensão sexual e faíscas incríveis. Faíscas que eles tentavam ao máximo ignorar e evitar. Kendall tinha um palpite de que estavam andando na pontinha dos pés sobre um campo minado destinado a explodir a qualquer momento, mas, quando Rick retornou ao seu turno, ela teve um momento de alívio.

Sozinha, voltou sua atenção para encontrar um lugar onde pudesse desenhar as joias. O apartamento em que morava em Nova York tinha luz artificial que lhe dificultava desenvolver a escolha de cores e, em consequência, suas técnicas de *design*. Quando suas joias e uma mala cheia de roupas chegaram, cortesia de Brian, vasculhou a casa atrás de um ambiente de trabalho ideal, e no andar de cima, no sótão bolorento, descobriu janelas enormes que deixavam entrar uma luz natural linda.

Empolgada e com a adrenalina fluindo, Kendall ficou o dia inteiro limpando o sótão, removendo o pó e consertando as mesas de carteado guardadas lá. Horas depois, os potes plásticos cheios de materiais foram estrategicamente dispostos, as pedras organizadas por tamanho e cor, e suas ferramentas deixadas à mão. Afastou-se e observou sua obra. O sótão havia sido transformado no sonho de qualquer artista.

Na verdade, era algo irônico. Preparara o estúdio perfeito no mesmo lugar em que produzira seu primeiro colar, feito de pedras de vários tamanhos. Fora ali que tia Crystal lhe ensinara, entre outras coisas, a criar padrões. Uma onda de nostalgia aliada a um sentimento único de perda a dominaram. Sentia falta da tia tanto quanto da vida que poderia ter tido caso tia Crystall pudesse ter ficado com ela.

Kendall balançou a cabeça. Não havia por que se aprofundar nas lembranças. Viva o presente e siga em frente, fora o conselho dado por tia Crystal e o mote que Kendall sempre seguira. Se as memórias a estavam deixando sufocada ali no sótão, era melhor ignorá-las e ir para a cidade. Colocando as mãos na cintura, virou-se e saiu, agarrou as chaves do carro e pegou a estrada.

O sol ardia, e Kendall conduzia seu amado e agora consertado carro vermelho para a cidade. Seu Volkswagen Jetta apresentara um problema elétrico, mas o estrago poderia ter sido bem pior, e o conserto, muito mais caro. Assim, como a sorte ainda sorria para ela, Kendall decidiu que iria primeiro a um salão de beleza a fim de arrumar o cabelo.

Entrou no Salão da Luanne, o lugar que Raina sugerira na noite anterior. O cheiro forte de amônia a atingiu de imediato, entupindo-lhe os pulmões e fazendo-a lacrimejar. Quando finalmente parou de chorar, conseguiu olhar onde estava. Papel de parede rosa, cadeiras cor de borgonha, cromados e espelhos brilhantes a rodeavam. Um armário de vidro com produtos para o cabelo ocupava uma parede na frente da loja, um lugar perfeito para as joias de Kendall enfeitarem a vitrine – se a proprietária concordasse com uma consignação.

Kendall abordara muitos proprietários, em várias cidades, oferecendo-lhes suas criações, e esperava que a dona dali fosse receptiva. Não havia ninguém na entrada, assim, entrou no recinto e parou num degrau que separava a entrada do salão. Para um lugar pequeno, o salão estava bem cheio de mulheres, e a conversa parecia animada e amigável, o que lhe deu esperanças.

Kendall respirou fundo e parou na primeira estação. "Com licença. A senhorita poderia me indicar quem é a proprietária ou a recepcionista?"

"Seria eu mesma." A cabeleireira, uma mulher com um corte de cabelo bufante, uma reminiscência dos anos 1950, virou-se para ela, com um pente na mão: "Como posso ajudá-la?"

Kendall sorriu. "Meu nome é Kendall Sutton, e gostaria de marcar uma hora."

A cabeleireira não teve chance de responder. Uma cliente sentada inclinou-se e sussurrou para outra mulher, de bobs no cabelo, na estação ao lado. "É a nova namorada de Rick Chandler", falou, bem baixinho.

A informação partiu de duas manicures sentadas a alguns passos dali. Em questão de segundos, um silêncio assomou a loja. Todos os olhos pousaram em Kendall, e nenhum deles parecia amigável. A esperança de conquistar a proprietária do salão evaporou junto com seu ânimo.

Kendall passara a vida toda sendo a garota nova no pedaço. Entrara em muitas salas de aula ou situações não conhecendo ninguém, estranha para todos, e aprendera cedo na vida que nunca ficaria num lugar tempo o suficiente para que se importasse com as opiniões dos outros. Sentir-se feliz e segura, ter uma vida honesta e poder se olhar no espelho, era isso que contava – sabedoria transmitida por tia Crystal, palavras que Kendall levava a sério e sempre levara em conta. Sabedoria que nunca falhava em elevar-lhe o ânimo.

Até aquele momento. Uma sensação estranha de desconforto a atingiu. Estranho para alguém acostumada a ser uma forasteira.

"O cabelo dela é rosa!", alguém quase gritou na sala antes silenciosa.

Uma dúzia de mulheres curiosas, de olhos bem abertos, a encaravam, Kendall fechou as mãos em punho, tentando evitar levar os dedos ao cabelo. Sentia câimbras no estômago, e senteiu-se inibida – outra sensação incomum para alguém que nunca se importara com o que as outras pessoas achassem dela.

Forçou um risinho e correu uma mão despreocupada, pelo menos esperava que assim parecesse, pelo cabelo. "Foi isso que me trouxe aqui: arrumar o cabelo." Apesar de aquelas pessoas a incomodarem, recusou-se a deixar transparecer sua insegurança.

"Todas vocês, voltem a fofocar e parem de encarar a garota." Do fundo da loja surgiu uma ruiva atraente, que se dirigiu a Kendall: "Ignore essas pessoas". Balançou a cabeça, indignada. "Meu nome é Pam. Sou co-proprietária do salão, e a senhora boquiaberta ao meu lado é minha mãe, Luanne." Deu uma pequena cotovelada na mãe. "A outra proprietária, que normalmente é bem mais educada com as clientes."

"Desculpe-me pelos meus modos." Luanne estendeu a mão, e Kendall a cumprimentou. "Todo mundo estava falando sobre a nova namoradinha de Rick e, quando olhei, lá estava você..." Luanne levou uma mão à boca. "Vou calar a boca agora."

Pam balançou a cabeça. "Boa ideia, mamãe."

"Não se preocupe, por favor. Além disso, sei bem que este cabelo rosa chama muita atenção."

Pam colocou as mãos na cintura e a estudou. "Você realmente não entendeu ainda." Deu de ombros e aproximou-se, cochichando: "Mamãe falou sério. Não foi seu cabelo, foi a sua situação que causou o falatório. Tem ideia de quantas dessas mulheres tentaram apenas sair para jantar com Rick e não conseguiram?"

"Ouvi alguns boatos..."

"Não são boatos. São fatos. Eu sou provavelmente a única das mulheres que estão agora aqui no salão que nunca se jogou para cima do policial favorito da cidade. Prefiro homens de cabelos claros, mas a maioria das mulheres desta cidade não é tão exigente. Querem apenas uma aliança no dedo." Pam mostrou a mão para Kendall. "Não que eu ache que você esteja querendo isso. Acabei de conhecê-la. Nem saberia dizer. Mas você entende o que digo."

Kendall fez que sim com a cabeça, confusa com o que Pam acabara de falar. Acostumada a viver sozinha em cidades grandes, Kendall não se sentia à vontade ao compartilhar informações íntimas com uma estranha. Mas era óbvio que, numa cidade pequena, não havia nada tão pessoal que não pudesse ser conversado. "Será que consigo marcar um horário para arrumar o cabelo?", perguntou Kendall, mudando de assunto.

Pam sorriu. "Para sua sorte, peguei a manhã para resolver alguns problemas, mas consegui terminar cedo. Vou cuidar de você, já que...", aproximou-se e continuou: "... acredito que não queira que minha mãe mude a cor de seu cabelo de rosa para azul. Mamãe está se especializando em tinturas azuis."

Pam deu risada, e Kendall achou seu sorriso leve muito contagiante. "Gostaria de contar com seus serviços."

"Então venha comigo."

Kendall seguiu Pam até o salão dos fundos, esforçando-se para ignorar os olhares furtivos e ininterruptos, apesar de não conseguir afastar a impressão de que algumas mulheres a continuavam observando pelas costas.

Pam sentou-a numa cadeira de salão e prendeu uma toalha preta em seu pescoço, cobrindo-a dos pés à cabeça. "Querida, apenas as ignore. As clientes que estão aqui hoje pela manhã não são muito representativas de nossa cidade, juro para você." Pam deu-lhe um tapinha nos ombros. "Agora, você quer voltar a ser loira?"

Kendall fez que sim com a cabeça. "O máximo possível."

"Está certo. Vamos ter que fazer uma bela decapagem antes de colocar uma cor." Pam, sem parar de falar, dirigiu-se para um pequeno depósito. "Pode ser que ainda fiquem algumas mechas vermelhas, mesmo depois de terminarmos. Vermelho é a cor mais difícil de atingir e a mais complicada de se lavar... a não ser que não se importe de ficar com um tom esverdeado."

Kendall abriu bem os olhos, e Pam deu uma risada. "Só estou brincando. Apenas quero que entenda o que teremos de enfrentar. Podem ser necessárias algumas sessões nas próximas semanas antes que a nova cor se fixe."

Kendall tinha dúvidas de que ficaria lá tanto tempo, mas não havia por que comentar isso com Pam. "Um tom avermelhado bem sutil já ajuda. Qualquer coisa que pareça mais natural do que hoje", encorajou-a.

"Quer cortar?" Pam colocou a cabeça para fora do depósito. "Estou louca para experimentar fazer aquele ouriço tipo Meg Ryan no cabelo de alguém, mas ninguém daqui teve coragem."

Kendall observou no espelho seu cabelo, que estava na altura dos ombros. "Imagino que queira que eu seja sua cobaia..."

Pam deu uma risadinha. "Serei sua melhor amiga", falou, cantarolando.

A maneira de falar a fez recordar uma canção infantil que ouvira alguém cantar, mas nunca para ela. Junto com a melodia, vieram-lhe um nó na garganta e uma saudade de algo que ela não sabia exatamente o que era. Respirou fundo e falou: "Lógico. Por que não? Deixe-me parecida com a Meg Ryan." Ela riu, esforçando-se para afastar os aborrecimentos, a sensação de perda que vinha junto com o reconhecimento de que, na infância, nunca tivera uma grande amiga.

Como recebera a permissão, Pam soltou um guincho de alegria. "Você agora tem uma amiga para o resto da vida."

Aquilo não apenas alegrou Kendall, mas proporcionou a ela uma sensação incrível, que nunca tivera antes. "Digo o mesmo, Pam."

Nos quinze minutos que se seguiram, Pam tagarelou enquanto trabalhava, e, ao terminar, Kendall tinha tintura em toda a sua cabeça e uma nova amiga na cidade. Mas, apesar do comportamento carinhoso de Pam, ninguém mais no salão acenou para ela amistosamente, ou lhe disse um simples "olá". Kendall tentava dizer para si mesma que não se importava, mas no fundo sabia que sim.

Em quatro dias naquela cidade, precisara lidar com coisas que nunca tivera na vida: amigos próximos e família. E, pela primeira vez, o sentimento de perda lhe doía.

"Daqui a vinte minutos vamos lavar a cabeça." Pam ajustou o cronômetro e colocou-o sobre o balcão. "Relaxe um pouquinho, está bem?"

Kendall seguiu a sugestão e fechou os olhos, ignorando as conversas ao seu redor, preferindo, em vez disso, pensar na melhor maneira de abordar Pam para convencê-la a vender suas joias no salão. Conseguiu, enfim, esquecer-se de todo o ruído e sentiu paz.

"Oi, querida!"

De repente, uma voz masculina conhecida atrapalhou seu descanso. A colônia sedutora excitava-lhe os sentidos. Abriu os olhos e viu Rick com as mãos sobre a sua cadeira, inclinado sobre ela.

"Adorei o corte", falou, rindo.

Ignorando o rubor que lhe surgia nas bochechas, Kendall deu de ombros. "Sabe o que falam por aí sobre o que as mulheres fazem para ficarem bonitas..."

"Você é linda, mesmo com aquela mancha na cabeça. Não se pode dizer isso de muitas mulheres."

"Para com isso." Ela tentava interromper seus óbvios exageros. "Se uma agência de modelos me visse assim, nunca conseguiria ter pagado as contas de minha tia."

Os lábios sedutores dele se franziram. "Algumas pessoas não conhecem suas próprias qualidades."

Rick a encarou nos olhos, quase desejando convencê-la com o olhar de que ela era bonita. O elogio a excitou, ao mesmo tempo que um alarme soou em sua cabeça. "Você fica me bajulando, mas acho que é especialista nisso", falou, tentando ignorar o alvoroço em sua mente e a atração crescente que sentia por Rick.

"Sou bom, e ponto final." Ele riu, confirmando que estava brincando. "De qual dos meus atributos você está falando especificamente?"

Ela revirou os olhos para cima. "Sua habilidade de bajular todas as mulheres, policial Chandler."

"Você nunca mencionou que tem memória curta. Desde alguns dias atrás, não há outras mulheres. Só você." Seus olhos cor de avelã jorravam felicidade, tornando-o irresistível até mesmo para uma mulher experiente que se esforçasse para resistir.

"Lembrei." Ela molhou os lábios secos. "Então, você costuma vir sempre aqui ao salão de cabeleireiro?", perguntou, procurando mudar de assunto.

"Apenas quando um certo carro vermelho está estacionado na frente."

"Você veio me ver?"

Rick piscou e, então, roçou os lábios nos dela, pegando-a totalmente desprevenida. "Lógico que sim. Você está sentada na central de fofocas. Há maneira melhor de colocar as linguarudas para trabalhar?"

Devido ao roçar de lábios e ao delicioso aroma de hortelã de seu hálito, a boca de Kendall ficou dormente. Por dentro, entretanto, ela estava desapontada. "Mas é claro... Faz sentido." Seguir em frente com a farsa, pensou Kendall. Como ela podia ser tão estúpida e esquecer-se disso, mesmo que por um mísero segundo?

Agora que havia recuperado a concentração, percebeu que o salão voltara a ficar silencioso, já que as fofoqueiras deviam estar tentando escutar o que conversavam ali.

"Sorria!" Ele aproximou-se e tocou-lhe um canto da boca, puxando seus lábios relutantes para cima. "Há uma plateia nos aguardando."

Kendall forçou um risinho e ficou se lembrando de que não havia motivos para ficar triste ou desapontada. Tinham feito um acordo. Não queria nada real com Rick Chandler, assim como ele não desejava ter um relacionamento com ela. Mas era inegável que havia faíscas sexuais, e o sexto sentido de Kendall dizia-lhe que em breve teriam problemas.

"Conheceu todo mundo aqui?", perguntou ele, circundando com a mão, num gesto amplo, todo o salão.

Ela balançou a cabeça. "Como sou a sua... cara-metade, pelo menos de reputação, não me foi exatamente estendido o tapete de boas-vindas. Com exceção de Pam. Ela é incrível!"

"Pam é um amor. Mas você está me dizendo que as outras mulheres não foram amigáveis?", perguntou, franzindo o cenho. "Não era minha intenção que você sofresse as consequências de nosso acordo."

A expressão séria não diminuía em nada seu *sex-appeal*, para o interminável desalento de Kendall.

"Ei, pessoal!", gritou ele, virando-se para o salão.

"Rick..." Ela tentou pegar-lhe o braço, mas não conseguiu.

"Quero que todas conheçam Kendall Sutton. Sei que todas vocês amavam Crystal, e que, por isso, irão estender sua amizade e carinho para com sua sobrinha."

Kendall percebeu que Rick não pedira que ninguém lhe fizesse um favor, mas o sentido estava implícito. O problema é que Kendall não queria amizades baseadas no fato de Rick ter-lhes solicitado que fossem gentis com ela. Nem pretendia ficar ali tempo suficiente para se importar com isso, lembrou-se.

Ele se voltou para Kendall. "Missão cumprida." Piscou de maneira sedutora para ela. "Vejo você mais tarde." Mais um beijo, dessa vez completo e enlouquecedor, e partiu.

Mas o impacto permaneceu. Muito depois de ele ter saído pela porta, a cabeça de Kendall girava e seu coração batia com fúria dentro do peito. Soltou um suspiro longo e lento, tentando recuperar a consciência.

"Que cara incrível você conquistou!" O suspiro de Pam ecoou o de Kendall.

Ela mordeu o interior da bochecha. "Você tem toda a razão."

"Pronta para lavar?"

Kendall aquiesceu. Quando Pam a ajeitou na pia, com a cabeça jogada para trás, lavando-lhe o cabelo com água morna, Kendall percebeu que tinha a oportunidade de fazer uma proposta de negócios sem ninguém bisbilhotando. "Tenho uma proposta para você, Pam."

"Hmmm. Estou ficando interessada."

"Você já pensou em abrir uma joalheria ou uma lojinha de acessórios dentro do salão? Logo na entrada ou perto da parede aqui no fundo?"

"Não, mas a ideia parece interessante. O que você tem em mente?"

"Minhas criações. Joias feitas de aço e pedras. Minha ideia é ver se conseguimos criar interesse só de deixar algumas peças aqui. Se vender, te dou uma porcentagem. Você não tem como perder." Kendall precisava muito de um dinheirinho a mais. Só os produtos de limpeza para a casa haviam limpado sua carteira, e o seu orçamento tinha ido pras cucuias.

"Hmmm." Pam colocou o último condicionador no cabelo de Kendall. "Adoro joias, e odeio rejeitar uma oferta como essa, mas talvez você tenha melhor sorte se falar com Charlotte sobre colocar suas criações na loja dela." Após lavar-lhe o cabelo com água fria, Pam enrolou uma toalha na cabeça de Kendall, secando-lhe o cabelo enquanto a ajudava a se levantar.

Ao se sentar, sentiu o sangue subindo-lhe à cabeça, mas a tontura logo passou. O chato era que a torrente que a visita de Rick lhe causara não desaparecia tão facilmente. "Quem é Charlotte?"

Pam foi para a frente da amiga, para que pudesse encará-la, e perguntou, com as mãos na cintura: "Você conhece bem seu namorado?"

"Sim, muito bem. Por quê?"

Ela franziu o cenho. "Porque Charlotte é a cunhada de Rick. Foi a primeira mulher da cidade a agarrar um Chandler. E achei que você soubesse disso."

Kendall conteve um resmungo. O carro de Rick, na maioria dos dias de folga dele, estivera estacionado na frente de sua casa. Chegava às seis da manhã e ficava quase sempre até depois das dez. Eles esfregavam, limpavam e deixavam todos com a impressão de que estavam no início de um namoro, tão entregues um ao outro que não conseguiam abrir mão de um minuto sequer de privacidade. E namorados rapidamente descobriam detalhes íntimos, incluindo informações sobre suas famílias. Pena que ela e Rick não tivessem pensado nisso antes de deixar Kendall sair sozinha.

"Vocês ficaram enfiados naquela casa por dias, mas obviamente não perderam tempo conversando", falou Pam, rindo, oferecendo a Kendall uma saída.

Agarrando-se à sugestão de Pam, Kendall fez que sim com a cabeça. "Passamos tempo o suficiente juntos para descobrirmos muitas coisas", falou, ajeitando a sobrancelha de maneira provocativa. "Mas é que fiquei meio tonta por um instante. Lógico que sei quem é Charlotte."

Pam a olhava como se não estivesse acreditando em uma palavra sequer. "Está certo. Bem, se Charlotte não estiver interessada, venha conversar comigo novamente, e poderemos pensar em alguma coisa."

"Farei isso." Assim que visse Rick novamente, perguntaria sobre a cunhada, como ela era e se havia possibilidade de aceitar algumas joias em consignação. "Obrigada pela sugestão."

Pam conduziu Kendall de volta à cadeira e começou a pentear seu cabelo, agora loiro. "Gostou?"

Kendall sorriu com sinceridade. "Muito."

"Bom. Agora vamos cortar!" Pam levantou a tesoura e começou a cortar.

Rick relaxou na cadeira diante da sua escrivaninha e, mais uma vez, atirou um elástico na foto de casamento. Mas, dessa vez, não estava bravo com a noiva, mas consigo mesmo. Pretender fazer com que a cidade e sua mãe acreditassem que ele e Kendall eram namorados fora um erro estúpido. Duplo. Nunca pretendera reproduzir o recente passado doloroso de Kendall, e certamente não queria deixá-la isolada durante o processo. Nunca pensara que isso pudesse acontecer.

Mas também não levara em conta a personalidade das mulheres. Vira Lisa no salão e sabia que ela fora responsável pela recepção fria que Kendall recebera. Lisa provavelmente convencera as outras a tratá-la como a intrusa que tirara um solteiro da lista de homens disponíveis de uma cidade pequena.

"Recados." Felicia jogou-lhe um pequeno maço de bilhetes rosados.

Rick levantou a cabeça para olhar a delicada morena. Ela já tivera alguns relacionamentos com homens e tinha muitas amigas mulheres. Talvez pudesse lhe esclarecer o que as mulheres daquela cidade estavam pensando e a razão por que estavam marginalizando uma perfeita estranha. "Qual é o problema das mulheres?"

"Você pergunta isso para mim?" Felicia ajeitou-se numa cadeira de metal ao lado da escrivaninha dele. "Pensei que você fosse o especialista sobre o sexo frágil."

Ele encostou-se no assento e dobrou os braços atrás da nuca. "Nunca disse que compreendia a mente feminina."

"Lance diz a mesma coisa", comentou ela, mencionando seu atual namorado. "Então sua nova namorada já está te enchendo o saco?", perguntou, com um brilho bem acentuado no olhar.

Na verdade, o problema não era Kendall, era ele. Queria facilitar sua introdução na cidade, fazê-la sentir-se feliz e à vontade ali – algo que nunca o preocupara antes em relação a outras mulheres que tinham passado pela sua vida. Kendall, com seu cabelo rosa, sabe-se lá de que cor agora, e seu comportamento radiante, o havia pego de jeito.

"Tudo bem, não precisa responder. Mas se ela estiver te dando trabalho em vez de estar jogada aos seus pés, eu realmente tenho de ser apresentada a ela."

Ser apresentada a ela... Talvez fosse a solução. Deixar as pessoas serem apresentadas a Kendall e a compreenderem, ao mesmo tempo que ele a conhecia. Felicia acabava de oferecer-lhe a solução. Apresentaria Kendall a seus amigos e à família – pessoas que iriam gostar dela e de quem ela também iria gostar. Ela se sentiria mais à vontade na cidade se tivesse aliados com quem contar. Ninguém na cidade desafiaria os Chandler se eles saíssem em massa.

Rick pulou da cadeira e abraçou a escrivã. "Você é um gênio, Felicia!"

"Gênio, hein? Não sei o que foi que eu disse, mas preciso te provocar mais. Será que falei que gostaria de um aumento?" Ela soltou uma risada bem-humorada.

"Pode deixar que vou falar com o chefe", disse ele piscando e pegando o telefone.

O cheiro de limpeza recebeu Kendall assim que ela entrou em sua casa. O aroma fresco era um grande avanço se comparado à poeira e ao mofo de antes, mas ainda não estava nem perto de acabar. Ainda constavam de sua lista de coisas a fazer para deixar o lugar mais agradável: limpar os armários cheios de velharias, pintar tudo por dentro e por fora, arrumar o jardim, e muito mais.

Passou a mão no cabelo recém-cortado. As tarefas não tinham fim. Já sua conta corrente... Abriu a bolsa e procurou o cartão que Rick deixara, com seu telefone. Ligou e deixou uma mensagem dizendo que precisava falar com ele. Ela não queria saber "tudo" de Charlotte; apenas um breve histórico e um empurrão na direção certa. Kendall confiava que suas criações se venderiam sozinhas.

Com um pouco de sorte, Charlotte seria mais amigável do que as outras mulheres que conhecera naquele dia. Enquanto pagava o corte de cabelo, duas mulheres a trataram com desdém em questão de segundos. Terrie Whitehall, uma caixa de banco, e Lisa Burton, uma professora, segundo Pam duas metidas arrogantes, negaram-se a retribuir um cumprimento amistoso de Kendall. Pam retaliou com uma provocação, fazendo Kendall rir, e ela saiu toda feliz do salão, sabendo que ao menos tinha uma amiga naquela cidadezinha.

O celular tocou, e ela atendeu ao primeiro toque. "Alô?"

"Por gentileza, a senhorita Kendall Sutton?", falou uma voz masculina, anasalada, mas fraca.

"É ela mesma."

"Aqui quem fala é a o senhor Vancouver, do Internato Vermont Acres."

Kendall agarrou o telefone com força. "Está tudo bem com Hannah?"

"Fisicamente, sim. Mas, nos últimos tempos, ela tem agido de modo estranho." Sua voz enfadonha não demonstrava emoção, fazendo com que Kendall não gostasse nem um pouco dele. Pela preocupação que demonstrava, parecia que estava falando de uma estranha.

"Hannah mencionou algumas detenções, mas prometeu que vai se ajustar."

"Bem, mas não se ajustou. Tentei falar com seus pais, mas eles estão inacessíveis, e o telefone da senhora era o seguinte na lista de emergência. Na verdade, o único, e a senhora é o único parente nos Estados Unidos. Senhorita Sutton, sua irmã está sob observação."

"Observação acadêmica?"

O senhor Vancouver soltou uma risada presunçosa, mas não parecia nem um pouco feliz. "A vida acadêmica parece ser algo que não interessa a ela nem um pouco, e nesse momento é bem menos importante do que seu comportamento. Para ser franco, senhorita Sutton, sua irmã é uma ameaça. Ela entupiu as privadas dos professores e arrancou a peruca do maestro no momento em que ele fazia uma reverência para a plateia."

Kendall apertou com força as têmporas para aliviar a dor de cabeça que começava a surgir. Conteve a vontade de rir do absurdo de tudo aquilo. Não era engraçado. O comportamento de Hannah era tão divertido quanto o tom arrogante do senhor Vancouver. "Sinto muito, senhor Vancouver. Prometo falar com ela hoje."

"É melhor a senhorita fazer isso, ou terá de vir buscá-la antes do final do dia. Não posso permitir tal baderna na minha escola."

"Onde Hannah está agora?"

"Na detenção. Ela deve retornar para o quarto dentro de uma hora. Preciso atender outro telefonema." Ele a dispensou sem hesitar. "Tenha um bom dia, senhorita Sutton."

O diretor presunçoso desligou o telefone, deixando Kendall com o estômago revirado e com um desejo crescente de estrangular a irmã. Kendall gostaria de entender por que Hannah, de repente, começara a agir de uma forma que faria com que fosse expulsa da escola.

Dez minutos de tristeza depois, Kendall deixou um recado na caixa postal de Hannah, instruindo-a a lhe telefonar assim que fosse possível, e tentou de diversas formas entrar em contato com os pais através da organização que patrocinava os estudos do pai, mas foi em vão. Suspirou e observou a cozinha. A pintura lascada e as manchas nas paredes eram as mesmas em todos os cômodos da casa, um símbolo dos problemas que a rodeavam. Problemas que pareciam crescer a cada instante.

"Nessas horas, gostaria de não estar sozinha", gritou para as paredes. Sua voz ecoou pela casa vazia, causando-lhe espanto.

A necessidade repentina de compartilhar sua aflição pegou Kendall de surpresa, assim como o desejo crescente de telefonar novamente para Rick só para ver se ele atenderia e, assim, poder ouvir sua voz. Até mesmo sua mão, ainda segurando o telefone, formigava, encorajando-a a ligar.

Não. "Não", falou alto para reforçar a ideia. Apesar de saber que Kendall queria vender a casa e que estava com pouco dinheiro, Rick ainda não percebera como as coisas estavam difíceis. Nem perceberia, porque ela não pretendia compartilhar suas preocupações a respeito de Hannah.

Ela o manteria distante de seus problemas pessoais, por um único motivo – não queria ter de recorrer a ele. A presença de Rick tinha o poder de fazê-la sentir-se melhor, e toda a sua vida e história lhe haviam ensinado que tinha de contar apenas consigo mesma.. Agora não era hora de mudar o que vinha funcionando.

Mesmo sem ter conversado com um corretor de imóveis, Kendall sabia que a chave para vender a casa por um bom preço era revigorar o interior com uma nova demão de tinta. Rick já havia lixado e areado muitas partes da casa dos fundos, assim ela sentiu-se à vontade para começar a pintar sozinha a casa principal. Havia se mudado diversas vezes, alugara muitos apartamentos e pintara muitas paredes.

Correu para o quarto dos fundos, colocou velhas roupas de ginástica e inspecionou o estrago da entrada. Havia comprado galões de tinta branca e decidira começar por ali, onde um possível comprador teria sua primeira impressão. Depois, poderia continuar a pintura do resto da casa, de forma que a melhora ficasse bem visível toda vez que entrasse lá. Enquanto isso, esperava fazer o tempo passar, sem ficar olhando para o relógio a todo momento, aguardando que sua irmã ou seus pais excêntricos telefonassem.

Ligou o rádio, reprimiu, sem dó, mais um desejo de entrar em contato com Rick, devido aos ombros dele ou a qualquer outra parte do corpo que a encantasse, e então foi trabalhar.

Rick achava que seu turno nunca fosse acabar. Quando finalmente se dirigiu à casa de Kendall, na rua Edgemont, já havia escurecido. Ela não o esperava, mas ele precisava fazer um convite. Esperava que Kendall não recusasse, em parte porque queria ajudar a facilitar sua mudança para Yorkshire Falls, mas principalmente porque estava com saudades e queria passar algum tempo com ela. Considerando o fato de que ela não ficaria na cidade por muito tempo, Rick sabia que o primeiro argumento era patético, mas não se importava muito. Ele a fizera sofrer e queria ajustar as coisas antes que ela fosse embora.

Bateu na porta e, como ela não respondesse, entrou. Deixando a porta aberta, Kendall nem parecia uma recém-chegada. Ninguém em Yorkshire Falls se preocupava muito com fechaduras, para desgosto de Rick e do resto da força policial.

Lá dentro, ouviu música. Olhou ao redor e encontrou Kendall cantando enquanto pintava uma parede com um rolo, a largas pinceladas. Com todo o esforço, conseguia chegar apenas até onde o braço ia, deixando uma tosca diferença horizontal entre o novo acabamento da parte inferior e a velha pintura da parte superior. Apesar de a parte pintada parecer boa, a impressão inicial, no melhor dos casos, era um trabalho de amador.

Rick balançou a cabeça e riu. "Você podia ter pedido para Eldin pintar."

"Rick!" A voz dela continha uma mistura de calor e prazer, enquanto brigava para abaixar o equipamento de som e, assim, poder cumprimentá-lo. "Acho que devia ter ido comprar um escada, não é?" Um sorriso envergonhado surgiu-lhe no rosto. "Estava tão ansiosa para começar e ter algo para fazer que não quis esperar."

"Por que não me ligou e pediu para eu trazer uma escada?"

"Nem pensei nisso."

Rick adiantou-se, movendo-se na direção dela, impulsionado por algo mais forte do que sua mente ou sua determinação. "Imagino que você queira que eu arrume o resto?"

Ela mordeu o lábio inferior e ofereceu-lhe um sorriso adorável. "Nós temos um acordo."

"É, temos mesmo." Porcaria de acordo! Que, em público, os fazia parecer namorados, mas, na privacidade, não dava a Rick nenhum direito sobre o corpo dela. Como ele queria mudar aquilo...

O pensamento ficara remoendo-o o dia inteiro. Essa mulher que ele mal conhecia, que ele, por algum motivo, queria proteger emocionalmente e possuir fisicamente, o havia pegado de jeito. Mais do que qualquer outra mulher havia muito. Rick adiantou-se e a deixou sem ter por onde escapar. Kendall não podia ir para trás, ou tocaria na parede molhada. Assim, em vez disso, aproximaram-se.

Rick inalou o ar e ficou tomado pelo perfume sedutor dela. Sentiu-lhe o corpo atlético, coberto apenas por um traje de ginástica. Sem dúvida, a explicação para aquele traje era o calor sufocante. O ar-condicionado que comprara apenas resfriava o quarto em que dormia. O resto da casa antiga estava desamparado, e Kendall se recusava a gastar um centavo a mais que fosse num lugar de onde iria embora logo.

A partida dela era algo que Rick se recusava a considerar. Não estava pronto para dizer adeus. Não quando ele acabara de começar a dizer oi.

E pretendia fazer isso naquele momento.

Os olhos de Kendall encontraram os dele, e ela ficou na expectativa do próximo movimento. Ele encostou as mãos na parede, sobre a cabeça dela, mas ao sentir suas mãos frias e molhadas percebeu imediatamente seu erro.

"A parede está molhada", falou ela, rindo.

"Ah, obrigado por me lembrar." Havia tinta em ambas as mãos.

"Estou querendo ser amiga."

"Sério que não consegue pensar num termo melhor do que amiga... para seu namorado?"

"Só de nome, certo?", ela anunciou, mas seus olhos vacilavam, fazendo a mesma pergunta que passava pela cabeça dele. Será que podiam se permitir ir mais longe?

Kendall suspirou, trêmula.

O suspiro profundo fez com que seus ombros ficassem alinhados, empurrando o peito para a frente, e seus seios redondos o fascinaram, sobressaindo através do tecido justo.

"Mas podemos mudar isso", sugeriu ele.

Ela jogou a cabeça para o lado. O cabelo recém-aloirado, recém-cortado, roçava-lhe os ombros, rodeando-lhe o rosto de maneira sensual. Caramba!, ele realmente era louco por loiras. Por *aquela* loira.

"Podemos..." Sua resposta veio como uma exalação.

Rick inclinou a cabeça e capturou-lhe os lábios com os seus. Naquele dia, mais cedo, tinham atuado para uma plateia. Aquele beijo, agora, era só deles. Apesar da empolgação, ele aproveitou o momento, mordiscando-lhe o lábio inferior e saboreando os ruídos de prazer que Kendall emitia. E quando lhe tocou o seio com a palma da mão, o gesto que parecia natural e correto o fez sentir uma dor na virilha e uma batida pulsante, latejante, dentro da cabeça.

Não estava satisfeito com um simples toque quando seu corpo exigia muito mais, mas, antes que pudesse conseguir o que queria, Rick foi interrompido pelo toque inconfundível de um celular. Por hábito, levou a mão ao telefone preso no cinto.

Com um óbvio pesar, Kendall se afastou. "É o meu", falou, com uma voz rouca.

Mas ela era dele, pensou Rick, ao ver a marca de sua mão, bem branca, sobre o tecido preto do top dela. E planejava voltar ao ponto em que haviam parado assim que essa interrupção indesejada terminasse.

"Alô?" Kendall atendeu o telefone como se estivesse na expectativa de uma chamada urgente.

Rick não conseguiu escutar, mas não pôde deixar de notar que ela abaixava a voz e, quando desligou, percebeu que o momento mágico havia desaparecido. A tensão sexual fora substituída por irritação, e uma agitada Kendall andava de lá para cá no outro canto da sala, cochichando consigo mesma.

"O que aconteceu?"

"Problemas de família." Ela andou até ele. Suas sobrancelhas estavam baixas, enrugando-lhe a testa.

Rick queria acariciar-lhe a tez e remover suas preocupações. A agonia dela o fez aproximar-se, mesmo quando sua mente lhe dizia para não se intrometer. De qualquer forma, perguntou: "Posso ajudar de alguma maneira?"

Ela fez que não com a cabeça. "Obrigada, mas não é nada com que você precise se preocupar." Ela falou como se eles não estivessem bem abraçados havia pouco, como se Rick apenas se importasse com o corpo dela.

Ele soltou um suspiro de frustração. Kendall o estava afastando. Fisicamente estava próxima, mas emocionalmente se fechara e colocara-se a milhas de distância. A marca da mão na parede, que antes indicava que Kendall era dele, agora funcionava como uma placa de PARE.

Interrompendo o silêncio, seu *beeper* disparou e Rick abaixou a cabeça para olhar; o número lhe lembrava o motivo por quer fora à casa de Kendall. Chase estava ligando para ele, da casa de Norman, onde sua família e amigos estavam prontos para fazer uma surpresa para a moça.

Rick não sabia o que a estava incomodando, de que tipo de negócios de família ela tinha de cuidar, mas era obviamente algo sério, e duvidava que conseguisse chegar a qualquer lugar naquele momento. Não sem um bom motivo.

Kendall olhou para ele com uma mistura de emoções nos olhos. "Minha irmã está a meio passo de ser expulsa do internato", abriu-se enfim.

Rick aproximou-se dela e colocou um braço em seus ombros, numa demonstração de apoio, o único gesto que imaginava que ela fosse aceitar. E estava certo. Kendall suspirou e deitou a cabeça nos ombros dele.

As coisas não podiam ficar piores, assim Rick tomou coragem e falou: "Acho que este não é o melhor momento para te contar que minha família e amigos estão esperando por você no Norman's para uma festa de boas-vindas, não é?"

Kendall suspirou. A confissão dele a surpreendeu e, apesar de estar furiosa com a irmã, suavizou o tom com Rick. Não estava no clima de curtir pessoas, mas, como Rick se preocupara em reunir família e amigos para ela, o mínimo que podia fazer era deixar os problemas pessoais de lado por um tempo e acompanhá-lo até o Norman's.

Ela virou-se para ele com um sorriso de gratidão no rosto. "Obrigada."

Rick inclinou a cabeça. "Foi um prazer."

Kendall inalou o poderoso perfume masculino, e ficou ainda com mais vontade de esquecer os problemas e curtir a festa. Mas era algo impossível. "Me dê alguns minutos para tomar banho e trocar de roupa."

"Pode deixar."

Mais rápido do que acreditava ser possível, submergiu na água quente, retirando a tinta da pele, lavou o cabelo e escolheu uma roupa. Ficou feliz pelo fato de o pacote que Brian enviara também incluir a maior parte do guarda-roupa dela. Ele entregara as chaves de Kendall para a proprietária, que embalara os itens do armário e das gavetas para ele devolver. Agradeceu a si mesma por, pelo menos dessa vez, ter tido precaução e pensado com antecedência. Uma rápida espiada no espelho e ela endireitou os ombros, pronta para ir, mas nada preparada para encarar Rick. Como poderia fazer aquilo se o formigamento nas veias, que surgira durante o rápido amasso deles, ainda não se dissipara por completo?

Mas, forçando-se a esquecer aquilo, desceu as escadas, deslizando até parar na frente dele. "Estou prontinha."

Rick deu um assobio longo e lento. "Está mesmo." Ele pegou-lhe a mão e a fez girar.

Para ter uma visão completa, presumiu ela. A calça de couro era um presente que ganhara quando ainda era modelo, o mesmo valendo para o *top* de lacinho. Nenhum dos dois era muito caro, já que ela não desfilara para estilistas famosos, mas sabia que o traje a faria sobressair numa multidão. Apesar de aquela festa ser apenas uma maneira de cimentar a imagem deles como casal, Kendall queria causar uma boa impressão. Embora relutasse em admitir, queria que a família e os amigos de Rick gostassem dela. Também queria que ele gostasse dela.

Rick apertou mais forte a mão dela. "Kendall, agora há pouco..."

"Deixa para lá." Não queria ouvi-lo que o beijo nunca deveria ter acontecido, não quando a lembrança dele ainda fazia com que se sentisse viva.

"Impossível deixar para lá." Seu olhar prolongou-se sobre ela, quase tão carinhoso quando os seus lábios antes. Ela engoliu em seco.

"Você está certo", admitiu, respirando fundo. "Então, o que queria falar?" Kendall recusava fugir do que quer que ele tivesse para dizer.

Mais uma vez, o toque irritante do telefone os interrompeu. Dessa vez, a distração veio do celular de Rick, e ele atendeu, com desgosto no olhar. "Alô?" Escutou e então respondeu: "Já já estamos aí." Fechou o celular. "Estamos atrasados."

Ela aquiesceu, aceitando o adiamento da conversa. Não devia estar tendo conversas íntimas com Rick. A atração que existia entre eles era inegável, mas ficarem íntimos não era inteligente. Kendall pretendia sair da cidade – e deixar Rick – logo. Nada nem ninguém conseguiria tirar-lhe essa ideia da cabeça. Nem mesmo o policial sedutor de sorriso destruidor e bom coração.

Capítulo 5

KENDALL TENTOU COMPREENDER O LOCAL onde estava, apreciando a decoração diferente do Norman's. Talvez ele tivesse sido um observador de pássaros numa vida passada, pois várias espécies de aves cobriam as paredes, em fotografias e ninhos decorativos pendurados no teto.

"Rick sempre soube como aproveitar bem seus talentos", falou Raina Chandler, trazendo Kendall de volta para a conversa. "Desde criança, usava sua boa aparência para encantar as mulheres."

Izzy, a esposa de Norman e co-proprietária do lugar, concordou com a cabeça. "Quando tinha doze anos, ele vinha aqui para me cumprimentar, na esperança de ganhar um chiclete. Imagine alguém com a minha aparência", falou, apontando para o cabelo grisalho e o corpo acima do peso, "acreditando que parecia a Cindy Crawford. Rick sempre foi um galanteador."

Kendall riu. "Não acredito nisso!" Ele ainda era. Vestindo um *jeans* desbotado e uma camisa polo de listras azul-marinho e brancas, Rick estava um arraso. Mas, acima de tudo, tinha um bom coração.

Ele a apresentou à família e aos amigos, pessoas calorosas, carinhosas, que a trataram de maneira bem diferente da das mulheres do salão de beleza. Pessoas que deram-lhe boas-vindas e a ajudaram a esquecer por um instante os problemas de família.

"Então, Kendall, quanto tempo pretende ficar na cidade?", perguntou Raina, e não era a primeira vez.

Kendall não tinha mais como mudar de assunto. "Bem..."

"Você já a monopolizou demais", interrompeu Chase, o irmão de Rick.

Com seu cabelo preto como carvão e os encantadores olhos azuis, não se parecia nada com Rick ou Raina. Pelo que Kendall ouvira falar, Chase e o irmão mais novo, o ausente Roman, eram uma cópia encarnada do falecido pai. Mas, de acordo com as fofocas, todos os três irmãos Chandler sempre haviam alvoroçado as mulheres. Chase era apenas o mais reservado dos três.

"Ora, Chase, deixe-me curtir um pouco a sobrinha de Crystal."

"Parece mais que você a está cozinhando." Chase pegou o cotovelo de Kendall de maneira cavalheiresca. "Gostaria de conversar a sós com ela." Sem se importar com a resposta da mãe, levou-a para longe daquelas tagarelas.

"Mais um Chandler que salva mulheres em perigo?", perguntou Kendall, quando estavam a sós.

Chase olhou para o céu. "Para com isso. Isso é função do Rick. É que eu vi minha mãe se preparando para o inquérito e decidi te poupar disso." Ele encostou um ombro na parede, perscrutando-a com seus olhos azuis.

Olhos pelos quais ficaria seduzida se não estivesse tão atraída pelo irmão dele. "Bem, agradeço sua pronta intervenção. Então, conte-me um pouco de você. Fiquei sabendo que dirige o jornal local."

"*The Gazette*."

Ele enfiou as mãos nos bolsos, um gesto que lembrava tanto Rick, que Kendall quase soltou uma risada. "Ah, sim. É um semanário, não é?"

Fez que sim com a cabeça.

Ao contrário de Rick, esse irmão era um homem de poucas palavras. Mas Kendall gostou dele, simplesmente porque criara os irmãos e obviamente tinha um bom coração. Mais uma coisa que os Chandler tinham em comum. Kendall deu uma espiada em Rick, que atendia o celular, gesticulando com uma das mãos. Soltou uma risadinha. Mesmo fora do horário de trabalho, Rick trabalhava. Admirava sua dedicação ao emprego. Ah, que seja!, ela realmente admirava o cara.

"Não fique amarrada a ele", falou Chase, quebrando o silêncio.

Kendall piscou e virou-se, envergonhada por ter sido pega espiando. "Não planejei isso." Mas ela queria saber por que ele se sentira obrigado a dar o aviso. Ela mordeu o lábio inferior. "E você poderia me explicar por quê?"

"Acho que não." Seus olhos cintilavam mistério e sabedoria. "Mas vou explicar. Rick vai se afastar antes que você consiga se aproximar dele."

"Por causa do primeiro casamento?", perguntou, falando sem pensar. Duvidava que o irmão mais velho fosse discutir o passado do irmão.

Como previsto, ele franziu o cenho. "Rick te contou isso?"

Kendall não ia mentir, nem mesmo para conseguir informações que preferia ter recebido do próprio Rick. Fez que não com a cabeça. "Não, apenas insinuou."

Chase aquiesceu, e ouvir isso aplanou as rugas de sua testa. "Bem, vamos dizer que, quando um homem é largado pela esposa, ele costuma ficar mais criterioso depois."

Então essa era a história. Kendall tinha imaginado que fora isso, e um nó lhe apertou o coração só de pensar em Rick sendo magoado por alguém. Ainda mais por uma mulher.

Chase olhava-a com dureza, como se estivesse avaliando o caráter dela e se preparando para falar algo mais.

"E aí?", perguntou Kendall, não querendo que ele se reprimisse ou censurasse. Apesar de ter um palpite de que aquele jornalista lhe diria a verdade nua e crua. Quer ela gostasse quer não.

"Não acredito que ele vá se entregar a qualquer mulher. Principalmente a uma que esteja de passagem", falou, abaixando a voz, como se procurasse aliviar a mensagem.

Kendall gostara de Chase desde o início. Agora o respeitava também. Mas, mesmo assim, sentiu o coração apertado. Sabia que não havia por que sentir-se assim, já que ela não ia se entregar a ninguém, nem tampouco era capaz de se fixar num único lugar.

"É mesmo?", perguntou a Chase, tentando parecer calma.

Ele jogou a cabeça para um lado. "Sim, é. Veja, eu lido com fatos."

"E fala como um jornalista de verdade", comentou, irônica.

"Eu sou o que sou." Sua boca esboçou um meio sorriso.

"Estou curiosa a respeito de uma coisa. Deve haver uma dúzia de mulheres nesta cidade batendo à porta do seu irmão. Você fala a mesma coisa para todas elas?"

"Não, senhora. Minha mãe gostava da sua tia, então, por extensão, isso a torna parte da família."

Novamente aquela palavra. Família. Os Chandler a incluíam em qualquer conversa com muita facilidade, mas para Kendall as coisas não eram assim tão simples. Não a respeito do sentido de família, a única coisa que nunca tivera. Sentiu um nó na garganta. Olhando para Chase, conseguiu agradecer com um aceno de cabeça.

Ele ergueu-lhe o queixo com as mãos. "Estou apenas tentando ajudar. Assim, considere esta conversa meu presente de boas-vindas à cidade, está bem? Talvez você até me agradeça um dia."

Talvez. Enquanto isso, firmou-se no chão, a fim de reforçar para Chase a ideia de que ela é que poderia ser magoada. "Jornalistas não trabalham com hipóteses, não é?", perguntou.

"Não. Por que a pergunta?"

"Porque você está imaginando que eu é que irei me apaixonar por seu irmão." Inclinou-se na direção de Chase e sussurrou em seu ouvido. "Notícia quentinha: não vou ficar aqui tempo suficiente para me preocupar com a possibilidade de ser magoada ou deixada. Mas sou conhecida por causar um impacto enorme entre os homens." Torcia para que suas palavras fossem proféticas. "Então, talvez seja seu irmão quem precise desse aviso... talvez você deva ficar preocupado com os sentimentos dele, não com os meus", falou, forçando um sorriso.

Chase soltou uma gargalhada. Era a primeira vez que Kendall o via rir de verdade. Os lábios dele se curvaram, permitindo que ela vislumbrasse o lado sedutor pelo qual uma mulher podia se apaixonar. Outra mulher, pensou, irônica. Ela já se apaixonara por Rick.

"Sabe... percebi por que Rick gosta de você. Se precisar de qualquer coisa enquanto estiver aqui, me ligue."

"Obrigada." Por impulso, Kendall tocou-lhe o braço.

"Ahã." O som de Rick pigarreando os interrompeu.

O coração de Kendall disparou ao vê-lo. Não havia se dado conta de que sentia falta de sua presença, mas estava feliz por ele ter conseguido se livrar dos assuntos policiais, do telefone e das pessoas que exigiam sua atenção. Feliz por ele ter vindo ficar ao seu lado.

Lembrando-se do aviso de Chase, pensou que devia pisar com cuidado enquanto estivesse ali. Mas sua frequência cardíaca triplicou e a boca começou a ficar seca. A atração era mais forte que a razão.

"O que está acontecendo?" Rick olhava fixamente para a proximidade física entre eles.

Tomada pela alegria de vê-lo, Kendall havia esquecido que sua mão estava pousada no braço de Chase. Puxou para trás a mão com tudo, fazendo Chase soltar mais uma gargalhada.

"Ciúmes?", perguntou ele a Rick.

"Se você não tivesse me ensinado a ser cavalheiro diante de uma dama, eu te mandaria calar essa boca."

Kendall abafou o riso, apesar de, deixando o bom-senso de lado, gostar das possibilidades que a sugestão de Chase deixavam entrever.

Chase voltou-se para ela. "Um fato que esqueci de mencionar durante nossa conversa anterior é que, enquanto estiver com você, ele será possessivo." Olhou para ela com seriedade, deu um tapinha nas costas do irmão e foi embora, balançando a cabeça e rindo enquanto saía.

"O que foi isso?", perguntou Rick, com uma carranca no rosto bonito.

Kendall deu de ombros, não sabendo ao certo com quem Chase estava preocupado, se com ela, com Rick ou com ambos. "Seu irmão estava apenas me dando um aviso de boas-vindas."

"Muito amigável pro meu gosto." O queixo de Rick ficou rígido, tenso, deixando-a com vontade de aproximar-se e acariciar a pele bem barbeada, a fim de aliviar-lhe os músculos, até que ficasse relaxado com o seu toque.

Sentiu o estômago se revirar com a excitação inesperada. Será que Chase estava certo? Será que Rick era ciumento? Diante dessas possibilidades, avaliou seus próprios sentimentos. Não podia ser impulsiva naquele momento. Esforçou-se para pensar com clareza. Ciúmes significavam interesse. Interesse era algo que ela já sabia existir, depois daquele encontro em sua casa mais cedo. Mas a surpresa era perceber que as emoções não representavam necessariamente uma ameaça a Kendall ou a seu coração. Não poderia ser, pois até mesmo Chase, que conhecia Rick melhor que todo mundo, admitia que seu irmão fugiria antes de se comprometer seriamente com alguém. Assim como Kendall, que iria embora antes de ser magoada ou de ficar muito ligada.

Sendo ambos os fatos verdadeiros, começou a ver as coisas com mais clareza. Por que lutava contra a atração? Por que não estava se permitindo ceder ao desejo do que prometia ser o mais apaixonado romance que ela jamais tivera? Não havia motivo para não abraçar a oportunidade que ambos queriam.

Ela aproximou-se. "Ser amigável não é ser ameaçador, Rick." Não queria que ele sentisse estar competindo com o irmão mais velho. Aproximou-se ainda mais, a ponto de não conseguir respirar sem inalar seu perfume masculino. Sabia muito bem que queria que o acordo deles fosse uma realidade. Queria ser sua namorada até a hora de ir embora da cidade, e não apenas cumprir sua parte no pacto.

Nenhum homem jamais havia mexido tão intensamente com ela ou despertado seu desejo tão rapidamente quanto ele. Seus relacionamentos anteriores eram como suas mudanças de cidade para cidade – rápidos e distantes. Só Brian havia se aproximado um pouco mais, porque ambos precisavam disso. Com o tempo haviam começado a gostar um do outro, mas faltava intimidade. Mas nada faltava em seus sentimentos em relação a Rick. A atração sexual era forte, e a conexão emocional era sólida e recíproca.

Rick fora magoado uma vez. Kendall não sabia há quanto tempo ou por quem, mas podia ajudá-lo a se curar, da mesma forma que ele a estava ajudando. Ele oferecera um ombro desde a primeira vez que se viram e a confortara, até surgir aquela necessidade física que estava adormecida havia muito. Obviamente, Rick se preocupava bastante com os sentimentos dela para ter improvisado aquela reunião. Um gesto que Kendall acreditava ter vindo de seu coração, não da necessidade de promover a fachada de namorados. Havia várias outras maneiras de fazer o povo da cidade encará-los como um casal – e a performance dele no salão de beleza era uma delas. Nem por um instante ele tivera uma demonstração exagerada de afeto ou atenção.

Até aquele momento.

Kendall não mais se preocupava por estar usando-o para superar um momento difícil de sua vida; não quando ele obviamente queria o mesmo tipo de relacionamento que ela. Breve e doce, mas que produzisse lembranças e boas sensações que sempre carregaria consigo. Pareciam ser duas almas gêmeas procurando a mesma coisa. E ele pareceu ler-lhe a mente, pegando-a pela mão e arrastando-a para o corredor dos fundos.

Rick gostava de mulheres, e não costumava ser ciumento. Muito menos possessivo. Mas ver Chase numa conversa íntima com Kendall e a mão dela sobre o braço dele causou-lhe uma queimação intensa no estômago. Sem pensar muito, puxou Kendall para os fundos do Norman's.

"Rick?"

Ele a ignorava naquele momento. Tinha muito a dizer, mas não diante de uma plateia. Soltou um rugido irritado e abriu a porta mais próxima, que por acaso era de um banheiro feminino. Vazio, graças a Deus!

"Rick, fale comigo..."

Ele a interrompeu, puxando-a para si e selando-lhe a boca com a sua. O calor de Kendall apagou da mente de Rick as horas de frustração que tivera de enfrentar a fim de garantir que fosse aceita em sua cidadezinha. Ela acendia nele desejos carnais que ignorava havia muito. Ou talvez nunca tivesse se sentido assim antes, ao contrário de agora. Seu coração batia rápida e furiosamente em seu peito, e ele sentia a virilha pulsar com força sob o *jeans* gasto, enquanto faziam amor com a boca, e a língua dele imitava o ato pelo qual seu corpo suplicava desesperadamente.

Ela o beijava também, combinando cada movimento com os dele, com a boca clamando pela dele. A entrega cheia de desejos de Kendall dissolvia a irritação e a frustração que Rick sentira mais cedo, e o fogo em suas estranhas ficava ainda mais intenso. A chama que ela acendera não apenas queimava; arrebentara em um inferno furioso que ele não conseguia controlar. Mas algo parecido com a razão permanecia, o suficiente para ele se aproveitar disso e trancar a porta do banheiro.

Queria ficar sozinho com Kendall e consolidar aquele momento. Enquanto permanecesse em Yorkshire Falls, queria ter a consciência de que ela era dele. Perdera uma mulher na vida por usar uma venda nos olhos. Não estava disposto a desperdiçar o pouco tempo que tinha com Kendall.

Naquele momento a conversa podia esperar. Enfiou a língua dentro da boca úmida de Kendall e a abraçou, apertando seus quadris com a mão. Ela gemeu e aproximou-se, febril. Seu corpo se encaixava perfeitamente no dele, o que o deixou com vontade de abaixar aquela calça de couro, percorrer-lhe as pernas compridas e mergulhar dentro daquele corpo desejoso. E ele não tinha dúvidas de que Kendall também o queria.

Ela ergueu a cabeça subitamente, com os olhos brilhando, os lábios umedecidos e molhados pelo beijo. "Precisamos conversar."

Apesar de ter pensado a mesma coisa alguns minutos antes, naquele momento Rick estava tenso e ansioso, querendo unicamente deslizar para dentro do calor umedecido de Kendall e reivindicá-la como sua. Não que, naquele lugar, fosse agir de acordo com sua fome. Quando fosse a hora de fazer amor com ela, não haveria telefones, nem pessoas, nem distrações.

Naquele exato momento, apesar do desejo que vidrava os olhos de Kendall, alguma preocupação lhe enrugava a testa, e ela parecia distraída. E esse não era o sentimento que Rick queria que ela tivesse. "Qual é o problema?"

"Acho que precisamos acertar algumas coisas." Ela lambeu os lábios já úmidos. "Sabe... definir parâmetros."

"Está bem." Rick a havia arrastado para lá pelos mesmos motivos.

"Vou embora quando a casa estiver pronta para ser vendida."

"Eu sei disso." Era isso que lhe causava aquela dor no estômago. Rick já tivera um relacionamento em que fora pego desprevenido por uma esposa que o abandonara para ficar com outro homem. Desde então, mantinha certa distância das mulheres, dizendo para si mesmo que, se fizesse assim, não seria magoado novamente. Mas, ao ver sua reação avassaladora em relação a Kendall, percebeu que não tivera de se esforçar muito para manter distantes as outras mulheres. Nenhuma o havia afetado com tamanha intensidade antes.

O pior de tudo é que ela iria embora antes mesmo de o relacionamento deles começar. Bem, pelo menos dessa vez Rick podia dizer que fora avisado. Devia ficar grato por Kendall ter preferido ser honesta com ele desde o começo, antes de deixar-se levar por um sonho impossível. Porém, sabendo a facilidade com que ela o conquistara, deu-se conta de que teria de trabalhar muito para construir barreiras a fim de mantê-la longe de seu coração.

A partir daquele momento, fingiu não estar se importando. "Na verdade, não estou a fim de entrar num relacionamento a longo prazo", contou. E a dor de estômago aumentou. Não era um bom sinal.

Após dizer isso, vislumbrou emoções nos olhos dela. Isso é bom!, pensou Rick. Talvez estivesse mais apaixonada do que Kendall queria que ele acreditasse. Pelo menos quanto a isso estavam em pé de igualdade.

"Então, estamos acertados. Um relacionamento breve", falou, e mordeu o lábio inferior.

Outro sinal de vulnerabilidade, pensou Rick. Aquela conversa também não era fácil para ela, e sentiu que Kendall estava se forçando a dizer aquilo.

Pelo bem de ambos, aceitou. "Que mais poderíamos ter? Sou o mulherengo da cidade", falou, brincando.

Kendall teve um sobressalto ao ouvir aquilo, e Rick sentiu um prazer perverso pelo fato de aquele exagero a incomodar. Mas não queria afastá-la; queria, sim, aproximá-la, aproveitar o que pudesse enquanto pudesse.

Se Kendall fosse embora, conforme prometia, queria todo o tempo que conseguisse aproveitar de sua visita, e pretendia dizer isso a ela. Passou uma mão em sua bochecha delicada. "Mas enquanto você estiver aqui, serei todo seu."

Os ombros dela relaxaram, e o corpo aproximou-se do dele. Houve um vislumbre de consciência entre eles. Os lábios dela clamaram, e ele abaixou a cabeça para mais um beijo profundo e entorpecente. Mas, antes que se tocassem, o som de uma pancada na porta os interrompeu.

Kendall afastou-se, batendo a cabeça no secador de mãos da parede. "Ai!"

Rick aproximou-se, passando uma mão sobre o cabelo recém-cortado e despenteado. "Você está bem?"

Ela fez que sim com a cabeça. "Um segundo!", gritou para a pessoa do outro lado da porta. Então se virou para Rick, com os olhos bem abertos e em dúvida. "E agora?"

"Você está me perguntando o que eu quero? Ou é uma pergunta retórica?" Seu coração batia com força no peito e seu corpo dizia-lhe não apenas o que queria, mas o que precisava. Rick era o mestre das respostas insinceras, mas naquele momento apenas a pura verdade funcionaria. "Quero levá-la para casa." A casa dela, a casa dele, não importava, desde que o lugar tivesse uma cama. Ele estendeu a mão.

Kendall a pegou. "Espero que seja um convite." Seus lábios sedutores curvaram-se num sorriso.

"Um convite bem secreto e pessoal", respondeu ele num tom cheio de intensões.

As bochechas dela emrubesceram. Rick colocou a mão na maçaneta da porta. Lá fora, planejava um rápido obrigado e até logo, e então ir embora. Sequer passaram do corredor. No instante em que saíram do banheiro, foram pegos numa emboscada.

"Rick!" Charlotte, sua cunhada, pegou-o num grande abraço.

"Ora, que surpresa!", falou, com a boca em seus cabelos, já que não conseguira livrar-se do abraço de urso. "Pensei que estivessem em Washington."

"Estávamos", soou a voz de Roman por trás de Charlotte.

O irmão de Rick e sua cunhada viajavam constantemente entre Yorkshire Falls, onde Charlotte tinha seu negócio, e Washington, onde Roman tinha um emprego como colunista do *Washington Post.*

Charlotte soltou-o, principalmente porque Roman a puxou pelo braço, e então encarou o marido. Rick teria rido das reações possessivas do irmão, como fizera no passado, mas, tendo há pouco vivenciado sua própria reação a Chase e Kendall, agora o compreendia melhor.

"Ficamos sabendo que muita coisa estava acontecendo por aqui e viemos assim que pudemos", falou Charlotte, rindo.

"Raina os convocou", tentou adivinhar.

"Não, ela apenas disse que achava que nós gostaríamos de vir conhecer sua nova namorada. Exatamente com essas palavras", falou Roman. "Imagino que essa seja ela..."

Rick olhou para Kendall a tempo de ver sua cabeça indo para lá e para cá, tentando acompanhar três pessoas falando ao mesmo tempo.

Antes que pudesse começar as apresentações, Kendall o interrompeu:

"Ela sou eu, sim", falou, balançando a cabeça. "Meu nome é Kendall Sutton."

Roman deu um sorriso. "Prazer em conhecê-la". Ele estendeu a mão, e Kendall o cumprimentou.

"O prazer é meu", respondeu Kendall.

Charlotte falou em seguida: "Sabia que Roman me beijou pela primeira vez neste corredor? Lembra-se?" Charlotte virou-se para o marido e o devorou com os olhos, deixando Rick, Kendall e qualquer pessoa que pudesse vê-los sentir-se descartável e irrelevante.

Havia uma época em que Rick giraria os olhos e riria. E também havia um tempo, antes do casamento e do divórcio, em que ficava se perguntando se em algum momento teria aquela ligação única com alguém. Como sua mãe tivera com seu pai. Como Roman tinha agora com Charlotte. Após o divórcio, passara mais tempo fugindo de relacionamentos do que pensando sobre eles. Mas agora, vendo os recém-casados, Rick sentia uma emoção totalmente nova: inveja. Porque queria que Kendall olhasse para ele da mesma maneira cobiçosa.

Lembrou-se do tempo em que olhava para a esposa grávida e via mais do que uma amiga com necessidades. E, acreditando que ela fosse sua, por lei e promessa, Rick permitiu-se abaixar a guarda, sem sequer imaginar a possibilidade de Jillian o abandonar e o deixar sozinho.

O que queria de Kendall agora transcendia qualquer coisa que desejara de Jillian na época. E dessa vez Rick sabia de antemão que sua namorada não tinha intenção de ficar na cidade. Droga!

Rick olhava de Roman, que o observava como se tivesse perdido a noção das coisas, para Charlotte, que tinha no rosto um sorriso de deleite, e para Kendall, que apenas parecia confusa.

"Estávamos de saída", falou Rick. Queria tirar Kendall dali e retomar de onde haviam parado. Queria se perder no lado físico e esquecer a força emocional que ela exercia porque, com sua família coesa por perto, emoções e passado sempre estavam muito próximos da superfície.

"Já?", perguntou Charlotte. "Você não pode ir embora. Acabamos de chegar."

"Nós levamos um bom tempo para chegar aqui", completou Roman. "O mínimo que pode fazer é ficar um pouquinho."

"Foi parado por apenas um policial." Charlotte parecia orgulhosa. "Quero dizer, foi parado por um policial que cumpria seu dever. E ele tinha um motivo muito válido para nos mandar encostar", completou, olhando para Rick.

"Você estava sentada no colo de Roman enquanto ele dirigia?", perguntou Rick.

Charlotte ficou vermelha. "Algo assim."

"Podemos ficar mais um pouco", disse Kendall, puxando-lhe a camisa. "Não podemos, Rick? Você queria que eu conhecesse sua família, e, além disso, ouvi falar tanto da loja de Charlotte! Gostaria de conversar com ela."

"E ela também quer te conhecer melhor. Além do mais, gostaria de colocar o papo em dia com meu irmão." Roman sorriu.

Rick suspirou. Colocar o papo em dia? Mentira!, pensou. Roman sabia muito bem que haviam conversado pelo telefone na noite anterior. Mas Roman, o pentelho que Rick sempre amara, estava deliberadamente criando um obstáculo para os planos de Rick de ficar sozinho com Kendall. E obviamente estava se divertindo com isso...

Mas Rick não pretendia permitir que seu irmão ganhasse. Teriam tempo suficiente para curtir a família no dia seguinte; já com Kendall, Rick não tinha nem ideia de quanto tempo teriam juntos. E ele a queria, precisava dela naquela noite.

"Tenho certeza que vir de avião até Albany e dirigir por mais de uma hora deixou Charlotte exausta." Ele encarou a cunhada e alfinetou-a com o olhar, esperando que assim ela lembrasse que devia um favor a Rick.

Durante o lance dos roubos de calcinhas, de que Roman era o principal suspeito, Charlotte descobrira que Samson, o maluco da cidade, era o responsável pelos furtos. Seus motivos eram benignos: o velho acreditava, equivocadamente, que estava de alguma forma ajudando Charlotte, por atrair atenção para a loja dela. Charlotte contara para Rick, mas se recusara a depor, e tinha jurado que negaria tudo se Rick prendesse o homem. Rick deixou de lado os crimes do velho, classificando o caso como não resolvido. Assim, Charlotte devia-lhe uma, e agora ele pretendia cobrar.

Ele segurou o olhar até que ela piscasse primeiro. Charlotte bocejou e se espreguiçou. "Você está certo, Rick. Estou acabada. Mas podemos tomar o café da manhã juntos, não?"

Roman soltou um suspiro exagerado. "Certo! Vou levar minha esposa para casa para descansar um pouco e se recuperar, e vocês dois podem voltar para o quer que estivessem fazendo antes de chegarmos." Ele olhou sério para o banheiro feminino de onde tinham saído.

Kendall suspirou. "Pode não parecer boa coisa, mas juro que..."

"Por favor, não precisa explicar", falou Charlotte. "Como Raina está na sala ao lado, sei muito bem que vocês estavam apenas procurando um pouco de privacidade."

Kendall riu, mas Rick não estava se divertindo nem um pouco; queria ficar sozinho com ela *naquele instante*. Acenou com a cabeça para o irmão e para Charlotte. "Estamos indo."

"Está marcado o café amanhã?", perguntou Charlotte para Kendall, enquanto Rick a puxava pelo corredor.

"Por mim, está."

"Às nove", gritou Charlotte, com a voz se transformando numa risada. Roman ria também.

Rick não olhou para trás, só parando quando chegaram à rua.

"Você foi mal-educado com Roman e Charlotte", repreendeu-o Kendall assim que a porta do Norman's fechou-se atrás deles.

"Eles são recém-casados. Vão entender." Ele apertou-lhe a mão com mais força.

Sua pele estava tão quente quanto o corpo dela.

"Moro ali em cima." Ele apontou para um beco ao lado do Ático de Charlotte.

Ela olhou as redondezas. "Sabia que você morava no centro. Só não sabia onde."

Rick acenou com a cabeça. "Quando Roman e Charlotte se casaram, eu me mudei para o apartamento dela, e eles compraram uma casa pequena no novo subdistrito."

Apesar da conversa fiada, Kendall sabia que sua intenção não era nada trivial. Rick não falou mais nada, esperando que ela desse o próximo passo. Morava ali em cima e queria saber se ela gostaria de ir para casa com ele. Dormir com ele. Fazer amor com ele. Um tremor surgiu vagarosamente e foi-lhe tomando o corpo, uma vibração calma que começou com uma leve contorção na barriga e terminou com uma pulsação bem particular entre suas pernas.

Rick, com seu olhar penetrante, a encarava, e ela teve de engolir seco. Nunca estivera mais ciente de um homem ou de seu interesse por ela como mulher. Nunca havia curtido tanto receber atenção, tampouco sentira acelerar dessa forma os batimentos cardíacos. Nunca quisera um homem em sua cama e dentro de seu corpo da forma como desejava Rick agora.

Kendall era impulsiva, mas dessa vez refletiu bem sobre as coisas. Sorriu para Rick. "Me mostre o caminho."

Raina observou a decoração de ninhos de pássaros enfeitando as paredes e as pessoas a quem chamava de amigos conversando. Enquanto isso, permanecia naquela cadeira. Sozinha. "Droga!", murmurou.

Odiava ficar sentada enquanto a vida seguia ao seu redor. Bem sob o seu nariz, Rick acabava de arrastar Kendall para fora do Norman's, obviamente ansioso para ficar a sós com ela. Parece que eles não precisavam da interferência de Raina, tampouco de suas ações casamenteiras. Então, por que fingir ter um problema cardíaco, uma farsa que a impossibilitara de ter vida social e de ser o centro das atenções?

"Algum problema?" Eric juntou-se a ela, puxando uma cadeira.

"Já era hora de você voltar para cá", resmungou Raina. Eric não era apenas seu namorado, mas também o médico da cidade. Para sua frustração, ele parara para conversar com cada amigo e paciente, enquanto Raina aguardava no fundo da sala, sendo a última a receber atenção. Ela queria ir correndo até ele, mas não podia, não sem chamar a atenção para si e para sua vitalidade, que não podia demonstrar.

Ele soltou uma risada sincera. "Está constrangida com sua farsa? Eu te disse que não havia vantagem alguma em fingir estar doente."

"Está falando como meu médico ou como...?" Sua voz sumiu. Não sabia como finalizar a pergunta.

"Falando como alguém que se importa com você."

Suas palavras aqueceram-lhe o coração, demonstrando o sentimento que ele nutria por ela. Aproximando-se, Raina colocou a mão sobre a dele e o estudou, ficando mais uma vez fascinada por sua aparência distinta. Seu cabelo de tons claros e escuros e seus traços envelhecidos davam-lhe uma aparência bonita a seu modo, e o faziam sobressair entre os velhos disponíveis de Yorkshire Falls. Pela primeira vez em anos, o coração de Raina batia mais forte ao olhar para um homem, e ela desejou ter liberdade para agir de acordo com seus sentimentos.

"Já não é hora de parar com a farsa?", perguntou.

"Estava pensando exatamente nisso." De todas as emoções que se misturavam dentro de Raina, a culpa era a soberana. Culpa por ludibriar os filhos e permitir que se preocupassem com ela sem nenhum motivo real. Contudo, tinha de se lembrar, sua suposta doença unira Roman e Charlotte.

E havia seu filho do meio. As chances de Rick, que semana passada pareciam poucas, agora floresciam. Raina empurrara todas as mulheres que considerava elegíveis na direção dele, mas não adiantara. Até Kendall chegar à cidade.

Contudo, eles se haviam conhecido sem a mão casamenteira de Raina. "Talvez você esteja certo", falou, suspirando. "Eu poderia abrir o jogo..."

"E nós poderíamos começar a namorar mais abertamente, em vez de ficarmos nos escondendo por aí", disse Eric.

"Você não tem noção de como a ideia parece maravilhosa."

"Então faça algo a respeito." Sua frase parecia mais um desafio.

"Preciso encontrar o momento certo." Será que haveria um momento certo para contar aos filhos que os enganara?

"Eles te amam. Vão te perdoar", falou Eric, lendo-lhe os pensamentos.

"Espero que sim." Mas não tinha tanta certeza.

"Quer ir lá em casa hoje à noite? Aluguei uns DVDs."

Ela viu seu olhar carinhoso, gostando do interesse que demonstrava. "Adoraria. Você me pega? Assim meu carro não vai ser visto estacionado ao lado de sua casa..." Ficou batendo os dedos na mesa sem parar, sem conseguir acreditar que estava conspirando como uma adolescente proibida de sair com o namorado. Mas, sendo uma mulher recentemente diagnosticada com um problema cardíaco, ela não tinha nada que ir dirigindo até a casa de Eric e permanecer lá por uma boa parte da noite.

"Eu te pego em qualquer lugar." Ele se inclinou e deu-lhe um beijinho no rosto. "Mas por que não vamos daqui direto para a minha casa e então, mais tarde, eu te levo para a sua?"

"Parece uma boa ideia! Vou dizer a Chase que ele está de folga."

"Isso significa que é meu turno", brincou Eric. "Gostei da ideia."

Raina sorriu, dominada pelo prazer. Se Rick e Kendall estivessem se sentindo tão queridos e acarinhados quanto ela, Eric estava certo. Era hora de confessar, pois eles realmente não precisavam mais da ajuda dela.

Rick segurava a mão de Kendall num carinho acalorado. Ela entrou no apartamento e imediatamente sentiu-se cercada pelo perfume dele. A cada inspiração, absorvia seu perfume masculino, o que lhe estimulava ainda mais os sentidos.

Ele jogou as chaves na bancada. Os ruídos da porta batendo e da chave girando na fechadura proporcionaram o início do erotismo da noite, servindo como um prelúdio do que estava por vir.

Rick virou-se para ela. "Não há lugar melhor do que nossa casa."

Só uma pequena luz vinda dos fundos permitia que Kendall vislumbrasse as coisas. Ao olhar ao redor, a madeira escura e a decoração quase inexistente lembravam muito Rick.

"E aí? O que acha?", perguntou, com um toque de ironia nos lábios sensuais.

"Este lugar é a sua cara."

"Esta noite será a nossa cara." Sua voz surgiu como um murmúrio, revirando-lhe o estômago com uma fome há muito negligenciada.

Rick aproximou-se, pegando-a nos braços para um beijo lento, sedutor, que logo ficou devasso. Os momentos que tinham desfrutado no Norman's haviam construído o desejo entre eles, e quando ele enfiou a língua dentro da boca que o esperava, Kendall percebeu que Rick estava tão desesperado e esfomeado quanto ela. Para alguém cujo mundo estava saindo do controle, saber que não era a única a se sentir assim era estranhamente reconfortante.

No momento em que ele parou de beijá-la e a conduziu até seu quarto, Kendall queimava de desejo. Dizia para si mesma que estava iniciando um caso, mas tinha muito medo de que os sentimentos que se criavam entre eles indicassem algo muito mais profundo. Algo com que ela não deveria se preocupar naquele momento... nem nunca.

Rick veio por trás dela, e Kendall virou-se para vê-lo já sem camisa, apenas com a calça *jeans* já desabotoada. O peito de Rick era bronzeado e musculoso, e o olhar dela fixou-se nos fios de cabelo e nos mamilos escuros, enquanto seus seios reagiam ao estímulo, endurecendo.

"Durante todo aquele tempo que ficamos no Norman's, estava louco para pegá-la sozinha."

"Eu te entendo muito bem", falou, rindo. "Me sentia da mesma forma."

Os olhos escuros de Rick a encaravam. "Você não ajudou muito, pressionando para ficar e conversar com Charlotte."

"Parte de mim queria ser educada. Outra parte precisava cuidar dos negócios." Ela segurou a bainha da sua blusinha e o provocou, levantando-a lentamente. "Você me fez perceber que aquilo podia esperar." Antes de perder a cabeça, ela tirou a blusa, deixando-a cair no chão sobre uma pilha de roupa. "O prazer é muito mais importante", falou, aproximando-se e deixando seu peito nu, coberto apenas em parte pelo sutiã, esfregar-se no dele.

"Concordo." Rick segurou-a pelos ombros, e seus polegares acariciaram-lhe a carne em movimentos circulares. O corpo dele assumiu um ritmo semelhante e, através da seda delicada, seus quadris balançavam e seu peito ondulava sobre ela. "Sinta como você me deixa."

"Estou sentindo." Excitados e sensíveis, os mamilos dela raspavam no tecido, e mesmo o pano fino era uma barreira enorme quando desejava apenas o toque de pele com pele.

"E isso não é tudo." Rick girou os quadris, num movimento circular, deixando o inchaço crescente de sua ereção pulsar e tocar-lhe a barriga. O movimento sensual mexeu muito com Kendall, fisicamente derrubando suas últimas barreiras femininas e emocionalmente tocando-lhe as profundezas da alma. Juntaram ainda mais a parte inferior de seus corpos, ambos querendo sentir o membro duro ganhar vida e precisando se tocar com maior intensidade, numa tentativa de bloquear qualquer emotividade que Kendall começasse a sentir.

Rick suspirou e a colocou de lado. Não precisavam falar nada, apenas se despiam rapidamente, consumidos pela ânsia de sentir pele contra pele. Rick a pegou no colo e colocou-a na cama, e, quando se deitou sobre ela, Kendall encontrou refúgio no contato dos corpos ardentes. Ela suspirava de prazer, e então percebeu que Rick também emitia o mesmo som.

De repente, Rick sentou-se, com seu corpo grande elevando-se sobre ela e suas coxas ao redor da barriga dela, e ficou encarando-a. "Nunca quis tanto uma mulher como quero você."

O coração dela pulou ao ouvir isso. "Sinto o mesmo por você." A honestidade a compelia a falar, mesmo quando havia se prevenido para não ficar muito ligada ao homem ou àquele instante.

"Sinceramente, espero que não." E caiu numa gargalhada. Kendall tentou recordar o que dissera e se deu conta do que sua frase implicava. Um calor lhe subiu ao rosto, mas ela ficou grata pela mudança repentina de clima.

Intensidade não faria bem a nenhum dos dois naquele momento. "Quero dizer, nunca me senti assim a respeito de outro homem."

Rick acariciou-lhe o rosto com a mão. "Estou feliz pra caramba."

Protegida, ela sorriu. "Então prove."

"Pretendo." Foi até a beira da cama, abriu a gaveta do criado-mudo, pegando uma camisinha, e fez uma pausa. "Kendall..."

"Sim?"

"Só as tenho aqui por hábito, porque Chase falou para mim e para Roman que, se não estivéssemos preparados, estaríamos não apenas nos desrespeitando, mas também às mulheres com quem estivéssemos."

Kendall ficou emocionada ao perceber o forte laço familiar que havia entre os Chandler, um laço que nunca tivera com ninguém antes. Exceto talvez com sua tia, mas esse período fora muito breve, e as boas recordações eram sempre muito dolorosas devido ao vácuo que permanecia depois.

"Para um homem de poucas palavras, seu irmão sabe escolhê-las bem", comentou ela.

Rick aquiesceu. "É o jornalista que fala nele. Mas não é disso que quero falar."

"Então o que é?"

Um músculo de sua bochecha ficou rígido. "Mantenho-as aqui, mas nunca as usei." Pegou a caixa inteira de preservativos e os jogou no colchão. "Onze. Com essa, são doze." Segurou o invólucro plástico na mão.

Não precisava dizer mais nada, ou tentar explicar o que suas palavras e ações significavam. Nunca levara uma mulher para aquela cama antes, e queria que ela soubesse disso. Ele com certeza tivera muitas mulheres, Kendall tinha certeza. Só que nenhuma ali. E engoliu seco.

Em vez de reagir, ela preferiu manter o clima leve. "E aí? Quantas você acha que conseguiremos usar numa noite?"

Ele a estudou, sério, por um instante, e Kendall teve medo de que ele lhe pegasse pela mão para conversar ou a pressionasse para compartilhar sentimentos, algo que não queria fazer.

Em vez disso, Rick sorriu, afastando o momento de seriedade.

"Por que não descobrimos?" Kendall observou Rick colocando rapidamente a proteção para, depois, passar as mãos em suas coxas. Sua pele forte e bronzeada contrastava com a pele dela, bem mais branca, deixando muito mais intensa sua virilidade.

Rick abriu bem as pernas dela com as palmas das mãos, cutucando com a cabeça do pênis o seu interior, e Kendall arfou. Rígido e suave, quente e carinhoso, o corpo dele deslizou para dentro do dela, abrindo-a, consumindo-a. Kendall respirou fundo, surpresa com a intensidade dos sentimentos que esse simples ato acordava.

Antes que Kendall se desse conta, Rick deu um impulso para dentro dela, preenchendo-a por completo. O desejo explodiu, alimentando o fogo que ele já acendera e sugando-a para um turbilhão de expectativas e sensações impetuosas.

"Rick!" Sem planejar ou pensar, ela gritou seu nome, e os olhos dele escureceram de calor e necessidade.

Agarrados um ao outro, com os corpos unidos a ponto de ser impossível distinguir um do outro, de repente Rick parou, contendo-se. Seus braços tremiam enquanto ele se esforçava para se reprimir.

"Você parou...", murmurou. "Por quê?"

Rick inclinou-se, encostando a testa na dela. "Por que será que me sinto como se estivesse te esperando a vida inteira, quando na verdade nós acabamos de nos conhecer?"

Kendall gostaria de saber. Abriu a boca para responder e foi premiada com um beijo. Um beijo quente, exigente, de boca aberta, que dizia a ela exatamente aonde estavam indo. Não precisavam de preliminares. As preliminares haviam sido todo o tempo que tinham passado juntos desde que se viram pela primeira vez.

Rick percorreu a bochecha dela com a língua, até chegar à orelha. "Quero você quente e no ponto", falou, com uma voz, rouca, que a deixou ainda mais excitada.

"Mas eu estou."

"Eu sei." Deslizou para fora dela, deixando-a sentir a extensão de seu desejo, e então a penetrou novamente, revelando todos os centímetros de sua ereção para o corpo desejoso dela.

Cada movimento provocante testava o comedimento dela e trazia-a para mais perto do precipício, mais perto do clímax. Mexendo-se no mesmo ritmo que ele, os quadris de Kendall iam para cima, trazendo-o mais para dentro, tornando-o parte dela, até que o redemoinho que os pegara no dia em que haviam se conhecido a alcançou, fazendo Kendall subir, subir, subir e entrar num êxtase quente, doce e abençoado.

Quando voltou à realidade, Kendall sabia que nunca mais seria a mesma, e não apenas porque fizera amor com Rick. Mas porque naquela noite Rick fizera uma coisa que ninguém em sua vida havia feito – não tivera pressa, mostrando a ela que se importava. Nem uma vez, e não apenas com o corpo, mas também com o coração e a alma.

Não se levem a sério. Só de olhar, Rick conseguia ver a luta que acontecia dentro dela. Entendeu, porque sentia o mesmo. Sexo devia ser algo simples.

E o que fizera com Kendall não era simples.

Mas, pelo bem de ambos, ele faria o que os belos olhos dela imploravam. "Usamos duas camisinhas", falou. "Que tal uma terceira? Ou devo ter pena de você e permitir que dê uma dormida?"

Ela riu, relaxada, e encaracolou-se ao seu lado. "Por que será que acho que está usando psicologia invertida para tentar colocar a culpa em mim, quando na verdade é você que precisa descansar?"

Rick deixou-se cair nos lençóis, exausto. "Você me flagrou."

"Está certo. Também tenho de admitir. Você me desgastou."

"Acho então que temos tempo para conversar."

Ela virou a cabeça na direção dele. "Sobre o quê?"

Rick deu de ombros. Honestamente, não se importava. Qualquer coisa que descobrisse sobre Kendall seria um bônus. Qualquer coisa que explicasse sua personalidade única – o que a tornava uma viajante, embora louca para amar, mesmo que não soubesse ou não quisesse admitir isso. Ele sabia. Notara isso naquela noite, ao ver a gratidão em seus olhos quando mencionara a festa, e, ao observar como, apesar da cautela, Kendall absorvia o afeto e a amizade como uma esponja fazia com a água. E Rick ficara ao mesmo tempo encantado por aquele lado vulnerável dela e seduzido pela mulher sensual que usava calças de couro bem justas.

"Quero saber o que mexe com Kendall Sutton. Quais são seus objetivos, seus sonhos? Quais são seus planos? E não estou falando de limpar a casa, mas depois que for embora. Será que seu futuro é como modelo?" Ele disparou as perguntas como se não significassem nada. Mas, infelizmente, Rick ia acabar percebendo que não era bem assim.

Ela balançou a cabeça. "Não. Apenas fui modelo para conquistar uma coisa. Vaidade não tem muito a ver comigo, o que com certeza você percebeu ao ver meu cabelo rosa." Kendall riu, e Rick sentiu uma vibração percorrer seu corpo. "Mas desenho joias e..."

"É mesmo?"

"Por que a surpresa?" Ela deitou-se sobre o cotovelo e o encarou. "O que você acha que faço para viver?"

O edredom afundou, revelando seus seios nus, e por um instante Rick não conseguiu pensar.

Ao pegá-lo em flagrante, Kendall puxou as cobertas. "Comporte-se e responda à minha pergunta."

"Bem, eu sabia que você era modelo. Acho que não pensei mais nada."

"Aah. Está certo. Eu apenas aproveitava minha aparência." Seus lábios formaram um sorriso, mostrando a Rick as covinhas que ele adorava.

Rick sabia que ela o estava provocando e ficou agradecido por ter baixado a guarda de repente. "Você é linda. Por que não aproveitar suas qualidades?"

"Não tem problema algum, desde que você não acredite que essas sejam as minhas únicas qualidades."

"Não sou tão superficial." Ele levou a mão à barriga dela e, então, subiu a palma da mão e segurou seu seio. "Sei que você tem muitas outras qualidades."

Kendall suspirou, obviamente gostando do toque dele. "Diga quais são."

"Hein?"

"Diga quais são as qualidades que você falou que eu tenho. Prove que não está apenas usando o charme dos Chandler para me levar para a cama."

"Corrija-me se eu estiver errado, mas você já está comigo na cama."

Kendall soltou um longo suspiro. "Está certo, usando esse charme para entrar em minha calcinha, por assim dizer."

"Mais uma vez, corrija-me se eu estiver errado, mas já entrei lá." Ao pensar nisso, sua virilha enrijeceu e ele rolou para cima dela, prendendo-a sob si.

"Sim, mas, se quiser entrar novamente, terá de listar todas as minhas supostas qualidades." Ela o encarou e soltou uma risadinha.

Alegria e um prazer puro ferviam dentro dele. Não se lembrava de quando havia sido a última vez que se divertira com uma mulher na cama por sua personalidade e não por seu corpo. "Tenho um palpite de que está evitando discutir sobre você e seus planos para o futuro, mas vou alegrá-la por enquanto."

"Vamos lá."

Era o que pretendia. "Primeiro, você é linda. Seja para você uma qualidade ou não, mas você é. Segundo, você é brilhante."

"E como sabe disso? Por eu ficar encalhada no acostamento da estrada usando um vestido de noiva, senhor Charmoso?" Os olhos de Kendall brilhavam de prazer e desejo. Estava curtindo aquele desafio divertido tanto quanto Rick.

"Você é carinhosa e simpática. E, antes que pergunte, sei disso pela forma como age com minha mãe bisbilhoteira, minha família e meus amigos."

"Então você gosta de mim, não é?"

Em resposta, sua virilha pulsava sobre o corpo delicado dela. "Sim", falou com um murmúrio rouco. "Gosto. Agora pare de fugir das perguntas e diga-me o quero saber." Não importava a vontade que tinha de estar dentro dela naquele momento; Rick precisava que Kendall confiasse mais nele. Precisava saber que os sentimentos que floresciam não eram apenas de sua parte, e fortificar aquela conexão emocional seria um começo.

Por anos, dizia a si mesmo que se recusaria a se envolver emocionalmente com uma mulher, acreditando que dessa forma estaria bloqueando sua capacidade de magoar-se novamente. Mas a verdade era que Rick não tinha controle sobre o que fazia ou sentia. Nunca tivera. Desde que conhecera Kendall, sentia-se envolvido, e queria muito que ela se sentisse da mesma forma. Apesar de duvidar que criar laços o faria sentir-se bem quando Kendall fosse embora naquele carrinho vermelho, não conseguia controlar a compulsão para saber mais sobre ela.

Assim, apesar de Kendall tentar manter seus planos em segredo, Rick imaginou que, se conseguisse fazer com que ela os revelasse, seria como entregar uma parte de si para ele. Algo que sua ex-esposa nunca fizera. E algo que ele precisa que Kendall fizesse.

Com as pernas, Rick empurrou-lhe as coxas de lado e cutucou, com sua ereção, o calor úmido e feminino dela. "Agora, pode falar."

"Isso, sim, é um inquérito policial." Sua voz ficava mais intensa com o desejo. "Acho que vou para o Oeste, para o Arizona. Sedona. Algum lugar artístico onde possa aprender mais sobre *design*, e onde possa talvez ficar conhecida vendendo meus trabalhos." Kendall suspirou, e admitir isso pareceu ser-lhe doloroso. Como se, ao revelar seu sonho mais íntimo, estivesse arriscando a possibilidade de realizá-lo.

E, apesar de saber que ficaria magoado quando ela fosse embora, Rick correspondia aos seus desejos naquele momento. "Se quiser muito alguma coisa, tenho certeza de que os sonhos se tornarão realidade. Afinal de contas, quanto tempo acha que será necessário para deixarmos a casa em condições de vender?", falou, encorajando-a a ir embora, mesmo que seu coração, naquele momento, o traísse por querer que ela ficasse.

"Se trabalharmos juntos, será rápido."

Rick achou que o tom melancólico de sua voz não passasse de imaginação sua. Era óbvio que ele estava destinado a escolher mulheres que preferiam ir embora. Para Kendall, qualquer lugar dentro dos Estados Unidos era preferível a Yorkshire Falls. Bem, diabos, ele nem queria um relacionamento sério. Não era isso que sempre dizia a si mesmo? E, até a chegada de Kendall, acreditava naquilo.

"Kendall, vou te ajudar a chegar ao Arizona." Observou seus olhos brilhantes e penetrou-a com força. Sua vulva úmida contraiu-se, e ela soltou um gemido delicado de desejo, levando-o à loucura em questão de segundos. "Mas até o dia em que for embora, você é minha."

Capítulo 6

KENDALL ENTROU NO NORMAN'S NA manhã seguinte tentando agir como se não tivesse passado a noite toda na cama de Rick Chandler. Mas seu corpo ainda estava dormente com os efeitos colaterais de ter feito amor com ele, e as lembranças alojavam-se em seu coração.

Viu Charlotte sentada numa cabine ao fundo, com a caneta presa na orelha enquanto vasculhava revistas, catálogos e brochuras. Com seu cabelo bem preto e os olhos verdes, Charlotte era a epítome do exótico, e Kendall conseguia entender por que Roman, o viajante – como Rick o descrevera na noite anterior –, apaixonara-se por ela e decidira casar.

"Oi." Kendall jogou a bolsa no interior da cabine e deslizou para o banco defronte a Charlotte.

"Olá." Ela fechou a revista que estava lendo e deixou-a de lado. "Estou dando uma olhada nas novidades da indústria...", explicou. "Mas seja bem-vinda à cidade."

Kendall sorriu diante da gentileza da moça. "Obrigada", falou, ajeitando-se de maneira mais confortável.

Charlotte franziu o cenho, estudando-a. Por fim, um sorriso surgiu-lhe nos lábios vermelhos. "Você está radiante..."

"E você não tem papas na língua." Mas o instinto de Kendall dizia-lhe para confiar na cunhada de Rick, e ela inclinou-se sobre a mesa para confidenciar. "Acho que estou mesmo."

Charlotte riu. "É o charme dos Chandler. É tiro e queda quando eles miram alguém."

Devia ser mesmo, pensou Kendall. Contudo, ela logo iria embora daquele lugar, e Charlotte precisava saber a verdade. "Estamos apenas curtindo um tempo", falou com delicadeza. "Rick precisa de uma mulher que afaste a horda."

"Ah, sim! O exército de solteiras de Raina...", falou Charlotte, balançando a cabeça. "Quase sinto pena de Rick."

"Por ter uma legião de mulheres atrás dele? Isso não é bem um sofrimento", falou Kendall, irônica. Mas sabia que o que sentia era ciúme, e que Rick odiava ser bombardeado por atenção não desejada.

"Uma legião é um pouco de exagero. Mas há um número suficiente delas para deixá-lo bem convencido. Tenho de admitir isso."

"E ele odeia isso."

"Você já o conhece bem." Os olhos de Charlotte estavam bem abertos e sérios. "Você é uma pessoa maravilhosa por aceitar ajudá-lo nesse plano. Roman contou-me tudo."

"Rick contou para ele?" Kendall gostaria de saber que mais Rick tinha confessado para Roman.

Charlotte deu de ombros. "Irmãos não escondem muita coisa um do outro." Aqueles olhos verdes a estudavam como se pudessem ler a mente de Kendall. "Então, o que quer comer?", perguntou enfim Charlotte, deslizando o menu pela mesa.

Kendall pegou o papel dobrado, feliz pela mudança de assunto e pela possibilidade de mergulhar na comida, deixando de lado suas preocupações. "Quero panquecas e café."

"Boa pedida. Izzy?" Charlotte chamou a mulher robusta que Kendall conhecera na noite passada.

"Que posso trazer para vocês?" Isabelle parou diante da mesa, com caneta e bloquinho em mãos.

Charlotte repetiu os pedidos, alterando apenas uma bebida para suco de laranja.

Izzy sorriu. "Adoro mulheres que não têm medo de comer." Ela rabiscou algo no papel, pegou os menus e saiu em direção à cozinha.

Charlotte cruzou as mãos diante dela. "Agora, voltemos ao assunto que quero discutir contigo. Pam mencionou que você desenha joias."

Kendall fez que sim com a cabeça, agradecida e comovida por Pam tomar a iniciativa por ela. "Tenho um portfólio."

"Tem amostras do seu trabalho?", falaram ao mesmo tempo.

Kendall riu e puxou de sua bolsa um fichário que servia como diário fotográfico de seu trabalho. "Tenho amostras em casa, mas como queria realmente falar contigo, trouxe isso."

Enquanto Charlotte folheava as páginas laminadas, Kendall explicava sua proposta: "Esperava que você considerasse a possibilidade de levar meus desenhos para a sua loja. Para ser bem honesta, estou sem opções". Mordeu o lábio inferior, odiando ter de admitir problemas, mesmo sabendo que não tinha escolha. "Trabalhei como modelo em Nova York para ajudar a pagar a clínica de repouso de minha tia, mas no fim de sua vida ela precisou de enfermeiras 24 horas por dia e, assim, as despesas aumentaram. Então vim para cá esperando conseguir vender a casa de tia Crystall para ter um fôlego, e descobri que estava em ruínas. Estou gastando em vez de receber. Mas não espero que você pegue meus desenhos por piedade ou algum tipo de obrigação para com Rick. Gostaria que você decidisse baseada na possibilidade de fazermos um acordo de que ambas se beneficiariam".

"Seu trabalho é bonito." Charlotte corria o dedo sobre algumas fotos de joias sofisticadas feitas de aço. "Posso dizer com sinceridade que não pegaria algo que pudesse colocar em risco a qualidade das mercadorias que vendo. Não só acho que as joias irão vender, como acho também que iremos ganhar uma boa grana. Preciso vê-las ao vivo, é lógico, mas duvido que isso mude alguma coisa, exceto talvez a vontade de comprar uma para mim mesma."

Charlotte sorriu, e o coração, que ficara apertado no momento em que Kendall vira a casa destruída de Crystal, finalmente se acalmou. "Nem sei como dizer quanto gostei de ouvir isso."

"Ei, não precisa me agradecer. Seu talento é óbvio, e este acordo é um bom negócio para mim. Há uma vitrine de vidro ao lado da caixa registradora, na frente da loja. Posso colocá-las lá, e você e eu podemos pensar numa divisão percentual."

"Maravilha!"

Izzy chegou trazendo os pratos. Charlotte devolveu o mostruário de Kendall, que o guardou de volta na bolsa e então deslizou seu cartão de visitas pela mesa. "Meu celular está aqui, assim você pode me encontrar quando quiser", falou para Charlotte.

"Perfeito!"

Izzy colocou a comida na mesa, e o aroma das panquecas preencheu o ar. O estômago de Kendall roncava. Não tinha se dado conta da fome que sentia. Mas Charlotte olhou a comida e ficou um pouco pálida.

"Quer saber, Izzy? Mudei de ideia. Traga-me chá descafeinado e torradas secas, por favor. Sinto muito."

"Você está bem?", perguntou Kendall.

"Depende da definição de estar bem", murmurou Charlotte. "Estou bem, sim. Não sou muito de tomar café da manhã, mas seu pedido parecia tão interessante que pensei em experimentar."

"Sem problemas, querida", falou Izzy, que então se inclinou. "Samson está lá fora. Vou embrulhar para ele, mas nem vou contar para o Norman. Eles não se dão muito bem..."

"Muito obrigada. Mas cobre, por favor, está bem?", falou Charlotte.

Izzy dispensou com a mão.

"Quem é Samson?", perguntou Kendall depois que Izzy saiu.

"O maluco da cidade", explicou Charlotte. "Ele não tem família nem amigos. Pode ou não ter dinheiro, ninguém sabe, mas ele parece precisar das sobras. Deixo-o fazer favores para mim para que não se sinta como se estivesse recebendo caridade. Acho que ele é mais mal-compreendido do que qualquer outra coisa."

Kendall aquiesceu. Olhou para Charlotte, ainda preocupada com sua reação estranha à comida. Mas, com o prato longe de si, estava com uma aparência melhor. "Há algumas pessoas assim também em Nova York. A diferença é que lá ninguém parece se preocupar. Isso é triste..."

"Em Washington também. Graças a Deus, Yorkshire Falls é diferente. Mais compassiva. Pelo menos algumas pessoas são." Charlotte olhou para o prato de Kendall e respirou fundo. "Por favor, coma antes que esfrie. Se você não se importar, vou falar sobre nossos negócios enquanto minha comida não vem, tudo bem?"

"Mas..."

"Coma!", insistiu Charlotte. "E ouça", completou, sorrindo. "Algo para você ficar pensando. Fiz alguns contatos em Washington, e estou pensando em abrir uma butique lá. Se suas joias venderem aqui, estaria interessada em levar seu trabalho para lá?"

O coração de Kendall começou a bater mais forte no peito. "Você está brincando, não é? Eu adoraria ter essa oportunidade. Obrigada." Pensou que começar no Arizona lhe possibilitaria um currículo mais sólido, além de experiência. Nunca tinha cogitado começar numa cidade grande, mas Charlotte estava lhe oferecendo essa oportunidade.

Kendall viera a Yorkshire Falls sem nenhuma expectativa; só queria vender a casa e ir embora. Em menos de uma semana, conquistara um namorado, tanto de nome como de verdade, mais de uma amiga, a sensação de ter uma família e o início de uma carreira estável. Se Kendall não soubesse quais eram seus objetivos, poderia acreditar que estava se assentando.

Raina olhou o relógio na esteira elétrica e diminuiu o passo. Faltavam menos de cinco minutos para terminar sua estimulante caminhada diária, algo por que ansiava mais do que nunca, ainda mais pelo fato de sua suposta doença lhe limitar as atividades. Mas, ao olhar pela janela, viu um carro estacionando dirigido por seu filho mais novo.

"Droga!" Roman sabia como ser inconveniente. Arrancou a tomada de segurança da esteira e mergulhou no sofá, cobrindo-se com uma manta. Pegou uma revista e verificou se o telefone estava por perto. O telefone servia como um interfone, e ela poderia falar para Roman entrar sem precisar ir abrir a porta. Tudo para manter a farsa, pensou.

Para sua surpresa, a campainha não tocou. Mas ouviu Roman chamar. "Mamãe?"

Ele entrara sem avisar, o que a surpreendeu, já que seus três garotos normalmente tocavam a campainha antes de entrar, mesmo que usassem a própria chave em vez de fazê-la ir até a porta. "Estou no porão", gritou.

Desceu com seus passos ruidosos a comprida escada que levava ao porão bagunçado, um quarto que servira como sala de jogos quando os meninos eram pequenos e, depois, como uma enorme sala de TV.

Ele atravessou a sala e parou em frente ao sofá. "Olá."

Olhou o filho de cima a baixo. O casamento realmente combinava com ele, pensou, satisfeita. "Olá, Roman. Onde está sua adorável mulher?"

Seus olhos azuis brilharam ao ouvir a menção a sua esposa. "Está tomando café com Kendall."

"E você veio ver sua mãe", comentou, batendo palmas. "Você é um filho tão bom..."

"Por que desceu todos esses degraus só para deitar-se no sofá? Há uma televisão muito boa na sala de estar, no térreo da casa", falou, ignorando o elogio. "Pode não ser muito bom para o seu coração ficar subindo e descendo escadas sem motivo."

"Bem..." Ela não pensara em uma resposta para aquela pergunta. Seus filhos acreditavam que ela precisava pegar leve. Acreditavam que descia as escadas do quarto para o térreo, onde ficava a cozinha, apenas uma vez ao dia. O porão devia ser uma zona proibida para alguém com problemas no coração.

Roman colocou a mão na testa da mãe, franzinho o cenho com o que parecia ser preocupação, mas o que falou eliminou essa impressão.

"Você está vermelha e esbaforida. Gostaria de saber por quê." Roman ajeitou-se no sofá até ficar ao lado dela, dividindo uma almofada. "Está suando também, como se estivesse correndo uma maratona, mãe."

Seus instintos de jornalista obviamente haviam descoberto que algo estava fora do lugar. Porcaria! Seu caçula percebia as coisas muito rápido.

"Estou transpirando, as mulheres não suam", replicou, percebendo tarde demais que concordara com o que o filho dissera. Não era uma boa ideia, pois não podia se entregar assim, de qualquer jeito. Precisava sair daquela situação difícil.

E aí, quando estivesse com os filhos reunidos numa sala, teria de confessar. Não podia continuar com aquilo. Não era bom para o coração, pensou, com ironia. "Besteira, Roman. Não estou suando, estou com calor debaixo dessa manta. É só isso."

"Eu também estaria com calor se estivesse correndo na esteira e, de repente, mergulhasse no sofá e me cobrisse com uma manta de lã para que não fosse pego no flagra", comentou, esboçando um sorriso.

Ele parecia estar brincando, mas Raina não gostou da acusação, e seu batimento cardíaco se acelerou. "Pego fazendo o quê?"

"Está enrascada e, mesmo assim, não desiste", falou, tocando-lhe a mão. "Está certo, vou esclarecer. Você tem fingido esse problema cardíaco para conseguir manipular Chase, Rick e eu para fazermos o que manda e ter netos. Tudo o que precisa fazer agora é admitir que estou certo."

Ela suspirou, assustada. Não que acreditasse ser mestre em manipulações – apesar de achar que vinha fingindo bem até então. Mas, obviamente, estivera confiante demais. Nunca havia considerado a possibilidade de seus filhos a desmascararem.

"Imagino que seu silêncio signifique estou certo, não?" Ele apertou-lhe a mão com gentileza.

Raina suspirou. "Sim", admitiu, incapaz de encará-lo. "Como descobriu?"

Roman revirou os olhos para cima como se a resposta fosse óbvia. "Sou jornalista. Sei como interpretar sinais que a maioria das pessoas ignora. Além disso, morava com você até alguns meses atrás, quando esse suposto problema começou. Chá, Maalox e antiácido foi a prescrição do médico – um sinal claro de indigestão. Além disso, quando achava que eu não estava por perto, você subia as escadas como uma velocista. Não foi difícil juntar os fatos. Principalmente depois que encontrei sua roupa de ginástica na máquina de lavar."

Ela se forçou a olhá-lo. "Você não parece estar bravo." Contudo, os olhos dele, os olhos do pai, a condenavam.

"Vamos apenas dizer que levou um tempo para eu me acostumar com a verdade."

"Mas você não contou para seus irmãos." Não poderia ter contado, já que, perto dela, eles continuavam andando na ponta dos pés, como se ela pudesse ter um ataque a qualquer momento, sussurrando de preocupação quando achavam que ela não estava ouvindo.

"Ainda não."

Notou a ênfase na palavra "ainda" e sabia que os dias de sua farsa estavam se acabando. "Por que ainda não os pôs a par das coisas?"

Ele penteou o cabelo com a mão. "Estupidez?"

Raina cobriu-lhe o braço com a mão. "Você precisa entender meus motivos... e saber que sinto muito por ter ido tão longe."

"Você não se sentiu mal o suficiente para querer confessar. Droga, mãe!" Ele balançou a cabeça, e a frustração e a raiva finalmente surgiram. "E o pior de tudo é que sei que você faria tudo novamente se precisasse, certo? Por algum motivo, você simplesmente não pode nos deixar viver a nossa vida."

Raina sentiu um nó na garganta. A culpa que vinha sentindo havia tanto superava qualquer justificativa que pudesse oferecer. "Se está tão bravo, por que não contou a Rick e a Chase? Conte a eles e termine logo com isso."

Ele soltou um suspiro de frustração. "Fácil assim? De início, fiquei muito chocado. Mas, depois que me casei com Charlotte, preferi não ligar. Deixar Rick ser o próximo e, quem sabe, acabar sendo feliz como eu estou."

Raina fez um ruído com a língua, sem querer aceitar aquela desculpa. "Então você reconhece que minha farsa é útil. E, quando se deu conta do que consegui fazer, tenho certeza de que ficou furioso. Não teria escondido esse tipo de informação dos seus irmãos só para eles encontrarem uma mulher e ficarem felizes."

Ela conhecia o seu caçula, sabia o laço que unia seus filhos. Roman podia querer que seus irmãos fossem felizes, mas não iria fechar os olhos para a farsa dela só para chegar àquele fim.

"Você está certa: a farsa teve alguma utilidade. E talvez você tenha realmente ajudado ao me juntar com Charlotte, mas também acredito em destino. Teríamos nos encontrado de qualquer forma. Não foi apenas porque você encurralou seus filhos, sacrificando-os só para ganhar um neto."

Ela fez uma careta. "Mas não foi só para ganhar um neto. Quero que vocês experimentem o amor e a felicidade que tive com seu pai. Quero, ao morrer, saber que vocês têm mais do que um apartamento vazio e uma vida vazia."

Mas ela ainda se lembrava de como se sentira quando descobrira que os filhos tinham tirado a sorte na moeda. Aquele que perdesse abriria mão da solteirice e da liberdade para se casar e dar um neto à mãe maluca. Roman perdera – e acabara sendo o vencedor. Raina achou que ele não gostaria que lhe lembrasse isso. "Então você não me dá o crédito. Mas por que não contar para Rick e Chase?", perguntou novamente, certa de que o caçula estava se esquivando do assunto, mas não sabia por quê.

"Tenho meus motivos", respondeu ele sem olhar para a mãe.

"Ora, veja quem está escondendo algo", disse ela, mas sem pretender pressionar. Ainda não merecia sua confiança, nem a gentileza dele de manter seu segredo. "Por que me contou agora que sabia a verdade?", preferiu perguntar.

"Por causa de Rick. Quando você telefonou para dizer que ele queria reunir a família e os amigos e me perguntou se podíamos vir logo para casa, imaginei que ele tivesse encontrado a mulher certa. E eu queria ter certeza de que você não tinha se intrometido na vida dele da forma que fez com a minha." Dessa vez, fixou o olhar na mãe. "Deixe Rick e Kendall seguirem seu caminho. Caso contrário..."

"Caso contrário, você vai contar. Roman, querido, você precisa saber que, de qualquer forma, eu já estava pretendendo desistir. Rick encontrou Kendall sozinho, e está ficando difícil manter a farsa. Até mesmo o Eric..."

"Não!", falou Roman em voz firme e direta. "Você não vai contar a Rick ou a Chase agora."

Ela piscou, bastante chocada. "Por que não? Pensei que fosse isso que você queria."

"Pensei nisso... Pode acreditar." Ele abaixou um braço na direção dela, escorando-se no sofá com a mão e inclinando-se para beijá-la na bochecha. "Eu te amo, e tenho observado seu relacionamento com o dr. Fallon. Percebi que está tendo muitas dificuldades para equilibrar sua vida com essa farsa."

Ela suspirou. Seu caçula sempre fora astuto.

"Eric é um bom homem, e estou muito feliz por você finalmente seguir em frente."

Ela aquiesceu, sabendo que a dificuldade de Roman para ficar em Yorkshire Falls ou para se comprometer com uma mulher tinha a ver com essa questão. "Mas e aí?"

"Mas admitir sua farsa agora, bem no momento em que Rick encontrou uma mulher de quem obviamente gosta, dará a ele um motivo para recuar. Com o passado dele e depois do que sofreu com Jillian, é um milagre que esteja gostando tanto de Kendall Sutton. E se você mudar de atitude e lhe mostrar que as mulheres podem dizer uma coisa e fazer outra, se ele notar sua manipulação, pode resolver acreditar que as mulheres não valem nada", falou Roman, balançando a cabeça. "Mesmo que eu não me importe de você confessar e sofrer as consequências, Rick merece a chance de ser feliz. Como você mesma disse...", sussurrou Roman, obviamente revoltado por dar a ela algum crédito.

Apesar de não gostar, Raina sabia que Roman estava certo. Rick provavelmente estava num terreno emocional conturbado, e não precisava de uma desculpa para ceder aos medos e se afastar de Kendall. "Vou ficar quieta."

Mesmo que seu silêncio significasse que seu relacionamento com Eric continuaria sendo difícil e complicado, ela merecia essa provação. Roman a recompensou com um grande abraço, e Raina o apertou com força. Ela tinha preparado a cama, por assim dizer. Ajeitou as pesadas cobertas sobre as pernas. Apenas precisava se deitar nela.

Kendall decidiu passar as horas seguintes ao café da manhã com Charlotte limpando os armários da casa de hóspedes, outro artifício para garantir a venda. Tentar fazer o depósito parecer grande e atraente, pensou.

Assim que colocou a roupa de limpeza, a campainha tocou e a porta se abriu com tudo. Pearl entrou sem ser convidada.

"Ora, você parece uma interiorana, deixando a porta aberta para os vizinhos." A velha entrou, trazendo um pacote embrulhado com uma folha metálica.

"Oi, Pearl." Apesar de achar aquilo um abuso, Kendall teve de admitir que estava genuinamente feliz por ter companhia. Outra sensação estranha para alguém que sempre vivera sozinha. "Entre e sente-se", falou, apontando para dentro.

Kendall já havia retirado as capas e os lençóis de cima dos móveis, e Rick finalizara as paredes na entrada e na sala de estar. O cheiro de tinta fresca ajudava a criar a sensação de limpeza.

Pearl juntou-se a ela na sala de estar. "Pegue isso. Meus *brownies* especiais para uma garota especial. Você me lembra muito sua tia", falou, sorrindo, e as rugas em suas bochechas ficaram menos visíveis.

"Que elogio gentil..." Kendall aceitou o doce caseiro, e o cheiro de chocolate fez seu estômago roncar.

"Pegue algo para bebermos e nos regalarmos, bem ao estilo feminino", falou Pearl, sem ter vergonha de assumir o controle e dizer a Kendall o que fazer.

Kendall ficou vermelha. Não tinha muito a oferecer. "Tenho água", falou, e deu de ombros. Água filtrada sempre fora sua bebida predileta. Sempre achara simples e saudável, mas o fato de não ter nada para servir a Pearl a deixou um tanto envergonhada.

Pearl fez um sinal com a mão, obviamente rejeitando a ideia também. "Era disso que eu tinha medo." Ela enfiou a mão na bolsa e puxou uma garrafa de chá gelado. "Não se pode morar no interior e não ter um bom e velho chá gelado ou limonada para beber junto com a sobremesa. Eldin odeia limão, assim, tenho de comprar chá gelado para ele. É preciso mantê-los felizes, mas você sabe muito bem disso, não? Ainda mais com um homem viril como Rick por perto, não é?" Foi até a cozinha enquanto falava, sentindo-se em casa e tagarelando até lá. "Então por que toda essa pintura por aqui?", perguntou Pearl.

"Bem..."

"Não precisa dizer. Você e Rick pretendem se mudar para cá. Falei para Eldin que isso ia acontecer, mas ele disse que não, que você ficou no apartamento de Rick ontem à noite e que essa casa de hóspedes não era o seu estilo, já que tinha vindo de uma cidade grande e tal."

Kendall piscou. Não sabia o que a havia surpreendido mais: a declaração de Pearl de que aparentemente todo mundo parecia saber onde ela havia passado a noite ou a velocidade com que ela falava. Com Pearl e sua boca por perto, Kendall não precisava se preocupar em falar.

Mesmo assim, tinha de se certificar de que tudo que era dito fosse adequado ou útil para a causa de Rick. "Tenho certeza de que você já percebeu que Rick e eu não nos casamos."

"Ainda não..." Pearl enfiou um pedaço de *brownie* de chocolate na boca e, em seguida, engoliu-o com o chá gelado que preparara, empurrando, ao mesmo tempo, o copo de Kendall na direção dela.

Kendall suspirou e calou a boca, mordendo um *brownie* e bebendo um gole da bebida doce e deliciosa. Estava começando a entender o que Rick quisera dizer quando falara para ela não se preocupar em corrigir as conjecturas inexatas das pessoas. Numa comunidade tão pequena, as pessoas acreditavam no que quisessem; as evidências e os argumentos contrários não eram bem-vindos. Ficou impressionada ao descobrir que não se importava, mas, ao contrário, curtia a previsão teimosa de Pearl.

"Bem, estou arrumando o lugar, e gostaria de começar a fazer o mesmo na casa principal também." Em outra visita a Pearl durante a semana, Kendall descobrira que, apesar de o lado de fora estar destruído, o único problema dentro parecia ser a pintura. Não pretendia insultar Eldin criticando sua habilidade ou sugerindo que refizessem as paredes. Havia outras maneiras de renovar a casa para que ela fosse revendida.

"É mesmo? Que tipo de arrumação?", perguntou Pearl. Kendall não se importava em responder a isso. O que ela ainda não queria abordar eram as razões de estar fazendo isso. Por que preocupar Pearl com a possibilidade de ser despejada antes de Kendall conseguir olhar outras opções de lugar para o casal de velhos morar? Era o mínimo que podia fazer pelos amigos de tia Crystal. "Pensei em comprar umas flores. Rick disse que cortaria a grama e faria uma bela limpeza no lado de fora", começou a explicar.

"Você é um doce." Pearl inclinou-se e puxou Kendall para um abraço forte. "Dessa forma Eldin e eu logo estaremos vivendo no luxo. Você sabe que não poderíamos pagar por esse tipo de coisa. Você não é apenas bonita como sua tia, é um amor também. E, lógico, Eldin e eu iremos ajudar da forma que pudermos." Ela se encostou no sofá, irradiando alegria e satisfação.

Kendall não sabia o que dizer. Não podia destruir as ilusões de Pearl e assustá-la com a possibilidade de ser despejada. Mas também não podia deixar que acreditasse que ela e Eldin poderiam permanecer na casa de sua tia. Kendall massageou a palpitação repentina na sua têmpora direita.

"Preciso contar para Eldin!" Pearl agarrou a bolsa. "Fique com os *brownies* e o prato." A animação da velha era visível.

Kendall suspirou.

"Oh, não se preocupe. Volto outra hora para conversarmos."

Pearl entendera mal novamente, e Kendall não a corrigiu. Por um lado, sabia que seria inútil e, por outro, Pearl não lhe dera a oportunidade de fazê-lo. Saiu tão rápido que deixou Kendall sem fala, sozinha e com o prato de *brownies*...

Kendall olhou ao redor e deu de ombros. Então, tirou o invólucro do doce e começou a descontar seus problemas no chocolate.

Horas depois da animada partida de Pearl, a cozinha brilhava por dentro e por fora. Depois de ter consumido o prato inteiro de *brownies*, Kendall decidiu gastar as calorias. Quando terminou, qualquer pessoa que inspecionasse o canto mais inalcançável dos armários só iria encontrar limpeza e espaços vazios. Em seguida, cuidou dos guarda-roupas, esvaziando todos eles, com exceção do armário grande da entrada. Quando finalizou tudo, Kendall tinha acumulado trastes suficientes para fazer uma liquidação de garagem.

Exausta mas empolgada, foi trabalhar no quarto. Como pedira a Brian que incluísse o enxoval e outros itens na remessa vinda de Nova York, das gavetas ao guarda-roupa o pequeno quarto agora tinha uma aparência confortável, habitável. À distância, Kendall andou de quarto em quarto, admirando as grandes melhoras que realizara.

Transformara a frustração do dia em algo construtivo, mas sentia-se culpada por querer arrumar a casa para poder vender depois – tirando-a de Pearl e Eldin.

O sentimento de culpa a dominava. "Droga!" Isso só tinha acontecido porque Kendall se permitira gostar das pessoas. Mas como podia evitar?

Eram amigos de sua tia, e gostava deles, assim como gostava de ficar na casa da tia. Mas logo chegaria a hora de partir.

Não querendo lidar com a partida ainda, Kendall decidiu pensar produtivamente. Olhou o relógio e tentou telefonar para a irmã. Mais uma vez, nada de resposta. Ou ela estava fora do quarto ou a pentelhinha estava evitando suas chamadas, o que era o cenário mais provável. A não ser pelo rápido telefonema do dia anterior, Hannah não respondera à enormidade de recados que Kendall deixara.

Ela girou os ombros tensos e tentou relaxar. Pelo menos sabia que, naquele exato momento, a irmã estava segura na escola. Por enquanto, não havia nada que Kendall pudesse fazer pela situação de Hannah. Mas havia muito a ser feito por si mesma.

Rick não lhe saíra da mente o dia inteiro. A voz áspera, o corpo forte e magro e a maneira carinhosa com que fizera amor com ela surgiam-lhe, durante o dia, nos momentos de cansaço. Acabava se desligando e, quando voltava à realidade, tinha um pano de limpeza na mão, mas seu corpo ficava dormente como se os lábios ou a boca de Rick estivessem perambulando sobre sua pele sensível. Mesmo naquele momento, tremia só de pensar nas mãos dele deslizando sobre seu corpo nu, e queria um repeteco.

O turno dele logo acabaria, e Kendall sabia exatamente como instigá-lo após um dia longo. Tomou um banho rápido, pegou o telefone e ligou para Chase, a fim de saber um pouco mais sobre Rick, o homem. Qual era sua comida favorita? Música? O básico da vida. Armada com as respostas, dirigiu-se para o apartamento dele.

Como logo percebera, Rick era um homem que se preocupava com todo mundo, mas raramente pensava em si mesmo. Pretendia mudar isso. Naquela noite, para variar um pouco, pretendia cuidar dele.

Rick arrastou-se escada acima até seu apartamento. A exaustão competia com a fome, e ele não sabia se teria energia para encontrar algo para comer na geladeira. Teria parado no térreo para comer alguma coisa, mas as conversas no Norman's eram muito maçantes, e Rick não estava no clima de falar. Não depois dos últimos dias. O turno de dez horas, a festa de família improvisada no Norman's e a noite passada com Kendall, seguidos de mais um turno de dez horas, o haviam deixado esgotado.

Feliz pela solidão, entrou no apartamento e jogou as chaves no balcão.

"Bem, ninguém pode dizer que você não é cheio de hábitos."

Reconheceu aquela voz doce e não deu a mínima ao perceber que a tão sonhada solidão se evaporara. "Kendall?"

"Sou eu!", gritou ela lá de dentro.

Foi até a sala de estar e a encontrou sentada num de seus banquinhos de bar diante da janela da cozinha tipo americana. Sua aparência era naturalmente sensual, com as calças brancas e a blusa cavada preta, um copo de vinho na mão e um olhar provocante no rosto.

O corpo dele, que havia pouco implorava por alguns segundos de sono, acordou imediatamente. "Como você entrou?"

Ela riu. "Tem de sempre bancar o policial... Esquece de falar 'que bom te ver, Kendall' e vai direto para o interrogatório. Mas pode descansar seu cérebro estressado. Falei com Chase, e, quando expliquei o que pretendia fazer, ele confessou que tinha uma chave de emergência. Ele me deixou entrar e aqui estou." Kendall abriu bem os braços, como que abarcando o apartamento.

Pela primeira vez, Rick notou a caixa de *pizza* no balcão e o delicioso aroma de comida italiana que o rodeava. Era evidente que Kendall se esforçara por ele, e saber disso ajudava a aliviar seu cansaço.

Ele se aproximou e colocou um cotovelo no balcão para que ficassem cara a cara. "Eu já disse que estou feliz por te ver?"

Kendall fez que não com a cabeça, sorrindo e mostrando suas covinhas.

"Bem, eu estou." Aproximou-se ao falar e colou a boca na dela, saboreando o vinho frutado e saboreando Kendall. Mas, infelizmente, seu estômago escolheu aquele momento para roncar.

Kendall riu e afastou-se. "Acho que está com fome." Um sorrisinho malandro surgiu-lhe nos lábios.

"E como!" Fome não só de comida, apesar de saber que precisava comer primeiro para ter energia suficiente para devorá-la depois.

"Trouxe *pizza* de calabresa com *mozzarella*."

Ele ergueu uma sobrancelha, surpreso. "É a minha favorita. Acho que foi isso que você conversou com Chase."

"Entre outras coisas." Kendall serviu-lhe uma fatia de *pizza* cheia de queijo, foi até a cozinha e retornou com uma garrafa de sua cerveja favorita. Tirou a tampa e entregou-lhe a garrafa. "Um brinde a..." Fez uma pausa.

"A nós."

"Hoje à noite", falou ao mesmo tempo que ele.

"À nossa noite", falou, sorrindo, e brindaram.

Kendall empurrou um prato na direção dele e deu um tapinha no banco ao lado dela. "Venha comer. Você deve estar fraco."

O cuidado dela excitou-o em pontos havia muito esquecidos, lembrando-o dos sonhos abandonados de ter alguém a esperá-lo em casa quando saísse do trabalho e, talvez, até uma família só sua um dia. Sonhos que Kendall já lhe dissera que não poderia tornar realidade.

Contudo, era exatamente essa mulher volúvel que reavivava suas esperanças. Era essa volubilidade que Rick precisava cultivar, e tinha de admitir que a presença dela ali, naquele momento, era um bom sinal. "E aí? O que fez durante o dia?" Manter o clima ameno parecia ser seu novo mantra com Kendall.

"Tomei um café de negócios com Charlotte", respondeu, bebendo mais um gole de vinho.

"Você não vai comer?"

Ela ficou vermelha, com as bochechas bem coloridas. "Já comi. Um pratão de *brownies* da Pearl, mas essa é outra história...", falou, rindo.

"E quero saber o que aconteceu. Mas, antes, conte-me como foi com Charlotte", pediu e, então deu a primeira mordida na *pizza*.

"Ela vai pegar minhas joias para vender", falou, com a voz cheia de orgulho e satisfação. "Em consignação."

"Isso é demais! Então hoje à noite também estamos comemorando." O trabalho era obviamente importante para ela, por razões que, obviamente, iam além das necessidades financeiras.

Kendall fez que sim com a cabeça. "Acho que estamos comemorando, mas não era essa a minha intenção. Queria que esta noite fosse dedicada a você."

Rick sentiu um fluxo de gratidão. "Bem, desculpe-me, mas celebrar suas conquistas me satisfaz também. Mas e aí? Conte-me como são as suas joias."

Kendall franziu ao cenho ao notar a clara tentativa dele de criar uma barreira para seus planos daquela noite. "Gostaria que você me contasse como foi seu dia."

Ele riu. "Está bem, vou te alegrar. Eu primeiro."

Kendall olhou para o prato dele e notou que ele devorara a fatia inteira. Serviu-lhe a segunda.

Rick limpou a boca com um guardanapo. "Meu dia foi típico. A papelada de sempre, patrulha, interrogatório... E fui dar um treinamento no colégio."

"Que tipo de treinamento?"

"Educação contra as drogas, para os professores. Sou responsável pelo treinamento na escola."

"Hmmm. Essas crianças têm sorte de tê-lo como professor. Algo me diz que um cara bonito como você pelo menos mantém o interesse da ala feminina", falou, brincando.

"Kendall!", falou, advertindo-a. Apesar de brincar com muitas coisas, a educação contra as drogas não era uma delas.

"Estou falando sério. É muito importante prevenir as crianças. Espero que, no internato da minha irmã, estejam fazendo um trabalho que tenha ao menos a metade da qualidade do que você tem feito. E como as garotas só pensam no sexo oposto, se você consegue manter a atenção delas, qual o problema de isso acontecer por causa da sua aparência? Elas irão te ouvir, e assim terá feito algo muito bom para essas crianças, para seus pais e para a sociedade."

Ela falava com paixão sobre um assunto que lhe tocava o coração, e suas palavras dissipavam suas preocupações anteriores. Rick ficou sem graça por pensar que Kendall pudesse menosprezar algo tão importante. Perceber que ela podia se relacionar com ele nesse nível provava algo que seu coração já sabia. Que eram bons um para o outro, de várias formas.

"E os rapazes do programa?", perguntou Kendall. "Como mantém o interesse deles?"

"Não é tão fácil. Mas, baseado em sua descrição, ganhar a atenção das garotas ajuda um pouco. Eles querem estar onde há ação", falou, rindo, surpreso pelo fato de a perspectiva dela fazer sentido, a ponto de agora pretender usá-la no futuro.

"E sobre o que era a reunião de hoje?"

"Como estamos nas férias, estamos treinando os professores para a volta das aulas."

"E foi bem?", perguntou, inclinando-se e descansando o queixo nas mãos.

"O melhor que pudemos... com Lisa Burton por lá", murmurou.

"Lisa." Kendall repetiu o nome com um óbvio desgosto.

"Você a conheceu?", perguntou Rick, desconfiado. Imaginou o que a professora invejosa podia ter feito ou dito para Kendall – a suposta namorada de Rick. Mas logo percebeu que, na verdade, Kendall não era mais sua suposta nada.

Ela era real. Incrível e maravilhosamente real.

Kendall suspirou. "Não a conheci exatamente. Ela era uma das mulheres que me esnobaram no salão de cabelereiro. Não que eu me importe."

Rick conseguia ler a mentira nos olhos dela. Ela ficara magoada, e ele mal conseguia acreditar na vontade que tinha não apenas de protegê-la, mas de afastar dela qualquer ofensa ou dor. "Lisa não merece sua consideração. É apenas uma mulher invejosa que não sabe receber um não como resposta."

"Ela é uma das que ficam atrás de você?"

Rick quase respondeu que todas estavam atrás dele, tão impressionante era a artilharia. Mas, devido à farsa deles, agora que a cidade achava que estava com Kendall, ninguém o havia emboscado nos últimos dias. "Se Lisa te importunar, me avise."

Kendall ergueu uma sobrancelha. "E aí você faria o quê? Iria prendê-la por grosseria? Por favor..." Fez um aceno, dispensando sua preocupação. "Para falar a verdade, me senti com uma recém-chegada em muitas cidades. Nem todo mundo gosta de todo mundo, é assim a vida. Posso me virar com isso. Mas se ela colocar uma mão que seja em você, aí eu não respondo por meus atos." Deu uma risadinha e terminou de beber o vinho.

"Meio possessiva você, não?", brincou, tocando-lhe a ponta do nariz com o dedo.

"O que é meu é meu", disse ela, tranquila.

O vinho, obviamente, tinha relaxado suas defesas e, apesar de falar brincando, havia um toque de seriedade na sua voz que agradava a Rick. Como Kendall não parava de surpreendê-lo, não se importava que ela o reivindicasse.

"Satisfeito?", perguntou ela.

Rick abaixou a cabeça, ficando novamente surpreso. Havia comido não apenas a segunda fatia, mas também uma terceira sem se dar conta. A conversa e a companhia eram muito estimulantes para ele se concentrar na comida.

"Com certeza. Estou estufado." Começou a se levantar, mas a mão de Kendall em seu ombro o fez parar.

"Você trabalhou o dia inteiro. Pode deixar que eu lavo. Termine sua cerveja e relaxe." Ela juntou os pratos de papel e as taças de vinho vazias e dirigiu-se para a cozinha.

Como havia um balcão entre a cozinha e a sala de estar, onde ficavam os banquinhos, Rick pôde continuar conversando – e observar Kendall trabalhando. Ela tinha um corpo incrível, e a roupa que usava delineava-lhe as curvas, acendendo, apesar da exaustão de antes, seus instintos masculinos mais animais.

Embora não conseguisse tirar os olhos de seus quadris redondos e firmes – acima de tudo, era um homem –, interessava-se, naquele momento, mais pelo coração e pelo espírito dela. "Mas e aí? Conte-me das suas joias!"

Ela jogou fora os pratos de papel e embrulhou a *pizza* que tinha sobrado. "Geladeira ou *freezer*?", perguntou.

"Geladeira. Vou sobreviver com ela amanhã."

"Está bem. Tenho dois tipos diferentes de joias", falou, e voltou a trabalhar. "Espero aprender técnicas mais novas no Arizona, principalmente a trabalhar com turquesa, mas por enquanto faço joias de aço com pedras. Tenho também uma outra ideia que ainda não experimentei. Apenas rascunhei, e teria de mostrar a você..." Ela obviamente se interrompeu. "Que besteira! Você não liga a mínima para joias femininas."

Numa questão de segundos, Rick levantou-se e dirigiu-se à cozinha, pegando-a por trás no balcão. "Se eu fosse você, não ficaria achando que sabe o que me interessa."

"Por quê?", perguntou ela, molhando os lábios.

"Porque, caso o faça, pode deixar passar algo incrível. Ora, eu posso não me interessar por joias femininas, isso é fato. Mas, se foi algo que você criou, aí é uma história totalmente diferente."

Ela lhe mostrou a gargantilha que usava – uma peça bem diferente, que lembrava um colar de renda amarrado ao redor do pescoço. Ele tocou o colar e manuseou algumas pedrinhas intrincadas na mão. Estudou, estupefato, a peça e o trabalho artístico. Kendall tinha talento, para dizer o mínimo, e Rick estava certo de que Charlotte notara isso; caso contrário, não teria concordado em levar as peças para sua amada loja.

"Isso é lindo!", falou Rick. "E você também é." Soltou o colar da nuca de Kendall e colocou-o sobre o balcão, ao seu lado. Em seguida, inclinou-se para a frente e levou os lábios à delicada pele onde a gargantilha estivera pousada.

Inalou o delicioso perfume dela, e sua virilha pulsava com uma necessidade ardente. Como ainda não era hora de aliviar esse desejo em particular, começou a estimular Kendall antes. Correu a língua pela linha levemente avermelhada marcada pela joia, confortando-lhe a carne, e, se o gemido delicado fosse uma indicação, atingiu seu objetivo.

"Rick!"

A voz rouca dela estimulou suas terminações nervosas já sensíveis, e o quarto do pequeno apartamento parecia muito distante.

"Rick, espere!"

Ele gemeu e afastou-se. "Qual é o problema?"

"Hoje não é noite de satisfazer aos meus desejos, e posso garantir que estávamos caminhando para isso. Não que eu me importe. Na verdade, adoro, mas prometi para mim mesma que essa seria a sua noite." Segurou o rosto dele com as mãos. "Você merece." Beijou-lhe com delicadeza a boca. "Você tem esse direito." Correu a língua pelos lábios dele, enquanto os polegares lhe acariciavam o queixo. "E tudo o que quero é recompensá-lo desta vez. Isso me satisfaria ainda mais."

"Hmmm. Está bem."

"Bom. Você trabalhou bastante. Vá descansar um pouco no quarto enquanto eu arrumo as coisas." Enquanto falava, massageava-lhe os ombros, indicando exatamente o que tinha em mente.

Kendall planejara bem aquela noite, e ele não tinha dúvidas de que não ficariam apenas numa simples massagem em seus músculos doloridos.

"Seria mais rápido se eu ajudasse."

"E eu ficaria bem feliz se você não ajudasse. Vá para lá", disse, abaixando a voz.

Ninguém jamais falara com ele de maneira tão calorosa e gentil. Ninguém o tocara com um carinho tão especial. E ninguém jamais colocara os seus desejos como prioridade. Kendall, sim. Era óbvio que planejara tudo. Queria ter o controle daquela noite... queria, para variar um pouco, dar algo a ele em vez de receber.

Não se podia dizer que Rick ficasse aborrecido com isso.

"Eu já vou. Prometo. Apenas não quero deixar as coisas bagunçadas aqui", falou Kendall, apontando para o quarto. "Vá para lá!"

"Você nunca me disse que era tão mandona", falou, brincando, enquanto se afastava.

"É porque você nunca me perguntou", respondeu ela, piscando e voltando para a limpeza.

Ele a observou na cozinha por um momento, antes de ir para o quarto e se jogar, esticado, sobre a cama. Assim que relaxou no colchão, seu corpo se lembrou de como estava se sentindo exausto mais cedo. Não podia ficar mais agradecido por Kendall tê-lo surpreendido, por estar com ele naquele momento.

Tudo o que queria era tê-la ao seu lado na cama. E o coração veio-lhe à boca ao lembrar-se de como era improvável que ela permanecesse ali por muito tempo.

Capítulo 7

KENDALL JOGOU A GARRAFA DE cerveja na lata de recicláveis de Rick e, depois de secar a taça de vinho, recolocou-a no armário de onde a havia tirado antes. Como aquela noite era dele, não queria correr o risco de deixar uma bagunça, que Rick acabaria por ter de limpar depois. Com a cozinha imaculada, apagou as luzes e foi para dentro.

Uma luz cintilante a recebeu. Rick havia ligado a tevê do quarto enquanto a aguardava. O coração de Kendall disparou, antecipando a noite que teriam. Mas, ao entrar no quarto, descobriu que, no pouco tempo de que precisara para terminar de limpar a cozinha, Rick caíra no sono. Estava deitado sobre as cobertas, ainda de tênis, o que revelava sua exaustão. Ela sorriu e sentou-se na ponta da cama, ao lado dele.

Durante o sono, suas feições ficavam relaxadas. Sem estresse e cansaço, Rick ficava ainda mais incrivelmente sensual. Acariciou-lhe a bochecha com a mão, e ele virou-se, pousando o rosto na sua palma. Com esse gesto de confiança, caloroso, íntimo, o corpo dela inflou-se de desejo, carência e vontade, mas tinha de admitir que havia uma dose pesada de sentimento também.

Só o fato de ter decidido ir ali naquela noite para cuidar de Rick dizia-lhe que sentia mais do que apenas tesão. Mas recusava-se a entrar em pânico. Afinal de contas, já passara por aquilo antes, e pretendia aderir à fórmula "aqui e agora". Momentos assim eram muito raros.

Deitou-se, colando o corpo no Rick, deixando o calor do corpo dele penetrar na sua pele e aquecê-la por dentro e por fora. Segurança era outra coisa que, infelizmente, faltava em sua vida, e com aquele homem sentia-se não apenas desejada, mas cuidada de uma maneira incrível. Não havia por que não aproveitar esse mundo enquanto durasse.

Kendall bocejou ao mesmo tempo que o braço de Rick a rodeava e a puxava para si, pressionando suas nádegas contra uma ereção que, com certeza, ele nem sabia que tinha. Kendall sorriu. Quando Rick acordasse, ela cuidaria daquele problema para ele, assim como de qualquer outra coisa de que ele precisasse.

Um calor penetrou o corpo de Kendall como se uma mão forte passasse entre suas pernas e achasse o caminho de suas partes íntimas por sob a roupa. Estava bem úmida, pronta para ser penetrada por ele e fazerem amor. Mas aparentemente ele tinha outros planos, pois suas mãos e dedos habilidosos alternavam-se entre um toque delicado e provocante e uma rotação insistente da palma da mão sobre o seu vale feminino. Fazendo mágica, deixava-a cada vez mais perto do orgasmo.

A respiração dela vinha em arfadas, enquanto sensações incríveis bombardeavam e incendiavam seu corpo. Jogou os quadris para cima, numa tentativa inútil de trazê-lo mais para dentro de seu corpo. As ondas ficavam cada vez mais fortes, e ela gritou quando, por fim, abençoadamente, desmoronou do precipício, no mais explosivo orgasmo que jamais tivera.

Kendall acordou suada, com os braços de Rick em sua cintura e a mão dele – a origem daquele prazer maluco – descansando sobre seu corpo. Contorceu-se para perto dele, com o corpo ainda pulsando com sensações quentes e explosivas, e desmoronou em seus braços. Rick puxou-a para mais perto e deu um beijo carinhoso em seu pescoço, deixando Kendall ansiosa.

"Não é justo!" Ela se aconchegou ainda mais a ele.

Sua risada reverberou dentro dela. "Você não estava reclamando antes."

"Eu estava dormindo."

"Então deve ter sido um sonho e tanto, porque você gritava meu nome."

Kendall girou para o lado a fim de poder ver seu rosto. "Seu safadinho", falou, rindo. "Lembro de ter lido em algum lugar que os orgasmos que ocorrem durante um sonho são mais fortes e mais prazerosos do que os que ocorrem quando se está acordado."

Rick ajeitou-se sobre o cotovelo e olhou para ela. "É mesmo?" Um sorriso de satisfação surgia-lhe nos cantos da boca.

Fora uma experiência incrível, e ele sabia disso, o arrogantezinho. Kendall decidiu que era hora de virar o jogo. "Totalmente verdade." Mais ou menos, completou mentalmente. Todos os orgasmos que tivera com as mãos dele ou com Rick dentro dela tinham sido incríveis. Kendall espreguiçou-se languidamente, com o corpo ainda sensibilizado pelo estímulo e pelo desejo.

Rick franziu o cenho.

"Tem alguma coisa errada?"

"Mais forte e mais prazeroso enquanto se está dormindo, não é? Acho que terei de me esforçar bastante quando você estiver acordada."

Kendall sentiu a mão dele vagando sobre seu corpo, mas impediu-lhe o movimento segurando seu pulso. "Primeiramente, você já se esforçou muito; e, segundo, esta noite deve ser sua. Por que é tão difícil para você abrir mão do controle das coisas?"

Kendall começava a conhecer melhor a mente de Rick e a descobrir o que mexia com ele. Sua necessidade de proteger obviamente vinha de muito antes, e ela queria entendê-la.

"Tem certeza de que quer saber? A resposta pode ser um pouco longa."

"Tenho certeza."

Rick deu de ombros e encostou-se no travesseiro, um sinal claro de que aceitava conversar um pouco. "Você já sabe que meu pai faleceu quando eu tinha quinze anos. Vi Chase assumir as coisas. Ele manteve o jornal rodando, e deu a mamãe um motivo a menos para se preocupar durante aquele período horrível."

"Sinto muito." Kendall apertou-lhe a mão e aconchegou-se a ele novamente, muito mais para confortar a Rick do que a si mesma.

"Assim é a vida, eu imagino. Mas não se sinta mal por Chase; ele nunca se arrepende de uma decisão. E não se sinta mal por mim. Já faz um bom tempo que isso aconteceu. Algumas complicações, mas nada com que não pudesse lidar."

Kendall não acreditou na sua afirmação desdenhosa sobre as dificuldades do passado, mas não estava com vontade de discutir, não enquanto ele estivesse se abrindo para ela.

"Era mamãe que nos preocupava", continuou. "E tudo o que fazíamos era cuidar dela."

"Raina me parece bastante independente."

"Agora ela é", falou, olhando para o teto. "Talvez sempre tenha sido, mas, como nós três éramos os homens da casa, achávamos que tomar conta dela era nossa obrigação."

Kendall aquiesceu. Os três irmãos Chandler eram homens incríveis. Qualquer mulher que pegasse um deles seria muito sortuda. Sentiu um calafrio e voltou ao assunto. "E aí? Como cuidar de sua mãe tem a ver com a decisão de ser policial?"

Ele olhou-a com o canto dos olhos. "Você está terrivelmente curiosa hoje à noite."

"Faça a minha vontade." Não queria admitir que estava adorando a intimidade que começavam a ter. "Por que ser um oficial da lei?"

"Todo garoto sonha em ser um tira."

"Mas nem todos, quando crescidos, concretizam o sonho."

Rick sorriu. "É uma boa maneira de ver as coisas. Chase garantiu que Roman e eu tivéssemos a oportunidade de concretizar nossos sonhos. O de Roman era mais simples. Sempre quis seguir os passos de papai, com a única diferença de querer levar o *show* para outros lugares. Eu ainda não tinha certeza, mas Chase certificou-se de que ambos cursássemos uma universidade antes de tomarmos uma decisão para a vida toda."

Kendall suspirou. "Você tem muita sorte de ter uma família que se importe tanto contigo."

Rick a apertou, como se sentisse a natureza sensível e dolorosa do assunto. "Você conheceu minha mãe. Há, obviamente, prós e contras nesse tipo de família tão unida", falou, irônico. "Eu não curtia muito redigir notícias, mas, apesar disso, todos trabalhávamos no jornal depois da escola. Odiava aquilo, mas, depois de negligenciar várias tarefas, Chase me fez ficar colado no comandante Ellis. Imaginou que, se tivesse a oportunidade de vê-lo prendendo delinquentes juvenis, eu iria entrar nos eixos. Como sempre, do seu jeito sabichão, meu irmão mais velho estava certo. Encontrei minha profissão."

Kendall riu. "Ele parece mais um paizão do que um irmão mais velho."

"Só enquanto estávamos olhando. Chase tinha sua própria vida social quando conseguia arrumar um tempo para ele. Não posso provar, mas tenho certeza disso. Mas ele realmente nos levou para o caminho certo, o que, exceto pelo ataque de Roman às calcinhas femininas, não foi tão difícil."

"O quê!?!"

Rick deu um risinho. "Roman pregou uma grande peça. Quando tinha 16 anos, roubou a calcinha de uma menina. Acho que você conheceu a vítima. Terri Whitehall."

"Aquela babaca?" Ao se lembrar da mulher de colarinho arrumado e engomado, Kendall riu com ainda mais força. "Então isso explica por que ele foi acusado do roubo de calcinhas na primavera passada." Na cidade, só se falava do menino Chandler. Kendall ouvira várias histórias durante suas idas à loja de departamentos para comprar comida e produtos de limpeza.

Rick aquiesceu. "Impossível ter sido Roman. Mamãe o castigou muito tempo atrás. Ele teve de lavar à mão as suas cuecas e pendurá-las para secar num varal no quintal da frente. As garotas viam e morriam de rir. Isso o curou para sempre."

Kendall revirou os olhos. "Vocês, Chandlers, eram engraçados, não?"

"Animados, como mamãe dizia. Chase dizia apenas que éramos pentelhos." Rick sorriu, sabendo que, apesar dos prós e contras de ser um Chandler, tinha muita sorte, como Kendall dissera. Ela obviamente não tivera a mesma sorte. "Conte-me de seus pais", falou.

"Conte-me de seu casamento", contra-atacou.

Rick respirou fundo. Não queria, de jeito nenhum, falar com Kendall sobre sua ex-mulher. Jillian era seu passado. Ele a deixara para trás havia muito.

Mas, se isso fosse verdade, por que não queria se abrir com Kendall?, provocava-o uma voz interior. Porque trazer à tona aquela dor poderia forçá-lo a criar mais barreiras contra Kendall, protegendo-se de ser ainda mais magoado do que quando Jillian preferira outro homem e outra vida a ele. Kendall já decidira ir embora, e Rick não tinha intenção de desencavar sentimentos do passado que o fariam afastá-la. Até o dia em que ela fosse embora, não queria que nada os separasse.

Ele girou e prendeu-lhe os braços contra o colchão. "Sou mestre na arte de interrogar", falou, brincando. "Acha mesmo que pode me deter?" Sua virilha se assentara entre as pernas dela, evidenciando seu desejo, apesar da barreira das roupas.

Kendall soltou um suspiro. "Bem, se você for usar táticas de tortura, acho que não terei escolha a não ser confessar", disse, com uma voz ofegante, rouca.

Rick ficou feliz por saber que mexia com ela, mas isso não mudava seu desejo, e estava satisfeito assim. Devido à sua independência, como ela mesma admitira, Kendall nunca tivera uma vida familiar estável. Adulta, obviamente ainda estava fugindo de algo. Pelo menos, era assim que Rick via as coisas. Talvez se entendesse o que era, podia tentar mudar seu modo de pensar. Não tinha muita esperança, mas precisava tentar.

Rick Chandler nunca desistia sem lutar. "Quero saber como a ausência deles a afetou", disse, falando de seus pais.

"Não afetou."

Mas Kendall afastou o olhar do dele, evidenciando a mentira autoprotetora de que Rick já suspeitava. "Kendall?" Ele libertou uma de suas mãos e pegou seu queixo para que ela tivesse de encará-lo. "Imagino que tenha sido uma infância solitária."

"Eu tinha família", falou, parecendo defensiva demais.

"Qual foi o maior período que você viveu com um parente?"

"Dois anos, talvez três. Eu tinha muitos parentes para escolher", respondeu, ainda brincando.

Rick preferiu não perguntar por que ninguém lhe oferecera estabilidade pedindo-lhe para ficar por mais tempo. Seu objetivo era aproximar-se dela, não causar-lhe dor.

Kendall soltou um suspiro. "Acho que isolacionismo é o lema da minha família. Minha mãe tem duas irmãs e um irmão; meu pai tem um irmão. Cada um cumpriu sua função. Ninguém queria uma criança que não fosse deles morando permanentemente sob seu teto."

Kendall o surpreendeu ao aprofundar-se no assunto que ele preferira não abordar. Ciente de quão difícil devia ter sido escavar as recordações e se abrir, Rick permaneceu em silêncio e permitiu que ela revelasse mais coisas sozinha.

"Com exceção de tia Crystal." Os olhos de Kendall se iluminaram ao recordar a parenta mais amada. "Foi a melhor época de minha vida. Tinha dez anos, e só consigo me lembrar de que havia muito amor. E bolachinhas." Ela sorriu, com um brilho caloroso, terno, nas bochechas. "Mesmo depois eu ter ido embora, devido à artrite que lhe tomou as mãos, deixando-a impossibilitada de cuidar de uma criança, ela me escrevia toda semana... ou eu pensava que ela escrevia. Me dei conta, depois, que ela ditava as cartas para uma amiga."

"Mas o que vale é que ela se importava."

Kendall aquiesceu e engoliu fundo. Uma única lágrima corria em seu rosto.

Não fora a intenção de Rick trazer à tona memórias dolorosas, mas atingira seu objetivo. Kendall se abrira com ele. Enxugou a gota úmida de sua bochecha com o polegar, para então cobrir os lábios dela com os seus. Como sempre, o beijo fez queimar o desejo de penetrá-la, mas, mais do que a necessidade física, Rick queria mostrar que se importava. Fazê-la sentir-se especial e perceber que era desejada de várias maneiras. Despiu-a lentamente, apreciando-a com os olhos e acariciando-a com as mãos. Despiu-se rapidamente e pegou o envelope metálico na gaveta.

"Estamos avançando bastante", falou Kendall, contente.

"Esse é o plano."

Quando pensava em abrir o envelope da camisinha, Kendall arrancou-o de suas mãos. "Deixe-me fazer isso."

E enquanto Rick observava, Kendall fez como prometera mais cedo – cuidou dele, cobrindo sua ereção com mãos trêmulas. Depois, deitou-se na cama e abriu as pernas, aguardando-o. Saber que ela o queria tanto quanto ele a desejava era muito excitante, deixava-o louco. A imagem deixou-o sem fôlego.

Moveu-se para cima dela, penetrando-a rapidamente. Ela estava bem úmida, contraindo-se o tempo todo, levando-o cada vez mais para dentro. Abraçou-o com as pernas e o sugou totalmente para dentro de si. A pele deles brilhava de suor, os corpos balançavam em uníssono – sem frenesi nem pressa, mas uma união mais lenta, uma significativa ligação de duas pessoas que não expunham apenas o corpo, mas também a alma.

Rick pensava ter compreendido a diferença entre fazer sexo e fazer amor havia muito. Mas ao sentir o orgasmo que levava a ambos para o nirvana, finalmente entendeu a distinção, de uma maneira que nunca experimentara antes.

Minutos depois, ainda trêmulo, com a respiração sôfrega, Rick ajeitou-se sob as cobertas com Kendall em seus braços. Uma sensação de paz o envolveu, assim como a iminência de uma maldição.

"Eu devia cuidar de você hoje à noite", suspirou Kendall, com os olhos bem fechados.

Ele forçou uma risada. "Mas você cuidou."

"Fico feliz." A voz sonolenta de Kendall envolveu seu coração.

Abraçou-a em silêncio e ficou aguardando até a respiração dela se acalmar antes de fechar os olhos. Podia facilmente se acostumar àquilo, mas, ao contrário do sonho de tornar-se policial, o que envolvia Kendall era um sonho impossível.

Uma campainha aguda acordou Kendall de um sono profundo. Não queria ser incomodada, ainda mais quando estava embrulhada em tal carinho delicioso, mas uma mão em seu braço a chacoalhava, obrigando-a a abrir os olhos.

"Kendall. É o celular que está na sua bolsa", falou Rick.

Ela resmungou e enfiou a cabeça no travesseiro antes de rolar para o lado e para fora da cama. O ar condicionado fez sua pele nua se arrepiar. Colocou a mão na bolsa, pegou o telefone e olhou para o número que chamava. Só conseguiu reconhecer que era da área de Vermont. Hannah, pensou, e deu-se conta de que o ar gelado em seu corpo nu era o menor de seus problemas.

Apertou o botão verde, esperando não ter perdido a chamada. "Hannah? Hannah, você ainda está aí?"

"Lógico que ainda estou aqui. Vermont fica no fim do mundo. Não posso ir muito longe sem dinheiro ou um carro." Era perceptível, pela voz, que a irmã estava nervosa.

"Não foi isso que eu quis dizer." Kendall passou a mão em seu cabelo despenteado pelo sono. "Precisamos conversar."

"Precisamos mesmo."

Kendall franziu o cenho. Hannah evitara suas ligações por dias, e agora, de repente, tornara-se simpática. "O que está acontecendo?"

"Como se você se importasse..."

Kendall ignorou o comentário. "Falei com o senhor Vancouver..."

"Ele me odeia."

"Parece que você tem-lhe dado bons motivos para isso."

Hannah bufou.

"Ele disse que você está sob observação."

"Hmmm, não mais."

Kendall piscou. "Saiu do período de observação? Como conseguiu? Pediu desculpas ou..."

"Saí de lá."

"O que você quer dizer com 'saí de lá'?", gritou Kendall, e Rick pulou da cama, veio por trás dela e a ajudou a se sentar no colchão. "Onde você está? E como você está?" Tentou não entrar em pânico. Ainda não.

"O que você acha que quero dizer? Saí de lá, ora. De qualquer forma, eles não pareciam me querer por lá. Tenho certeza de que lhes poupei o trabalho de me expulsar."

"Expulsar você?" Apesar de o senhor Vancouver ter confidenciado que tais providências poderiam ser tomadas, Kendall imaginara que ele se sentaria com Hannah e seus pais, ou Hannah e Kendall, para conversar primeiro. E ela nunca pensara que a irmã faria algo tão drástico.

"Quer parar de repetir tudo que eu digo? Não foi nada de mais. Aquela escola é uma merda!"

"Olha a boca."

"Não me diga o que fazer! Você não é minha mãe."

Kendall sentiu os músculos se contrair com a falta de educação da irmã. O que acontecera à sua dócil irmã e o que a fizera fugir da escola? "Olha, por acaso sou a única parente adulta na sua lista de emergência da escola. Isso me dá alguns direitos. E o primeiro direito que tenho é o de receber uma resposta honesta." À pergunta mais importante, pensou Kendall. "Como você está?"

"Como se você se importasse...", replicou Hannah, novamente com aquele tom irônico.

"Eu me importo."

"Ah, tá... Estou bem. Estou na rodoviária perto da escola. Preciso de uma passagem. Preciso saber onde você está. Mamãe, papai e você... é como se eu não tivesse parentes mesmo."

As palavras de Hannah eram como uma faca no coração de Kendall. Tivera o mesmo tipo de vida que Hannah acabara de descrever, e não fora nada divertido, nem repleto de momentos carinhosos e gostosos. Seus pais haviam enviado Hannah para um internato a fim de que tivesse mais estabilidade do que Kendall. Mas será que a estabilidade substituía uma família?, ralhava uma voz dentro de Kendall. "Hannah..."

"Não venha com sentimentalismos para cima de mim. Apenas me tire daqui, está bem?"

Kendall piscou. A animosidade e a mágoa da irmã eram obviamente profundas. E, antes disso, Kendall nem havia percebido que existiam. Estava tão envolvida em cuidar de tia Crystal e em resolver seus próprios problemas, que ela simplesmente presumia que Hannah estivesse segura e feliz no internato. Uma presunção que lhe seria muito cara agora.

Mas, primeiro, precisava trazer Hannah para casa. Como se uma delas tivesse uma casa. Kendall olhou o relógio. Já eram oito da manhã. Esfregou os olhos. "Diga-me onde você está e eu telefonarei para comprar-lhe uma passagem de ônibus. Está com sua identidade?" Gesticulou para Rick, pedindo-lhe caneta e papel.

"Sim."

Rick entregou-lhe o que pedia. "Obrigada", sussurrou para ele. "Pode falar, Hannah!" Kendall rabiscou no papel o nome da rodoviária e o código de área de Vermont, e então solicitou e anotou o número do orelhão. "Vou organizar as coisas, e haverá uma passagem te esperando. Te encontro no ponto final."

"Está bem..."

Kendall desculpou a bravata, pois vinha de uma garota assustada, sozinha, numa rodoviária... ou talvez Kendall apenas quisesse acreditar que a irmã não estava tão insensível e indiferente quanto parecia. Afinal de contas, vinha falando bastante com Hannah ultimamente, e ela parecia bem. Mas quando fora a última vez que realmente parara para ouvi-la?, perguntava-lhe a mesma voz acusatória. Não querendo enfrentar as respostas ou a culpa, Kendall voltou sua atenção para o aqui e agora. "Tenha cuidado, Hannah."

"Não vou voltar para aquele lugar." A voz de Hannah vinha rachada, e Kendall tinha certeza de que não imaginara isso dessa vez.

Kendall sentiu um nó na garganta e o engoliu. "Falaremos quando você chegar aqui, está bem?"

"Apenas prometa que não vai me mandar de volta para lá."

Tinha de entrar em contato com os pais de alguma forma, mas nenhuma criança deveria ser obrigada a ficar num lugar que a deixasse triste. "Eu prometo."

Um longo suspiro de alívio soou do outro lado da linha.

"Vou telefonar para o senhor Vancouver e contar-lhe que você está vindo para a minha casa. Não quero que ele ligue para a polícia dizendo que você está desaparecida."

"Não leve muito a sério nada do que ele diz. O Almofadinha..."

"Que, por acaso, seria o senhor Vancouver?" Kendall arriscou um palpite.

Hannah bufou em resposta: "Ele não tem senso de humor".

"Eu também não teria se você estivesse me chamando de almofadinha", falou Kendall, irônica. Não tinha certeza de que queria saber qual fora a última travessura de Hannah.

"Só falei isso na cara dele uma única vez."

Ela balançou a cabeça, dando-se conta de que teria muitos problemas quando Hannah chegasse. "Deixe-me ir comprar a passagem. Quero você aqui sã e salva. Fique perto do orelhão. Ligo de volta com os detalhes."

Kendall passou os cinco minutos seguintes no telefone, comprando a passagem e certificando-se de que o atendente cuidaria de Hannah até que ela entrasse no ônibus, e então ligou de volta para a irmã.

Finalmente, desligou o telefone e virou-se para Rick. "Ela vai pegar o das 10h45. Tenho de pegá-la em Harrington às 2h55 da tarde."

"O que aconteceu?" Rick tirou o celular da mão dela e colocou-o sobre o criado-mudo.

Kendall passou uma mão trêmula pelos cabelos e então começou a se acalmar. "Não consigo acreditar nisso!"

"Venha sentar-se." Ele deu um tapinha no colchão onde haviam feito amor e depois dormido num abençoado estado de paz – ao mesmo tempo que sua irmã sentia-se muito infeliz.

E isso nem passara pela cabeça de Kendall. Não pensou que isso fosse acontecer.

Balançou a cabeça, com as ideias vacilando. "Hannah deve estar maluca. Quero dizer, como pôde simplesmente largar a escola? Como pôde fazer algo tão estúpido como ir para uma rodoviária sem saber para onde ir? Quem age assim por impulso?"

Rick se afastou. "Desculpe-me por afirmar o óbvio, mas você age."

Kendall abriu a boca para argumentar, mas logo se deu conta de que não podia. "Está certo! Então está no sangue. Mas sabe o que pode acontecer a uma garotinha de catorze anos sozinha numa rodoviária?" Tremeu só de pensar. "É melhor o atendente cuidar dela."

Rick pegou o papel onde ela havia feito algumas anotações antes, em seguida agarrou o telefone e discou. "Alô?"

"O que você está..."

Ele ergueu uma das mãos para silenciá-la. "Aqui é o policial Rick Chandler, da delegacia de Yorkshire Falls, Nova York. Há uma criança aí de nome Hannah Sutton?" Aguardou uma resposta, e então acenou com a cabeça para Kendall. "Muito bom. Eu ficaria muito grato se você se certificasse de que ela entrará no ônibus certo e de que não será importunada por estranhos enquanto aguarda. Posso te passar o número do meu distintivo caso queira me identificar..." Permaneceu em silêncio novamente, escutando. "Não precisa? Obrigado. Agradeço por tudo. Até mais." Abaixou o telefone novamente e deu um sorrisinho para ela.

"Você pode fazer isso?"

Ele deu de ombros. "Acabei de fazer. Sente-se melhor?"

"Muito." Ela voltou para a cama e o abraçou com força. "Obrigada. Não sei nem dizer quanto isso significa para mim."

Rick também não podia dizer quanto ela significava para ele. Não sem assustá-la. "Vou com você buscá-la."

"Você não tem de trabalhar?"

"Posso trocar de turno."

Seus olhos ficaram cheios de ternura. "Ficaria muito grata por isso. Você deve ter notado, pelo tanto que falei de meu amor pela minha irmã, que não moramos juntas desde que eu tinha 18 anos. Não sei o que fazer com uma adolescente. Ainda mais nervosinha como ela." Kendall estremeceu com a sensação, obviamente assustadora, de responsabilidade. "Como me aproximar dela?"

"Ela te telefonou, não foi? Vocês vão entrar num acordo."

Kendall balançou a cabeça. "Não tenho certeza de que fui a primeira escolha, mas ela não tinha mais ninguém para ligar. Tenho uma clara impressão de que ela acha que eu não me importo. Eu me importo, mas estou começando a entender por que ela acha isso... Tenho lhe dado motivos para acreditar", falou e deixou cair a cabeça, obviamente nada orgulhosa de si mesma.

Rick levantou-lhe o queixo com os dedos. "Kendall, você é a irmã dela, não a mãe. Você estava enfrentando seus próprios problemas. Mas está aqui dando-lhe apoio agora. É isso que conta."

Rick passou uma mão tranquilizante pelas suas costas nuas, saboreando o toque de sua pele. A intimidade que compartilhavam estava um pouco fora do tempo. A realidade se intrometera na forma de uma garota de catorze anos. Rick sentiu pena de Kendall e de Hannah. Odiava perder o tempo de privacidade que planejara ter com Kendall, mas tinha de apoiá-la e ajudá-la a atravessar aquele momento difícil.

Kendall sorriu para ele, meio sem-graça. "Obrigada. Acho que tenho de tentar localizar meus pais, se eles puderem ser achados, o que não é muito provável. Estão numa excursão em algum lugar da África."

"Nada de celulares, não é?"

"Não. O que significa que qualquer decisão a respeito de Hannah é minha responsabilidade." Ela suspirou. "E prometi para ela que não teria de voltar para Vermont Acres. Assim, preciso sentir como ela está e ver em que tipo de escola ficaria feliz."

"Parece um bom plano. Quero dizer, você não gostaria de ficar amarrada a alguém ou alguma coisa."

Ela endireitou as costas e o encarou. "O que quer dizer com isso?"

Rick balançou a cabeça. "Nada." Porcaria de língua solta. "É apenas que ficar em Yorkshire Falls é outra solução possível para o problema de Hannah."

"Ah, não!" Kendall fez que não com a cabeça. "Não. Nova York foi meu último canto permanente, por um bom tempo." Ela afastou o olhar enquanto falava, incapaz de encará-lo.

Será porque estava lutando contra a vontade de ficar? Ele esperava que sim. Pois, em algum momento durante essa noite, apesar de suas boas intenções, apaixonara-se por Kendall Sutton. Ah, porcaria! Na verdade, apaixonara-se por ela no instante em que a vira num vestido de noiva no acostamento da estrada.

Com a chegada da irmã, Rick sentira a oportunidade de convencer Kendall de que Yorkshire Falls era a casa dela e de que uma cidade pequena era o lugar perfeito para colocar Hannah na escola e se estabelecer num lugar. Nos sonhos dele.

Bem, ele precisava reconstruir aquelas barreiras se quisesse sair dessa com o coração intacto.

Kendall achava que os adolescentes falavam sem parar. Mas o silêncio no carro era ensurdecedor. Assim que Hannah desceu do ônibus e se esquivou da tentativa de abraço, Kendall percebeu que teria problemas. Quando Hannah desviou o olhar da irmã para a presença uniformizada de Rick, Kendall percebeu que havia cometido um grande erro ao trazê-lo junto para este primeiro encontro.

"Quem é o tira aí?", perguntara a irmã, com a voz cheia de desprezo.

"Não é um tira, é meu..." A voz de Kendall falhou. Rick era um tira; só não estava ali por causa de algo que Hannah tivesse feito. E Kendall não sabia como classificar seu relacionamento com Rick nem para si mesma, muito menos para sua irmã de catorze anos de idade. Preferiu o que lhe pareceu um termo agradável. "Namorado."

"Ai, que nojento!"

"Falando em nojento, o que foi que fez com seu cabelo?"

Hannah pegou uma das tranças retorcidas pintadas de rosa.

"Legal, não?"

Morder a língua não foi fácil, mas Kendall conseguiu ficar quieta. Não suportaria indispor ainda mais a irmã. Agora todos estavam no carro voltando para Yorkshire Falls em silêncio, exceto pelo incessante mascar de chiclete de Hannah.

"E aí, o que há para fazer de legal nessa cidade?"

Kendall encarou Rick, que dirigia. "Rick? Você saberia responder melhor do que eu."

Ele a olhou, com uma mão no volante. "As crianças gostam de ir ao Norman's. Há também um cinema antigo, e tem a piscina municipal durante o dia."

Hannah revirou os olhos. "Vê o que acontece quando você pergunta a um policial quais são os lugares para se encontrar gente? Prefiro ficar em casa."

"Um obrigada seria mais apropriado do que reclamar", falou Kendall. "Na verdade, pretendia ensinar você a adornar com pedras, ou, se isso não te interessar, talvez poderíamos tricotar juntas."

Hannah olhou para ela com cautela, como se não acreditasse que Kendall quisesse realmente fazer algo com ela.

Bem, Kendall teria simplesmente de convencê-la. "Vi seus trabalhos artísticos e sei que tem talento."

"Que seja..."

As palavras de Hannah soavam indiferença, mas seu olhar fixo em Kendall dava a ela a esperança de que a irmã precisava de tempo e paciência antes de se aproximar.

"Assim que fizer amigos, você ficará bem", garantiu Rick a Hannah. "Eu poderia te apresentar a alguns garotos da sua idade."

Kendall lançou-lhe um olhar de gratidão.

"Desde que não sejam *nerds*", falou Hannah e ajeitou-se no banco, com os braços dobrados sobre o *top* extremamente decotado. Depois do comentário sobre o cabelo da irmã, Kendall preferiu calar a boca sobre o tema das roupas. Mas não havia dúvida de que Hannah parecia uma aspirante a Britney Spears ou Christina Aguilera.

Rick parou diante da casa e estacionou. "Chegamos!"

Hannah levantou-se do banco e agarrou-se no suporte de cabeça do assento de Kendall para poder olhar melhor pela janela da frente. "Tia Crystal morava aqui?"

"Antes de ter de se mudar para a clínica de repouso."

"É enorme!"

Os olhos da irmã se arregalaram, permitindo a Kendall visualizar a garotinha de que lembrava, não a jovem furiosa que resgatara no ponto de ônibus. "Vamos ficar na casa de hóspedes, ao fundo." Kendall esperava que a notícia não fosse romper a empolgação espontânea da irmã.

"Uma casa de hóspedes? Legal!" Ela abriu com tudo a porta traseira do carro, mas virou-se antes de sair. "Quem está na casa principal?"

Antes que Kendall pudesse responder, Pearl e Eldin foram até a entrada da casa para cumprimentá-los, Pearl em seu glorioso robe de ficar em casa e Eldin de macacão e boné.

"Você deve estar brincando..." Hannah saiu do carro e ficou encarando-os, enquanto Pearl começava a se encaminhar na direção deles.

"Oh, Eldin, veja!", falou Pearl, apontando para Hannah. "A outra sobrinha de Crystal."

Puxou Hannah para um abraço forte e então a empurrou para trás a fim de vê-la melhor. Kendall olhou para Rick e se afastou.

"Espero que Hannah tome cuidado com o que diz", sussurrou Kendall.

"Não tenha muita esperança, querida." Ele tirou a chave do contato. "Não sei muito bem qual deles precisa ser resgatado, mas é melhor sairmos logo daqui."

Kendall aquiesceu, mas antes agarrou sua manga. "Rick?"

Ele virou-se.

Bastou o sorriso dele para Kendall saber que tinha um apoio que não sabia ainda que precisava, o que endureceu ainda mais o que disse. "Sei que você não tem nada a ver com isso, assim, se quiser fugir agora, não vou te culpar por nada."

"Temos um acordo, não temos? Não sou de desonrar um contrato. Portanto você está presa a mim."

Kendall sentiu um aperto no estômago ao ouvir isso. Quando ela voltara a ser um simples acordo para ele? Depois da noite anterior, imaginara que houvesse muito mais entre eles.

Mas você o afastou, não foi?, perguntava-lhe uma voz em sua cabeça. Lembrando-se de como reagira à sugestão dele de permanecer na cidade, Kendall percebeu que Rick tinha toda a razão de manter distância agora e de se proteger. Dela. Não o culpava, e até gostava da mudança repentina de atitude.

Mas, quaisquer que fossem seus motivos, estava ali com ela naquele momento e prometera ficar. Não podia pedir mais nada, já que não poderia oferecer algo mais em retorno.

Kendall forçou um sorriso. "Está certo. Bem, você teve sua chance. Não farei a oferta novamente." Pegou sua mão e a apertou com força, precisando mais dele do que queria admitir.

"Sem problemas..." Rick deixou seus olhos pairarem nos dela.

Aproveitando a oportunidade, Kendall inclinou-se e capturou-lhe a boca com um beijo. Gostaria de saber quem ela realmente queria tranquilizar com aquilo. A si mesma? Ou a ele? Antes de encontrar a resposta, Hannah gritou.

Afastando-se, Kendall e Rick saíram do carro e foram até onde Hannah e Pearl estavam.

"O que aconteceu?", perguntou Kendall.

"Além do fato de ela cheirar a naftalina e ter me abraçado?"

"Hannah!", gritou Kendall, envergonhada.

"Não é naftalina, é sachê de violeta", falou Pearl, sem se importar. "E falei a ela que estou muito feliz por ela estar aqui. Ela está magra, obviamente não tem se alimentado bem na escola. Tenho um prato de *brownies* esfriando neste exato momento."

Os olhos de Hannah brilharam de interesse, e Kendall a viu lutando para não demonstrar seu desejo pela comida e pelo carinho que Pearl oferecia.

Pearl aproximou-se de Kendall e sussurrou no ouvido dela: "Você devia comprar um sutiã para ela. Ela é jovem e os seios ainda são pequenos, mas ela devia realmente usar um sutiã."

Hannah começou a falar, mas Rick colocou uma mão de advertência sobre sua boca. "Agora não."

Pearl virou-se para Hannah no mesmo momento em que Rick a soltou. "Vou pegar os *brownies* e trazê-los para cá, está bem?" Sem aguardar a resposta, dirigiu-se para a casa.

"Meu nome é Eldin", falou o velho, estendendo a mão para Hannah. "E Pearl é uma boa pessoa."

Hannah ficou apenas olhando-o, até que Rick, gentilmente, bateu-lhe no braço com o cotovelo. Percebendo o toque, Hannah cumprimentou-o rapidamente, mas parou em seguida. Era provável que estivesse com medo de ele a pegar num abraço de urso tal qual Pearl fizera. Em vez disso, Eldin apertou-lhe a mão e a soltou. Satisfeito, acenou com a cabeça e começou a voltar para a casa, mais lento do que sua cara-metade, provavelmente por causa da dor nas costas.

Kendall ficou muito feliz por ver Rick não apenas cuidar de Hannah, mas por lidar bem com ela. Kendall estava simplesmente num estado de choque. Estado que ela tinha de superar, e rapidamente.

"Tchau, Eldin", gritou Hannah para o velho, surpreendendo Kendall.

Talvez ela realmente gostasse dali, pensou Kendall. Em seguida, Hannah virou-se para encarar a irmã. "Sem chance de ficar morando nesta cidade jeca com seu namoradinho policial e dois velhos. E a velha fica olhando pro meu peito." Cruzou os braços com força. "Ela é doente." Franziu a testa e dirigiu-se à casa de hóspedes.

Kendall olhou para Rick e suspirou. "Ela é uma gracinha."

Ele riu. "É uma adolescente. Já vi piores."

"Que Deus me ajude!" Kendall revirou os olhos. "O cabelo dela é violeta fluorescente."

Ele soltou uma risadinha. "O seu era rosa."

"Quer parar de ficar listando as semelhanças?" A verdade era suficiente para deixar Kendall louca.

Rick olhou o relógio. "Embora odeie ter de deixá-la se virar sozinha, preciso ir trabalhar."

"Você deve estar se sentindo aliviado por isso."

"Kendall, Kendall..." Ficou olhando para ela, que viu o conflito em seus olhos, lutando contra a atração, um segundo antes de levar as mãos, suspirando, até a nuca dela, trazendo-a para uma distância em que poderia beijá-la. "O que vou fazer com você?"

Seu hálito estava quente e um toque de menta a atiçou, fazendo-a desejar que ele a beijasse naquele momento. "Não sei. O que você tem em mente?"

"Convencê-la de que sou um bom homem seria um início. Fazê-la querer ficar aqui seria ainda melhor", admitiu, obviamente relutante.

Antes que ela pudesse responder, cerrou-lhe os lábios com os dele, iniciando um beijo. O sabor dele era ainda mais delicioso do que ela imaginara, enquanto sua língua serpenteava dentro da boca dela.

"Mmmm." O gemido foi inesperado, mas ela não tentaria contê-lo, mesmo que pudesse, até porque seu corpo estremeu ao mesmo tempo, e ele a apertou ainda mais.

"Ah, vou vomitar..."

Kendall afastou-se e viu Hannah, com uma careta no rosto, olhando para ela e Rick.

"Perdão por interromper, mas a casa está trancada. Como você espera que eu entre?", perguntou.

Kendall ergueu uma sobrancelha, da forma que Rick fazia. Aparentemente a lua-de-mel terminara e a realidade a substituíra – em toda a sua glória adolescente.

Kendall vestiu seu pijama favorito – um conjunto de camiseta e *short* –, bocejou e espalhou-se na cama. Estava morando com uma adolescente havia poucas horas, e já se sentia exausta. Hannah não saíra do quarto de que se apropriara nem mesmo para jantar, e Kendall se culpava por isso. Não apenas havia tornado habitável a casa de hóspedes, como também passara no centro naquele mesmo dia para comprar um ar-condicionado para a irmã. O calor não ajudaria em nada a tornar civilizada a companhia de Hannah. Mas nem mesmo uma adolescente conseguiria ficar no quarto para sempre. No dia seguinte Kendall a faria levantar-se para conversar.

Os olhos de Kendall fecharam-se sozinhos. Desde que chegara a Yorkshire Falls, adotara uma rotina. Ligava o ar bem cedo e fechava a porta até que o quarto ficasse gelado como o polo norte; depois, na hora de dormir, desligava o ar-condicionado para que a refrigeração durasse até mais ou menos meia-noite, quando então reiniciava o processo. Naquele momento, em silêncio, escutava o som da tranquilidade, tão diferente da efervescência de Nova York que ouvira nos últimos anos. Os pássaros gorjeando enchiam-na de paz. Na verdade, começava a sentir conforto com a expectativa de ouvir... nada. Assim, quando o raro ruído de um motor de automóvel quebrou a calma da noite, parecendo ser no seu quintal, Kendall pulou da cama.

Tinha a clara impressão de que algo estava errado, e um palpite ainda mais forte do que estava errado. Correu para a janela e levantou as persianas velhas a tempo de ver seu carro vermelho saindo da garagem para a rua.

"Droga, Hannah!" Tomada pelo medo e sem pensar duas vezes, pegou o telefone. Nunca fora boa em memorizar, e ainda não tinha gravado os vários números de telefone de Rick, assim discou 911 e foi conectada à Delegacia de Yorkshire Falls. "Oficial Rick Chandler, por favor. É uma emergência!"

Batia com os dedos no criado-mudo enquanto aguardava.

"Oficial Chandler falando."

A voz de Rick lhe dava algum tipo de conforto. "Rick, é Kendall. Hannah pegou meu carro. Ela tem apenas catorze anos. Não sei se ela sabe dirigir, e não quero que se acidente ou que cause um acidente, e não sei aonde ela foi. Quero dizer, ela não conhece lugar algum nem ninguém nesta cidade." Kendall passou a mão na cabeça, num gesto de frustração. "Eu não conheço ninguém nem lugar algum nesta cidade. Bem, conheço mais pessoas do que Hannah, mas..."

"Kendall, pare!" A voz austera de Rick interrompeu sua divagação.

"Desculpe." Ela piscou, assustada, e uma lágrima lhe correu pelo rosto. "Desculpe-me. Ela ficou trancada no quarto a noite toda. Imaginei que ficaria aqui. Nunca pensei em esconder as chaves do carro. Quer dizer, ela tem apenas catorze anos."

"Vou cuidar disso, está bem?"

Ela fungou e aceitou, percebendo que Rick desligara antes que pudesse dizer alguma coisa mais. O que era bom. Precisava que Rick procurasse Hannah, em vez de confortá-la. E, quando trouxesse sua irmã de volta para casa, Kendall iria estrangulá-la.

Logo cedo, pela manhã, iria até a livraria ou até a biblioteca procurar um manual de como criar adolescentes problemáticos.

Capítulo 8

RICK HAVIA ACABADO DE LARGAR o turno quando surgiu o chamado de emergência de Kendall. Apesar de ter decidido bloquear os sentimentos que ela lhe despertava, nunca pretendera distanciar-se dela. Apesar de tudo, importava-se muito com ela.

Ficou rodando pela cidade, não na patrulha, mas em seu carro particular, procurando pelo Jetta vermelho de Kendall. Apesar de não conhecer bem Hannah, reconhecia uma criança furiosa e, no curso contra as drogas, Rick vira muitas delas. De jeito nenhum permitiria que Hannah e Kendall se afastassem a ponto de não ser possível consertar o estrago.

Sem saber onde especificamente procurar Hannah, começou pela Primeira Avenida e, ao não encontrar nada lá, estendeu sua busca às ruas próximas à Edgemont, de onde Hannah saíra. A escola primária ficava a uma quadra e meia da casa de Crystal, agora de Kendall, e Rick não se surpreendeu ao entrar no estacionamento e ver o carro vermelho parado diagonalmente, ocupando duas vagas.

Estacionou ao lado do Jetta e saiu. A única concessão que fizera ao fato de ser policial era a lanterna, que pegou do porta-luvas. Com a luz ligada, balançou o braço ao redor, iluminando as áreas da propriedade da escola.

Parou ao ver movimento no morro próximo ao balanço. Aparentemente, ainda havia muito de criança em Hannah, e era a essa criança necessitada que Rick pretendia recorrer. Queria que ela desse uma oportunidade à irmã mais velha.

Ao caminhar pela grama na direção do balanço, respirou fundo. O cheiro de grama cortada e de orvalho o rodeava, trazendo-lhe recordações de sua época de escola, e ficou feliz que as lembranças agradáveis o envolvessem antes de ter de cuidar dos problemas.

"Oi, Hannah", gritou ele. Não queria que ela entrasse em pânico, achando que um estranho estivesse se aproximando. Não que ela fosse considerar Rick um grande amigo ou confidente, mas pelo menos sabia que estava segura com ele.

"O que você quer?"

Iluminou o espaço entre eles. "Achei que isso fosse óbvio. Quero te levar para casa."

"Por que você se importa com isso?" Ela não diminuiu o impulso do balanço, jogando as pernas para a frente e para trás como uma garota jovem, despreocupada.

Mas Rick tinha um palpite de que fazia muito tempo que ela não se sentia jovem nem despreocupada. "Porque sou amigo da família, e sua irmã está preocupada com você. Tão preocupada que me telefonou."

Hannah bufou, parando o movimento ao jogar os pés sobre a terra. "É mais provável que ela esteja preocupada com a possibilidade de eu bater o carro."

"Ela nem mencionou o carro, Hannah. Podia ter informado um roubo, e então eu seria forçado a te prender." E como ela estava dirigindo sem habilitação, sendo menor de idade e ilegalmente, teria de prendê-la de qualquer forma.

"Mas ela ligou para a polícia."

Ele fez que não com a cabeça. "Ela ligou para mim.", falou, enfatizando a diferença. "Kendall confia em mim, e você deveria fazer o mesmo." Sentou-se no balanço ao lado do dela.

Hannah virou-se para olhá-lo, franzindo a testa. "Eu só tenho catorze anos. Você não vai me prender por dirigir sem habilitação?", perguntou, testando-o.

Apesar do tom provocador de sua vozinha, Rick sentiu um pouco de medo ali também. Era com o medo que ele podia lidar, o medo que fazia com que quisesse abraçá-la e tranquiliza-la, embora não pudesse. Apenas sua irmã podia fazer isso.

Em vez disso, preferiu criar confiança. "Poderia te prender, mas não vou."

"Por que não? Por que está ficando com a minha irmã?"

O nariz dela ficou enrugado de nojo, e ele reprimiu o riso. "Não, porque acho que Kendall merece a oportunidade de lidar com você primeiro."

"Então vocês dois não estão..."

"Ficando?", perguntou. "Acho que sua irmã e eu merecemos um pouco de privacidade sobre se estamos ou não ficando."

"Vou encarar isso como um sim." Ela fungou e limpou os olhos. "Que seja, eu não me importo. Você disse que acha que Kendall merece lidar comigo? E o que eu mereço? Ela vai me mandar para outro internato na primeira chance que tiver."

Sentiu seu coração se contrair ao ouvir Hannah, não apenas porque suspeitava que ela estivesse certa, que fosse isso que Kendall pretendia fazer, mas também porque a garota estava louca para receber atenção. Ela precisava de muito mais coisas do que ele, um passeio pela cadeia ou mesmo outro internato cheio de estranhos poderiam fornecer.

A ironia era que Kendall precisava da mesma coisa, e como irmã mais velha tinha a capacidade de consertar tudo para ambas. Mas precisava se dar conta disso e mudar seu ponto de vista sobre sua vida inconstante. Para o bem tanto dela quanto de Hannah, Rick esperava que Kendall se recuperasse. Isso sem mencionar o que ele precisava.

Kendall parecia estar no controle do destino de todos os três. "Ela falou que ia te mandar de volta para o internato?", perguntou.

Hannah fez que não com a cabeça. "Falou apenas que não ia me mandar de volta para Vermont. Além disso, não disse mais porcaria nenhuma."

"Será porque ela não consegue conversar com você através de uma porta trancada?", perguntou, irônico.

"Acho que sim..." Contrariada, Hannah sorriu pela primeira vez.

E, ao fazer isso, Rick pôde vislumbrar a linda mulher que ela um dia se tornaria, assim como a irmã.

"Mas ela não me quer", falou Hannah.

"Por que diz isso?"

Hannah grampeou bem forte a boca, e todas as marcas de sorriso sumiram-lhe do rosto.

"E então?"

Ela ergueu a cabeça, olhando-o através de seus cílios úmidos e de sua franja comprida. "Apenas sei, e você também sabe."

"Não sei de nada." Aquilo ele podia afirmar. A aflição de Kendall pela irmã, seu amor e preocupação eram óbvios. Apenas o fato de nunca ter cogitado a ideia de trazer Hannah para morar com ela permanentemente não significava que ela não quisesse fazê-lo.

Kendall havia planejado ficar pouco tempo na cidade e ir logo embora. Com Hannah ali, provavelmente teria de ficar o verão todo. Caso isso acontecesse mesmo, Rick teria mais dois meses com Kendall. Dois meses para os dois lidarem com o passado e consigo mesmos. Kendall, principalmente, teria de lidar com ambos, ainda mais se Rick tivesse alguma esperança de que ela ficaria para sempre.

"Por que você está sendo tão legal comigo?" A voz de Hannah interrompeu-lhe os pensamentos. "Eu devo estar te atrasando a vida."

"Como assim?", perguntou, erguendo uma sobrancelha.

"Sabe. Você não pode..." Chutou a terra com seu sapatinho preto. "Não pode ficar com ela enquanto estou por aqui."

"Ninguém disse que estávamos ficando." Deu um sorrisinho. "E estou sendo legal porque, apesar desse pequeno incidente, você é uma criança boa."

Percebeu seu erro ao mesmo tempo que Hannah disparou: "Não sou criança!"

"Certo. Você não é. Então vamos voltar para casa para você enfrentar as consequências como uma adulta."

Hannah olhou com raiva para ele.

"Além disso, você está rangendo os dentes de frio." E Kendall estava muito preocupada. "E, por um acaso, fiquei sabendo que sua irmã comprou chocolate quente, que você pode tentar convencê-la a dividir com você. Basta pedir desculpas."

"Vou pensar no assunto", murmurou. Mas ela se levantou e começou a andar na direção do estacionamento.

"Hannah?"

Ela se virou.

"As chaves?", falou, estendendo a mão.

Com um suspiro exagerado, ela as jogou em sua mão. "Kendall pode vir buscar o carro amanhã. Enquanto isso, posso te dar um conselho?"

"Posso impedir?"

Ele fez que não com a cabeça e riu. "Kendall te ama. E acho que você devia dar uma chance à sua irmã antes de aprontar mais uma como essa, ou ficar por aí fazendo acusações."

"Você é sempre tão cheio de conselhos?", perguntou ela.

"Normalmente, sim. E eis mais uma ideia para você. Não vou trabalhar amanhã. Diga para Kendall que pego vocês duas às nove. O programa de educação contra as drogas do colégio vai organizar um lava-rápido aqui. Vou te levar para conhecer algumas crianças."

"Ah, que demais!" Ela o encarou.

Mas, através da fachada, Rick pôde vislumbrar um sorriso de gratidão e um lampejo de agradecimento em seus olhos. Apenas torcia para que Hannah tivesse guardado um pouco daquela boa-vontade para a irmã mais velha. Porque Kendall já passara maus bocados tentando cuidar dela.

De maneira egoísta, e apenas por um instante, Rick ficou se perguntando como seria possível, nessa nova situação, encontrar um tempo para ele na agenda de Kendall. "Lembre-se, temos um encontro amanhã", reforçou.

"Tá bom."

Ao se aproximar da casa de Kendall, Rick achava que ela devia estar desesperada. Viu que seu palpite estava certo quando, assim que Hannah pisou no quintal, Kendall abriu a porta com tudo, puxando a irmã para um abraço forte que expressava seu óbvio alívio.

Para a frustração e consternação de Rick, Hannah não retribuiu o carinho. Seus braços permaneceram imóveis na lateral do corpo.

"Estava muito preocupada", falou Kendall, afastando-se. "Você poderia ter sido morta, ou ter matado alguém." Sua voz tremia enquanto falava.

"Bom, não aconteceu nada disso."

Rick estava em pé atrás de Hannah, de braços cruzados, aguardando. Como a jovem permanecia teimosamente quieta, decidiu interromper. "Tem algo mais a dizer?", perguntou a Hannah.

"Me desculpe", falou, a contragosto.

Kendall suspirou. "Quero acreditar em você. E temos de criar algumas regrinhas básicas para conviver, mas, se você me prometer que não irá fazer algo assim novamente, podemos deixar essa conversa para depois e você pode ir dormir agora."

"Não estou de castigo?", perguntou Hannah, desconfiada.

"Não desta vez."

Rick podia ver nos olhos de Kendall a sua luta para permanecer rígida, mas de alguma forma permitir que sua irmã soubesse que ela se importava.

"Você não vai me mandar para longe?" Hannah mordeu o lábio, parecendo mais uma criança perdida do que uma garota desobediente.

Mais uma vez Rick tinha o palpite de que acabavam de ter acesso ao cerne dos maiores medos de Hannah, e Kendall deve ter sentido isso também. As sobrancelhas dela estavam bem unidas e via-se tensão em seu queixo. "Vou ficar aqui até o final do verão, e você também", falou Kendall.

Rick sentiu seus músculos se contraírem. O que Kendall acabara de dizer podia ser apenas o melhor que ela pudera encontrar naquele momento, mas era impossível Hannah estar mais satisfeita do que ele.

Sem pestanejar, a jovem virou-se e correu para o quarto. O som da porta batendo veio logo em seguida. Kendall levou um susto com o barulho, mas então virou-se para Rick. "Obrigada."

Nada de distanciamento. Ele estendeu os braços e ela se jogou neles com vontade.

"Não sou boa como mãe", falou, com os ombros tremendo.

E não precisava ser. Aquilo era função da mãe e do pai de Kendall. Entretanto, a vida raramente era justa. "Não se entregue tão rapidamente. Acho que ela simplesmente não consegue confiar em ninguém no momento."

"Principalmente em mim. Está brava, e eu fico muito triste por a estar despontando."

Rick acariciou-lhe a cabeça com a mão. "Você terá de ganhar a confiança dela."

"Como?"

Acolhendo-a e dando-lhe um lar, pensou Rick. Ficando num único lugar e provendo a estabilidade que nenhuma das duas jamais tivera. Mas não cabia a ele dizer a Kendall o que achava que ela devia fazer. O que queria que ela fizesse. Eram conclusões a que ela tinha de chegar sozinha.

"Apenas deixe-a contar com você", respondeu ele, dando o melhor conselho que podia.

Kendall jogou a cabeça para trás. "E eu posso contar com você?", perguntou, mas logo balançou a cabeça. "Deixa para lá. Não tenho o direito de perguntar isso."

Ele levantou-lhe o queixo com a mão. "Lógico que pode. Você está admitindo que precisa de mim." E Rick tinha uma queda por mulheres em necessidade. Ele aprendera bastante com os erros do passado, mas obviamente não o suficiente, pois não queria recuar naquele momento. Kendall podia acabar indo embora, mas gostava muito dela para desapontá-la. "Que tipo de homem eu seria se declinasse seu pedido?"

"Um cara esperto?", falou, brincando.

"Que modo de destruir meu ego, querida!" Rick riu, e ela também, quebrando o gelo que ele gostaria de ter mantido cobrindo seu coração. Um pouco de autoproteção não lhe faria mal. "Na verdade, tenho uma sugestão. Uma forma de manter em pé o nosso acordo e, ao mesmo tempo, dar a Hannah alguma estabilidade." Mais uma vez voltara ao tema do acordo. Um assunto antigo e sem graça, porém naquele momento Rick desejava apenas ser objetivo.

Ao encontrar-lhe os olhos, Kendall franziu a testa. "O que tem em mente?"

"Estou pensando em mantermos a farsa diante das pessoas. Fazer de conta que somos uma grande família feliz: você, eu e Hannah. Isso irá definitivamente reforçar o boato." Que gostaria que fosse verdade, pensou. "E ao mesmo tempo daremos a Hannah o que ela precisa: uma família e duas pessoas que gostam dela. Tenho certeza de que isso irá ajudar você a se aproximar dela."

Kendall aquiesceu, com os olhos brilhando de esperança. "A ideia parece incrível."

"Concordo." Ele acariciou-lhe a bochecha com a ponta do dedo.

Será que Kendall não conseguia perceber que o acordo era meramente um meio para chegarem a um fim maior? Rick tinha grandes esperanças de que, fingindo ser parte de uma família, Kendall acabaria por ver que a realidade não era algo a ser temido, mas sim algo a ser buscado. Que, juntos, eles podiam criar algo forte e duradouro.

"Obrigada por fazer isso por mim", sussurrou Kendall.

"Não me agradeça", respondeu, com uma voz muito brusca para o seu gosto. Rick faria qualquer coisa por ela, mas Kendall ainda não estava pronta para ouvir isso. Além do mais, ao aceitar sua proposta, ela dera-lhe algo também: tinha agora até o final do verão para ficar com Kendall e sua irmã.

Mas Rick estava assumindo um risco. Se a esperança que tinha em relação a Kendall e sua capacidade de se entregar fosse infundadas, ia acabar tendo uma bela de uma dor de cabeça. E essa dor, ele sentia, seria muito pior do que aquela que Jillian infligira. Como a própria Kendall sugerira, um homem esperto recuaria naquele momento. Um cara que gostasse de arriscar seguiria em frente.

Rick Chandler nunca fugira de um desafio, mas dessa vez era bom não apenas tomar cuidado com a mulher de sua vida, mas também consigo mesmo.

Após uma noite inquieta, insone, Kendall acordou e dirigiu-se para a cozinha, onde encontrou a irmã, bem desperta, de banho tomado e vestida. Quer dizer, isso se se puder chamar de vestida alguém usando um *short* curto e um *top* expondo a barriguinha. Kendall estava prestes a perguntar que tipo de roupa era aquela, mas se lembrou de sua própria roupa no dia que fora à cidade, depois de tirar o vestido de noiva.

Parece que Rick compreendera bem Hannah. Nunca havia notado que a irmã era tão parecida com ela, da cor de cabelo escandalosa e suas roupas estranhas às necessidades emocionais mais profundas. A roupa chamativa de Hannah e seu comportamento volúvel eram uma forma de ela se proteger. Estava fugindo dos seus sentimentos, não queria olhar para si mesma. E Kendall sabia por quê. Afinal de contas, sabia muito bem o que era sentir-se uma criança indesejada, e, apesar das tentativas dos pais de oferecerem maior estabilidade, Hannah estava claramente sofrendo as mesmas ansiedades.

Kendall suspirou. Compreender Hannah era apenas o começo do processo para se aproximar da irmã caçula. Ainda ia demorar muito. Precisava fazer muito mais. "Bom dia, Hannah."

Sua irmã girou na cadeira, com a caixa de suco de laranja na mão e um bigode postiço no rosto.

"Os copos estão no armário." Kendall abriu um dos gabinetes altos que limpara havia pouco. "Não são um conjunto, mas servem. Eu mesma os lavei, assim não precisa ter medo de pegar uma doença", falou, rindo.

Hannah simplesmente deu de ombros e aceitou o copo.

"Você acordou cedo... Imaginei que estivesse dormindo, depois de tudo que aconteceu ontem à noite."

"Temos de falar sobre isso agora?", perguntou Hannah.

"Pensei que estivesse falando sobre acordar cedo, não sobre ontem à noite. Apesar de termos de firmar algumas regrinhas básicas de convivência."

Uma buzina soou bem alto. "É minha carona." Hannah abaixou o copo que ainda não havia usado.

Kendall piscou. "Sua carona? Você não conhece ninguém por aqui ainda."

Hannah olhou para ela, encarando-a com seus olhos supermaquiados. Kendall franziu o cenho. O rímel que usava era preto ou azul-púrpura? Difícil dizer, já que o tinha passado em excesso. Assim como a base. Graças aos seus dias como modelo, Kendall sabia um pouquinho sobre maquiagem, e talvez, depois de derrubar as barreiras emocionais de Hannah, pudesse melhorar um pouco o seu jeito de se pintar.

"Quem poderia vir aqui te buscar?", perguntou Kendall.

"Rick. Ele disse que temos um encontro." Hannah levantou-se rapidamente e saiu, batendo a porta atrás dela.

"Ela está me testando", murmurou Kendall. "Sei que ela está me testando." Uma rápida espiada no lado de fora confirmou que Rick estava mesmo esperando Hannah. Ponto para a irmã, já que Kendall ficara assim um pouco menos preocupada. O que quer que Rick tivesse planejado, ele devia ter esquecido de comentar na noite passada. E como não havia ninguém em quem ela confiasse mais do que em Rick, não iria correr atrás de Hannah para tentar entender o que estava acontecendo.

Kendall esfregou os olhos e, em seguida, foi pegar uma tigela no armário.

"Kendall?", ouviu a voz de Rick gritando da entrada.

"Na cozinha!" Ela virou-se e o encontrou entrando no pequeno cômodo, e não estava sozinho.

Hannah andava à frente, como se Rick a estivesse cutucando por trás.

"O que está acontecendo?", perguntou Kendall.

"Alguém deveria te contar que eu vinha pegar vocês duas hoje de manhã. E alguém esqueceu de falar isso", disse.

"E será que esse alguém é você?", perguntou Kendall a Rick, de maneira dócil, brincando.

"Depende do ponto de vista. Quando cheguei em casa ontem à noite, percebi que havia esquecido de te contar que pegaria ambas, você e Hannah, hoje de manhã. Mas, como acreditei que ela fosse transmitir o recado, preferi não telefonar e correr o risco de acordar vocês duas."

A jovem revirou os olhos. "Está bem, eu esqueci. Grande coisa!"

"Nos pegar para levar aonde?", perguntou Kendall.

"Contei a Hannah que a levaria para o lava-rápido que o pessoal do grupo de estudos contra as drogas montou, para que assim ela pudesse conhecer outros garotos da mesma idade, e imaginei que você pudesse ir buscar seu carro enquanto isso." Rick olhou bravo para Hannah.

"Já disse que esqueci. Pode me prender por isso."

Kendall cruzou os braços, tão brava quanto Rick pelos joguinhos que Hannah pretendia fazer. "Você esqueceu... Mas não esqueceu de me contar que você e Rick tinham um encontro hoje de manhã, não é?"

Rick abriu a boca para falar, mas, ao ver Kendall piscando para ele sem que Hannah pudesse notar, rapidamente a fechou.

"Memória seletiva?", perguntou à irmã, não conseguindo conter o sarcasmo. "Você está me provocando, Hannah, e eu gostaria de saber por quê."

"Você não me quer aqui. O único motivo de estar se oferecendo para ficar comigo é porque não tenho para onde ir. Caso contrário, você não daria a mínima para mim."

Os comentários de Hannah simplesmente confirmaram as impressões de Kendall de que a irmã era uma criança solitária, abandonada. Sentiu-se culpada novamente, sentimento reforçado pela ideia de que devia ter se preocupado mais com a vida e as emoções de Hannah.

Mas a dor de Hannah não desculpava sua falta de educação, e Kendall respirou fundo, para se acalmar, antes de responder. "Vou te falar uma coisa. Vocês dois vão lá lavar carro. Apresente Hannah à meninada. Vou tomar um banho e me arrumar. Hoje à noite conversamos, e vamos acertar as coisas. Entendeu?"

Hannah virou-se, como se pretendesse ignorá-la.

"Quanto tempo vai durar esse lava-rápido?", perguntou Kendall a Rick, com os dentes cerrados.

"O dia todo. Izzy e Norman vão oferecer almoço para a garotada."

"Legal! Acho que Hannah pode aproveitar um pouco dessa tarefa boa e tradicional. Vejo vocês no Norman's às cinco."

"Não posso ficar lavando carro o dia todo!", gritou Hannah, girando nos calcanhares e dando a Kendall a oportunidade de conversar cara a cara com ela. "Quero dizer, minha unhas vão quebrar e vou ficar com as mãos doloridas."

"Melhor você lavar carros do que eu lavar essa sua boca sarcástica, insolente, esquecida", rebateu Kendall. "Eis a regra número um: você me trata com respeito, e eu faço o mesmo. Te vejo no jantar." Aproveitando a dica de Hannah, Kendall girou nos calcanhares e saiu, com a única diferença, mais educada, de não bater a porta atrás de si.

Kendall foi andando até a escola para buscar o carro. A seguir, pretendia ir para casa, encher o porta-malas e encontrar Charlotte na loja. Mas, antes, preferiu bisbilhotar. Sem que Rick ou Hannah percebessem, observou a interação deles: Hannah se divertia com os meninos e meninas com quem obviamente se entendera e Rick cumpria seu papel de pai, que provavelmente não havia percebido que se tornara.

Para um homem que alegava não querer se casar nem ter filhos, ele daria um belo pai. Ao pensar nisso, Kendall sentiu um nó na garganta. Ao ver a forma como ele repreendera sua irmã, de maneira carinhosa, na noite anterior, ela sentiu um respeito ainda maior por ele como homem. Ao vê-lo agora com os jovens e percebendo quão querido era pela comunidade, como não se apaixonar um pouquinho por ele?

Esfregou os braços nus com as mãos e sentiu um calafrio. Tantos problemas e perguntas sem resposta, pensou. Não sabia o que fazer com a irmã, não sabia por que Hannah decidira focar sua raiva nela, e não nos pais. Nem sabia como começar a procurar uma escola certa para ela... nem, depois de ter encontrado uma, como fazer a irmã frequentá-la. E, acima de tudo, Kendall não sabia o que exatamente sentia por Rick, por si mesma e pelo futuro solitário que sempre imaginara que teria.

Sempre fora impulsiva, por isso a movimentação constante. Ser capaz de juntar as coisas e ficar indo para lá e para cá de uma hora para outra dava a Kendall uma sensação estranha de segurança. Ninguém nem nada conseguiam prendê-la. Se as coisas ficassem sufocantes demais, ela se mudava. E apesar de não ser tão bem-sucedida na vida, talvez por nunca ficar em um único lugar tempo suficiente, conseguia se virar financeiramente, às vezes aceitando empregos como vendedora em lojas de arte, onde podia aprender lendo, assistindo e ouvindo. Planejava fazer o mesmo em Sedona, enquanto aprendia novos aspectos de sua arte. Mas o Arizona não a atraía como antes. Não pensava no lugar com o mesmo desejo de antigamente.

Porque agora Kendall tinha obrigações. Para uma mulher que nunca criara raízes, havia vários laços ligando-a àquela cidadezinha. Tinha uma casa e era responsável por seus ocupantes, que não pagavam aluguel mas eram gente que ela tinha receio de despejar. Tinha um pequeno negócio prestes a começar no Ático de Charlotte, e havia a possibilidade de mais trabalho, em Washington, com a cunhada de Rick. Tinha uma irmã emocionalmente necessitada, que não sabia para onde ir e não tinha ninguém em quem confiar a não ser Kendall. E tinha um relacionamento com um cara especial.

Um que fingia ser um solteirão, mas que falara sobre a possibilidade de ela ficar lá depois do verão e que recuara depois que ela repelira a ideia. Rick, obviamente, já fora magoado antes pela mulher que o largara, e, por saber que Kendall pretendia fazer o mesmo, acabara por reerguer as barreiras que construíra um dia. Ela odiava as barreiras criadas entre eles, mas ao mesmo tempo entendia a necessidade delas.

E não sabia o que fazer. A respeito de nada. A frustração e o medo tomaram conta dela, até que fechou as mãos em punho, lutando contra as lágrimas. Em seguida, respirou fundo. Podia não ter um plano, mas era uma lutadora voraz. Descobriria o que fazer. De alguma forma.

Com os olhos semicerrados, viu uma garota borrifar uma boa dose de água no policial Rick, ao mesmo tempo que outra gritava seu nome. Ele jogou um balde d'água em retaliação, e gritos de alegria ecoaram no ar. Hannah estava no meio da bagunça, e Kendall não conseguiu conter o sorriso.

E seus pensamentos a deixaram apavorada.

Algumas horas depois, Kendall estava no Ático de Charlotte, sentindo-se como se fosse amiga da moça e de sua gerente, Beth Hansen, havia muito. As duas eram bem animadas e discutiam sobre coisas de mulher, e assim acabaram criando o tipo de união entre mulheres que Kendall não tivera quando jovem.

Naquele momento, estavam colocando todas as conversas em dia. Agora Kendall sabia uma porção de detalhes secretos de Roman e Charlotte, e de Beth e seu namorado Thomas.

Tendo um palpite de que seria a próxima a ficar na berlinda, Kendall deliberadamente mantinha a conversa focada em Beth. "E aí, há quanto tempo você e Thomas estão namorando?", perguntou Kendall.

"Há mais ou menos quatros meses", Charlotte respondeu por Beth. "Alguém quer comer mais alguma coisa?" Apontou para a salada grega que haviam pegado no Norman's. Uma salada que Kendall e Beth devoraram, e Charlotte beliscou.

Como Kendall chegara bem na hora do almoço, as moças insistiram para que comesse com elas e não aceitaram não como resposta. Uma hora depois, apesar de não terem tratado de negócios, Kendall estava radiante por ter sido incluída na amizade feminina que havia ali.

"Eu não. Já estou satisfeita", falou Beth.

"Nem eu." Kendall levantou-se e começou a pegar os pratos de papel.

Charlotte pegou as latas de refrigerante e uma garrafa d'água. "Você não precisa fazer isso."

"Lógico que preciso." Como não permitiram que pagasse, o mínimo que podia fazer era ajudá-las a limpar.

Charlotte deu de ombros. "Acho que você vai acabar ficando de vez com Rick, portanto é melhor se acostumar a limpar."

"Eu não..."

"Você devia ver a bagunça que Roman costumava fazer", falou Charlotte enquanto se dirigia ao quarto dos fundos com o lixo na mão.

Kendall veio no seu encalço e jogou fora os pratos e os garfinhos de plásticos.

"Até que você o amestrou, certo?", brincou Beth, rindo. "Será que Rick é um tiquinho melhor para manter um lugar limpo, Kendall?"

Lembrando-se do apartamento asseado, Kendall fez que sim com a cabeça. "Deve ser o policial disciplinado que há dentro dele."

"Ou isso ou existe uma tal de Wanda que limpa as coisas dele." Charlotte riu. "Eu o apresentei à minha faxineira quando ele assumiu o meu aluguel."

"E ele precisa dela. Rick não é bem um exemplo de asseio", falou Beth.

"E Beth sabe bem disso. Faz muito tempo que ela e Rick são amigos", falou Charlotte, andando lado a lado com Kendall enquanto retornavam ao local onde Beth estava limpando a mesinha sobre a qual tinham almoçado. "Certo, Beth?", perguntou Charlotte.

"Certo. Ao contrário daquelas mulheres ridículas que se jogam para cima dele, sei o que é ter um bom amigo. Não faz muito tempo, estava saindo de um relacionamento, e Rick me ofereceu seu ombro." Beth olhou para Kendall e ficou encarando-a, convencendo-a de sua sinceridade.

Tanto as palavras quanto as ações resumiam o que havia de bom em Yorkshire Falls, e Beth convencia Kendall de que era uma amiga honesta, não alguém que pudesse provocar ciúmes. "Rick é bom como ombro amigo. Suas iniciais deviam ser S.O.S." Kendall riu.

"Houve uma vez em que essa tendência dele de ser protetor lhe criou problemas", falou Beth.

Charlotte deu de ombros. "Jillian era uma idiota."

"Certo", falou Beth. "Para início de conversa, ela nunca devia ter se casado com Rick. Não tinha como dar certo. Jillian sabia que Rick sempre tivera uma queda por ela e... Oops! Me desculpe, Kendall." Beth ficou corada. "Às vezes eu falo demais."

Kendall balançou a cabeça, fascinada pela fofoca. "Não, está tudo bem. Uma visão sobre a bondade de um homem."

"Mas não foi minha intenção fazer você se sentir mal ou preocupada. Faz muito tempo que Jillian saiu da cabeça de Rick."

Kendall esperava que fosse verdade. Porque simplesmente ouvir que ele sentira algo por sua ex-esposa dava-lhe a sensação de uma faca afiada arrancando-lhe as tripas. Mas não pretendia compartilhar essa informação com as duas. "Você realmente não precisa me convencer de nada. Rick e eu temos um acordo..." Ao falar essas palavras, sentiu um gosto amargo na língua.

Não apenas porque devia algo a Rick e precisava cumprir sua parte do acordo, mas porque começara a sentir-se dona dele, apesar de falar o contrário.

Charlotte caiu na gargalhada, assustando-a.

"Por que está rindo?", perguntou Kendall.

"Não sei se foi a sua expressão de dúvida ou a sua insistência em afirmar que não há nada entre você e Rick. Mas pode falar o que quiser. Vamos tratar de negócios."

"Parece uma boa ideia." Aliviada por se livrar do assunto, Kendall pegou uma mala de viagem em que costumava carregar suas joias para expor e a abriu sobra a mesa. "Essas são minhas joias feitas de aço. Pela minha experiência, acredito que possa atrair uma grande variedade de mulheres. Qual a idade mínima das suas clientes?"

"Vinte e poucos", falou Beth. "Algumas mães trazem as filhas aqui, mas a maioria as leva para fazer compras na loja de departamentos ou no *shopping* de Albany."

"Gostaria de mudar isso?", perguntou Kendall. "Quando eu estava em Nova York, não tinha os contatos para expor minhas joias nas butiques da moda, mas conseguia vendê-las nos campi de algumas faculdades, e as estudantes adoravam os conjuntinhos. Dê uma olhada!"

Ela pegou uma bandeja de gargantilhas finas feitas com pedrinhas de vidro importadas do Oeste da África, que combinavam com uns brincos de pendurar. "Esses vendiam bem."

"São diferentes", murmurou Beth, em tom de aprovação.

"E estes aqui?" Charlotte apontou para uma fita de seda preta pendurada do lado de fora da mala.

Kendall o pegou. "É uma coisa nova que estou testando. Colares feitos de seda amarrada."

"Adorei." Charlotte estudou as peças. "E acho que as meninas vão adorar", falou, batendo com os dedos na mesa. "Ah, e sei qual é o lugar perfeito para estreá-los. Há uma feira livre neste final de semana. Vou ver com Chase se ele pode modificar o anúncio que colocamos no *Gazette*, informando sobre as joias de Kendall. Qual o nome do seu negócio?"

"Skendall."

Charlotte riu. "Adorei o trocadilho. E tenho certeza de que esse "*eskêndallo*" será muito bom para nós duas!"

A voz de Charlotte estava cheia de expectativa, criando uma empolgação que nem mesmo Kendall podia reprimir. "Você já deve saber, não tenho muito dinheiro, mas gostaria muito de contribuir para pagar o anúncio." Kendall não podia contribuir com nada, mas considerou o gasto um investimento no seu futuro.

Charlotte fez um gesto com a mão. "Nem vem. Para começo de conversa, pode não parecer, mas Chase é um doce para com a família. E sei que tanto Raina quanto Chase consideram você da família. Por causa de Crystal", apressou-se em esclarecer. Mas o sorrisinho no rosto dizia a Kendall que ela também estava pensando em Rick. "Mas não fale para ninguém. É uma das vantagens que nós, Chandlers, temos."

Nós, Chandlers. Kendall sentiu um arrepio ao ouvir isso, adorando ser incluída nessa denominação.

"Está bem, vamos falar sobre comissões", disse Charlotte, sem perceber o tumulto que sua frase causara em Kendall.

Kendall ficou pensando por um instante. Quando se tratava de acertar uma porcentagem de comissão, sempre levava em consideração o custo das matérias-primas, da mão-de-obra e das despesas gerais, além do preço cobrado pelos concorrentes no mercado. Nesse caso, ela parecia ser a única naquela cidadezinha a oferecer esse tipo de produto, o que era uma vantagem enorme.

Pegou uma folha de papel, planejando anotar um preço justo, que esperava que Charlotte tentasse abaixar, mas que permitisse chegar a um valor com o qual Kendall pudesse viver. Porém Charlotte rascunhou um número antes e passou o papel pela mesa.

Kendall abaixou a cabeça para olhar. A quantia que Charlotte oferecia era maior do que a que Kendall tinha em mente. Ela franziu o nariz, querendo discutir. Não tinha dúvida de que a generosidade de Charlotte tinha a ver, em sua maior parte, com o seu relacionamento com Rick, algo de que ela não queria se aproveitar. Mas, apesar de odiar admitir, não estava numa situação financeira que lhe permitisse abrir mão do dinheiro – não quando a oferta de Charlotte era mais do que justa para ambas.

Kendall forçou um risinho, sentindo-se aliviada. "Negócio fechado. Pronto. Sabia que normalmente se tem apenas seis segundos para chamar a atenção de um cliente em potencial?" Empolgada, logo passou à parte seguinte da proposta.

"Eis uma lição sobre o varejo que tenho de aprender rapidamente, ainda mais nesta cidade." Charlotte riu. "O que você está querendo insinuar?"

Kendall respirou fundo para adquirir coragem. Nunca havia tomado a iniciativa depois de ter licenciado seus produtos para vender numa loja. Na maioria dos acordos, o artista mantinha os direitos de propriedade, mas não podia falar nada sobre o mostruário ou sobre como os itens seriam vendidos ou divulgados. Após uma pesquisa cuidadosa e uma experiência de tentativa e erro, Kendall aprendera bem as regras. Mas algo no entusiasmo de Charlotte inspirava confiança e uma explosão de ideias criativas.

Quem não arrisca não petisca, lembrou Kendall. Se quisesse que Charlotte levasse seus trabalhos para a loja que abriria em Washington, precisava provar seu valor ali, naquele instante, num mercado menor. "Gostaria de sugerir que use os colares nos seus manequins. Modifique sua vitrine de forma a chamar a atenção das pessoas e inclua colares para combinar e ter um incremento."

"Hmmm. Boa ideia!", sussurrou Beth para Charlotte.

"Obrigada", falou Kendall.

"Algo mais?", perguntou Charlotte, com os olhos iluminados de aprovação.

Kendall deu de ombros. "Apenas que vermelho e amarelo são as cores que mais chamam a atenção. Há alguma possibilidade de trabalharmos com elas?", perguntou Kendall, adiantando-se ainda mais na sua jornada para deixar sua marca em Charlotte e naquela cidade. Uma jornada para consolidar sua carreira – algo que nunca imaginara conquistar em sua viagem impulsiva para Yorkshire Falls.

"Charlotte pode trabalhar com qualquer coisa que dê lucro. Basta olhar para aquelas calcinhas de crochê no mostruário do canto. Ela mesma as desenha e cria." Beth não conseguia esconder sua admiração pela amiga e chefe.

"É verdade!", falou Charlotte. "E eu certamente seguirei qualquer sugestão que Kendall dê. Ela tem um olho tão bom para as coisas quanto você, Beth. Agora, apesar de odiar interromper esta divertida reunião, preciso ir ver meu marido."

"Mas ainda é cedo..." Beth olhou o relógio. "O quê? Três horas?" Ela riu. "Recém-casados...", falou, girando os olhos.

Charlotte nem ficou vermelha. "Ah, e você não vai ver Thomas assim que fecharmos a loja hoje à noite?"

Beth riu. "Eu não falei isso."

"Sabe que eu invejo vocês duas?" A pergunta escapou da boca de Kendall sem que ela notasse.

Charlotte jogou a cabeça para o lado. "Como assim?", perguntou, parecendo realmente interessada.

Mesmo conhecendo Charlotte havia pouco tempo, Kendall acabara gostando muito dela, e queria ser honesta naquele momento. "Você e Beth são muito íntimas. Até conseguem ler a mente uma da outra, como se fossem irmãs." Notou que havia uma certa melancolia em sua voz, mas não podia voltar atrás. "Para mim, parece que as conheço há muito tempo." Contudo, Kendall ainda era uma forasteira, como sempre fora.

Então Charlotte a puxou para um abraço carinhoso, derrubando qualquer barreira que ainda existisse. "Essa é a beleza desta cidade. Você vem para cá ou volta para cá, e automaticamente se torna uma de nós."

"E é impossível nos livramos desse defeito", falou Beth, rindo, atrás dela.

Para sua surpresa, Kendall não ficou nada incomodada, e sentiu um nó na garganta. Abraçou Charlotte também, que então se afastou.

"E agora preciso ir encontrar meu marido." Charlotte estava resplandecente. "Vocês duas, acertem os últimos detalhes." Com um tchau, saiu, e, depois de vinte minutos a sós com Beth, Kendall também se foi.

Saiu do Ático de Charlotte direto para o sol de fim de tarde. Ainda tinha bastante tempo livre antes de ter de se encontrar com Rick e a adolescente do outro mundo, pensou, rindo.

Com um pouquinho de sorte, talvez uma tarde com garotos da sua idade mudasse o estado de espírito de Hannah. Talvez a deixasse mais feliz e aberta para conversar. Apesar de Kendall não ter a menor ideia do que dizer para aliviar a tensão entre elas, estava ansiosa para ver a irmã, e esperava que a volta para casa, no carro, a inspirasse. Com a mala na mão, começou a dirigir-se para o carro, estacionado no final da rua.

"Ei, querida. Posso te entreter com uma tarde de amor?" A voz conhecida de Rick surgiu num sussurro atrás dela.

Virou-se para olhá-lo, com um ombro encostado na vitrine. "O que está fazendo aqui?", perguntou, animada por vê-lo. Animada por perceber que ele a procurara.

"Cinco horas com vinte adolescentes é o máximo que consigo enfrentar. Fui oficialmente dispensado. E não se preocupe com Hannah. Jonesy, uma boa amiga e colega de trabalho, vai levá-la para se encontrar contigo no Norman's por volta das cinco... Viu? Pensei em tudo."

"Tenho certeza de que ela está animada por ter sua própria escolta policial..."

Ele deu de ombros. "Na verdade, estava muito entretida para perceber que tinha uma escolta policial, uniformizada." Rick soltou uma risada. "Agora, você vai continuar falando ou vai vir até aqui e me livrar do meu sofrimento?"

Ela se adiantou sem hesitar. Rick a encontrou no meio do caminho, pegando-a pela cintura e puxando-a para o beco atrás das lojas, que levava até seu apartamento. Quando percebeu, Kendall estava em seus braços, e a boca quente e vigorosa de Rick pairava sobre a dela.

Kendall sentira falta dele. Não havia se dado conta até aquele momento. Até ouvir sua voz, inalar o perfume masculino e provocante de sua colônia e sentir os lábios dele devorando os seus, como se nunca ficassem saciados. Rick acariciou-lhe as bochechas com os nós dos dedos e suspirou, pressionando seu corpo rígido contra o dela, esmagando as costas de Kendall na parede – e ela nem se importava, pois estava muito gostoso.

Kendall se soltou, deixando sua cintura moldar-se à dele, sentindo seu desejo por ela, ereto e em ponto de bala, através da barreira das roupas, fazendo-a sentir-se mais querida e desejada do que qualquer mulher tinha direito de sentir.

Rick interrompeu o beijo antes dela, e seus olhos encontraram os de Kendall – desejo e tesão misturados no olhar. "Já perdemos muito tempo."

"Eu sei." Estava sem fôlego, as palavras saíam-lhe com dificuldade.

"Então vamos subir."

Seu sorriso sedutor, oferecido unicamente para ela, enchia-a de emoções que não queria decifrar ou sentir, não depois da assustadora sensação de pertencer à família e aos amigos dele. Um casinho sem importância teria sido mais simples...

Nada em Rick era simples. Ele era um pacote de ternura e desejo, tudo misturado. Perigoso para a sua paz de espírito, para sua vida despreocupada e para seu coração.

Mas naquele momento nada disso importava para ela. Sentira falta dele, precisava dele, e tinham apenas aquele curto espaço de tempo sozinhos antes de a realidade se intrometer na forma de uma adolescente rebelde.

"O que você está esperando?", perguntou Kendall. "Leve-me para cima e faça amor comigo!"

Capítulo 9

Após passar um dia no lava-rápido com uma dezena de adolescentes, Rick precisava da companhia de um adulto. Precisava da companhia de Kendall. As horas que passara sob o sol deixaram-no quente, e os dias que passara de plantão e sem Kendall o deixaram ardendo com um desejo insaciável. Sua autoproteção já fora longe demais, pensou, rindo.

De mãos dadas com ela, Rick entrou em seu apartamento, batendo a porta atrás deles.

"Passamos de um estágio em que tínhamos todo o tempo para nós e agora estamos num ponto em que temos de arrumar um tempinho em que não haja uma adolescente por perto. Agora sei como devem se sentir os pais que acabam de ter filhos", falou Kendall, que em seguida ficou assustada, ao, obviamente, se dar conta do significado do que acabara de dizer.

"Mas veja como a sua vida ficou excitante."

Kendall relaxou os ombros. Era isso que Rick havia determinado: manter as coisas entre eles leves e simples. Um casinho de verão, como tinham concordado.

"Gosto de excitação." Os olhos dela brilhavam de desejo, e a mesma vontade ecoava dentro de Rick, o que era evidenciado pelo coração disparado.

Kendall o devorou com o olhar, e a pulsação de Rick ficou ainda mais rápida. Outras mulheres o haviam admirado antes. Sendo um solteirão numa cidade pequena, estava mais do que acostumado a receber atenção das mulheres, principalmente depois que a campanha de sua mãe por um neto começara. Mas Kendall o olhava de uma maneira diferente, e ele gostava da sensação que aquela atenção obcecada produzia.

"Você está molhado", falou Kendall, ao notar a camisa dele grudada na pele.

"Qualquer um que tivesse de enfrentar adolescentes armados de balde e mangueira ficaria assim." Colocou a mão no tecido de algodão úmido. "A garotada tem uma mentalidade própria."

"Você é incrível no trato com eles." Kendall mordeu o lábio inferior e, então, admitiu: "Eu fiquei te observando."

O coração dele disparou. "Eu não te vi."

"É porque eu não queria que você soubesse que eu estava lá."

"Ah, estava me espionando, não é?"

Ela deu de ombros. "Estava curiosa sobre Hannah e queria saber se ela se enturmaria. E estava curiosa sobre você. Sobre como são seus dias. Sobre como você é quando não está comigo." Kendall balançou seu adorável cabelo despenteado. "Mas não fique muito convencido", falou, com uma risada embaraçada.

"Como se houvesse um tiquinho de vaidade em mim." Rick deu uma risadinha, deixando o assunto de lado, como era óbvio que ela queria. Mas, por dentro, estava vibrando por ela ter se importado. Ah, caramba!, ele simplesmente ficava radiante com qualquer demonstração de interesse por parte de Kendall, pois isso significava que ela pensava nele quando não estavam juntos, e Deus sabia quanto tempo Rick passava pensando nela.

Kendall se adiantou, colocando as mãos no seu braço. "Acho que temos de te despir dessas roupas molhadas", falou, lambendo os lábios, ansiosa. Em seguida, passou as mãos provocantes pelos ombros de Rick, descendo pelos braços e, enfim, levando-as ao peito dele.

"Não vou nem discutir sobre isso, querida."

Kendall brincou com a camisa dele, provocando-o ao levantar lentamente a barra e deixando seus dedos lhe arranharem a pele, num toque erótico, quente.

Um turbilhão de desejo o tomou. Ele a queria de uma forma que ultrapassava a necessidade sexual. Nem mesmo a irmã travessa dela ou o limite autoimposto podiam detê-lo ou conter suas ações naquele momento. Ele estava sozinho com Kendall, e não havia nada que pudesse impedi-los.

"Quero vê-lo sem essa camisa", murmurou Kendall.

"Então tire-a." Levantou os braços, oferecendo-lhe o controle que Kendall dissera que ele se recusava a ceder. Abriria mão de muito mais por ela, pensou, repreendendo-se ao mesmo tempo.

Rick ficou a olhá-la enquanto ela lhe tirava a camisa, e então ajudou-a, jogando a roupa no chão. Os dedos de Kendall ficaram acariciando o peito dele, e então ela se curvou e deu um beijo excitante na pele febril de Rick. Bastava mais um toque daquela boca, e seria difícil chegarem até o quarto. O tesão o havia dominado, e ele respirou fundo.

"Parece que atingi o ponto certo."

"Neste momento, qualquer ponto que você atingir será o certo", falou ele, irônico. "Mas, apesar de estar curtindo muito, fiquei fora o dia todo e não seria nada mau tomar um banho antes."

Um sorriso provocante surgiu nos lábios de Kendall. "Eu não me importaria de tomar outro."

Rick balançou a cabeça e riu. "Ah, linda, você realmente sabe como excitar um homem."

Ela o encarou. "Só você..." Como se para provar seu argumento, levou os dedos até as proximidades do botão do jeans.

Quem era ele para reclamar? Mais uma vez, deixou-a de rédeas soltas, cerrando os dentes enquanto as palmas dela lhe acariciavam, primeiro as coxas. Depois fechou o punho quando Kendall fez uma pausa para, em seguida, passar a mão por todo o seu corpo rígido, na sua jornada para livrá-lo de toda a roupa. Ela tinha seu próprio ritmo, seu esquema, e ele não se importava. As mãos de Kendall sobre seu corpo eram das preliminares mais intensas e eróticas que existiam, e Rick conseguiria lembrar-se da sensação o dia inteiro.

Fechando os olhos, Rick encostou-se na parede e entregou-se totalmente aos cuidados dela. O sangue jorrava em suas veias e para as outras partes de seu corpo. Por isso, quando ouviu a campainha pela primeira vez, pensou que fosse dentro de sua cabeça.

Mas então a mão de Kendall parou, e Rick reconheceu o toque do telefone. "Droga!" Esforçou-se para abrir as pálpebras.

"É melhor atender. Pode ser importante." Kendall suspirou e apontou para o telefone na parede.

Rick levantou a calça, deixando apenas o botão aberto, e pegou o telefone. "É melhor ser algo sério."

Kendall ergueu uma sobrancelha ao ouvir a forma frustrada como ele atendia, e Rick piscou para ela.

"Rick, aqui é Lisa Burton."

Ele deu uma bufada exagerada. Lisa o havia importunado o tempo todo no lava-rápido. Seu *status* de comprometido não a havia desanimado naquela tarde, e, agora, aquele telefonema. "Não é uma boa hora..."

"Eu não iria telefonar se não fosse importante."

"Bem, eu imaginava que ligar para o 190 fosse importante também." Sua paciência para brincadeiras tinha se esgotado. Talvez fosse uma mera frustração masculina, ou talvez, agora que sabia qual era a mulher que lhe interessava, desejasse que mulheres como Lisa aceitassem a derrota e desistissem.

"Estou te ligando como educadora. Tenho uma jovem aqui chamada Hannah que diz que está sob sua responsabilidade."

Ao ouvir isso, Rick voltou a prestar atenção. "Você está com Hannah? O que aconteceu?"

Kendall juntou-se a ele num instante, colocando a mão em seu ombro. "Está tudo bem com Hannah?", perguntou ela.

"Ela está bem", falou Lisa para Rick.

"Então por que ela está aí com você? Eu a deixei com Jonesy." Não com a mulher com quem ele não queria nenhum tipo de ligação.

"Ele teve de ir embora. Logo depois que você saiu, Jonesy recebeu um telefonema da esposa. Pensei que não seria nada de mais cuidar de outra adolescente, e falei para ele que podia deixar comigo. Imaginei que não fosse nada de mais, e não foi... até que o dr. Nowicki chegou."

Rick passou a mão no cabelo. "O que Hannah falou para o diretor?", perguntou, resignado.

Kendall suspirou bem alto, enterrando o rosto nas mãos. "Ah, não! O que ela fez agora?"

Rick abraçou a cintura de Kendall. "Sua irmã está bem", sussurrou no ouvido dela.

"Ah, sua namorada está ao seu lado? Devia ter imaginado." Lisa fungou, obviamente ofendida. "Acho que Hannah tem todo o direito de agir dessa maneira. Parece que a irmã dela não tem tempo para ela. E você dá no pé na primeira chance que tem para ficar com sua nova namoradinha." Lisa gaguejava, como se lhe fosse dolorido admitir que perdera não apenas a batalha, mas a guerra pela atenção de Rick. "Você deixou a pobrezinha sozinha numa cidade estranha. Não é de estranhar que ela queira atenção."

Rick normalmente não daria a mínima para a observação obviamente tendenciosa e repleta de ciúmes sobre a situação de Hannah, pelo menos no que dizia respeito a ele e a Kendall. Afinal de contas, quando deixara Hannah, ela havia se enturmado com duas garotas legais e parecia feliz – que era o seu objetivo quando decidira levá-la ao lava-rápido.

Mas, ao lembrar que saíra para ficar sozinho com Kendall, sentiu-se culpado, apesar de acreditar que Hannah estivesse enturmada e sendo cuidada. E tinha certeza de que Kendall ficaria tão satisfeita quanto ele.

Porém, antes de lidar com seus próprios sentimentos, precisavam ir buscar Hannah. "Você ainda está na escola primária?", perguntou a Lisa.

"Na verdade, eu a trouxe até o Norman's. Ela falou que precisava encontrá-lo aqui."

"Obrigado, Lisa." Engoliu o orgulho. "Sinto muito pelo que falei antes. Já já estamos aí para buscá-la." Desligou o telefone e virou-se para Kendall.

"O que ela fez?", perguntou, contraindo-se como se tivesse medo da resposta.

"Lisa não falou. Mas ela está lá embaixo nos esperando. Você mesma pode perguntar a ela."

"Por que você não fica aqui e toma seu banho? Vou conversar com Hannah, e você pode ir nos encontrar assim que estiver pronto." Fez uma pausa. "Ou nem precisa ir. Como já te disse, você não tem de se preocupar com Hannah."

Rick fez que não com a cabeça. Achou que Kendall estivesse recuando, tentando ser legal com ele, dando-lhe uma solução – antes que ele mesmo tentasse achar uma. "Vá lá, e descerei em dez minutos, seco e pronto para te ajudar, está bem?"

Ela aquiesceu. "Se você está certo disso..."

A voz hesitante deixava transparecer que ela não estava. Apesar de Rick ter dito inúmeras vezes que não iria a lugar algum, parecia que Kendall imaginava que ele faria exatamente isso. Rick percebeu a ironia. Não era ele queria ir embora. "Leia meus lábios." Agarrou-lhe o rosto com as mãos. "Estou certo disso." Roçou um beijo em sua boca. "Agora vá!"

Kendall sorriu para ele e saiu correndo. O som de seus passos veio a seguir, ficando mais fraco, mais distante. Assim como Kendall.

Como Jillian, antes dela.

Rick andou lentamente pelo apartamento que ficava na cidade onde sempre morara. Tentou diferenciar a situação de Kendall da de Jillian, colocando-se no lugar de Kendall. Nunca tendo pais com quem pudesse contar. Mudando-se de casa em casa, de família em família, nunca tendo pessoas que pudesse chamar de próximas, muito menos amigos íntimos. E então vindo para uma cidade em que a maioria das pessoas era sincera. Onde se ofereciam amizades desinteressadas e onde todas as armadilhas da estabilidade tentavam seduzi-la. E tudo lhe parecia inalcançável – talvez por ter medo de conseguir o que nunca tivera.

Caramba!, ele, que sempre tivera tudo, fora criado numa família afetuosa, fora casado e então se divorciara, ele estava com medo de se entregar e ser magoado novamente. Como poderia culpar Kendall por sua incapacidade de fazer o mesmo?

Kendall entrou no Norman's e imediatamente viu Hannah sentada numa cabine com Lisa Burton. Enquanto andava em direção a elas, Kendall viu o olhar desafiador da irmã, mas, em vez de começar a discutir na frente da outra mulher, decidiu agir com tato e diplomacia.

Olhou para Lisa primeiro. "Muito obrigada por trazer Hannah para cá."

"Na verdade, eu não tinha muita escolha, senhora Sutton. Ela estava desacompanhada e havia jogado um balde d'água no diretor."

Kendall sentiu um calafrio.

"Não podia deixá-la sozinha para criar mais problemas, e não estava muito fácil encontrar vocês."

Kendall franziu o cenho. Apenas escutara o lado de Rick do telefonema, não o de Lisa, e não tinha ideia de que Jonesy, amigo dele, havia ido embora. Entretanto, Kendall supôs que ele devia ter tido um bom motivo, e provavelmente, antes de sair, certificara-se de que alguém cuidaria de Hannah. Recordando-se do que Rick dissera alguns dias antes, podia presumir que o ciúme estava influenciando o comportamento de Lisa, e Kendall recusava-se a dar à outra mulher a satisfação de demonstrar suas emoções.

"Ei, senhora, não culpe minha irmã!", Hannah falou antes que Kendall pudesse formular uma resposta neutra.

Kendall piscou, chocada. Hannah estava realmente tentando protegê-la. Nem mesmo a falta de educação da irmã conseguiu evitar o sentimento de orgulho e carinho que tomou conta de Kendall. E apesar da língua ferina de Hannah e de o incidente com o balde d'água demandarem uma bronca, Kendall não queria destruir qualquer progresso na relação que florescia entre elas reprimindo-a na frente de uma professora, principalmente de Lisa Burton.

"Hannah", Kendall tentou começou a falar, mas sua irmã a ignorou, ainda encarando Lisa com seus olhos delineados com maquiagem escura, mas borrados depois de um longo dia embaixo do sol.

"Ouvi você falar para o policial Rick que adoraria fazer qualquer favor que ele precisasse", disse Hannah para Lisa.

Kendall não deixou de notar a ênfase que Hannah dera à palavra qualquer ou o significado que a palavra implicava. E a expressão de nojo no rosto de Hannah indicava bem o que sentia.

"Não é educado ficar ouvindo a conversa dos outros", falou Lisa, num tom arrogante de professorinha.

"Mas como evitar se a vi fazendo isso o dia inteiro? Onde quer que Rick estivesse, você estava lá. Com quem quer ele estivesse conversando, você tentava bisbilhotar. Por que isso?" Hannah cruzou os braços, esperando uma resposta.

As bochechas de Lisa ficaram vermelhas na hora. "É óbvio que ela precisa da supervisão de um adulto", falou Lisa, apesar da vergonha que sentia.

Kendall não sabia quem era pior, Lisa ou Hannah, mas tinha de dar um basta naquilo antes que as coisas degringolassem. E Lisa se considerava uma professora? O exemplo que dava era patético!

"Bem, como eu disse, obrigada por trazer Hannah para casa." Kendall sorriu para Lisa com os dentes cerrados e, então, virou-se para a irmã: "Hannah, Izzy reservou uma mesa para a gente lá nos fundos. Vamos lá?"

Para surpresa de Kendall, a irmã deslizou para fora da cabine sem reclamar e ficou ao seu lado.

"Rick tem dono", murmurou Hannah para Lisa, e então disparou para o fundo do Norman's.

Kendall balançou a cabeça. Parecia que mais de uma Sutton tinha uma queda por Rick Chandler.

"A menina é muito mal-educada", falou Lisa.

Kendall deu de ombros. "Pode ser, mas ela está certa." Desafiando-a ou não, não podia deixar de mostrar a Lisa o seu lugar. Tendo acabado de sair de um encontro com ele, o sentimento de posse por Rick estava bem aceso. Assim como sua vontade de se defender. E, depois de Charlotte ter-lhe contado sobre o passado de Rick, Kendall tinha certeza de que uma mulher como Lisa era a última coisa de que ele precisava.

"Vocês duas são mal-educadas, e tenho certeza de que os Chandler logo perceberão isso." Lisa pegou sua bolsa e dirigiu-se para a porta.

"Obrigada mais uma vez por trazer minha irmã para casa", gritou Kendall para as costas de Lisa. Ela sorriu e acenou para a plateia, os proprietários do Norman's.

Kendall juntou-se a Hannah numa mesinha no fundo e sentou se, cruzando os braços. Mal sabia por onde começar.

"Não tente encarar o que aconteceu como se eu a estivesse defendendo. Apenas não gosto daquela mulher se jogando para o Rick." Como sempre, Hannah tomava a dianteira.

Decidiu ignorar o protesto da irmã. Hannah a tinha protegido, sim, e Kendall pretendia se aproveitar disso. "Não gosto disso também, mas Rick é um adulto e um especialista em se proteger de mulheres. Ele não precisa que nenhuma de nós duas faça isso por ele." Vendo uma oportunidade de se aproximar da irmã, Kendall inclinou-se para a frente no banco. "Mas foi divertido colocar Lisa no seu lugar, não foi?"

Hannah fez que sim com a cabeça, timidamente, e um leve sorriso começou a surgir em seu rosto. "Ele precisa que cuidemos dele, sim."

"Mas ele gostaria muito que você agisse de maneira, vamos dizer, mais sutil."

"Vou pensar no assunto."

Kendall imaginou que fosse o máximo de concessão que conseguiria naquele momento.

"Onde está Rick?", perguntou Hannah.

Era óbvio que sua irmã tinha uma queda pelo Chandler do meio, algo que Kendall podia entender muito bem. "Tomando banho, eu acho. Ele vai descer aqui já já. Hannah, a respeito do diretor..."

"Juro que foi um acidente", falou Hannah, erguendo as mãos em sua própria defesa. "Eu ia à desforra com um menino por ter molhado minha camisa, mas ele foi rápido e se abaixou antes. Não tenho culpa de o dr. Nowicki ser baixinho e, por isso, ter servido de alvo."

Na idade de Hannah, nada parecia ser sua culpa.

"Ora, veja quem está aqui!"

Kendall virou-se e viu Raina e o médico da cidade andaram até a mesa delas, salvando Hannah de um sermão do tipo "seja mais cuidadosa da próxima vez". "Oi, Raina... dr. Fallon."

"Eric", falou ele. "Nada de formalidade aqui."

Kendall sorriu. "Eric, gostaria de te apresentar minha irmã, Hannah", falou Kendall, torcendo em silêncio para que a irmã se comportasse. "Hannah, esta é a mãe de Rick, e este é o dr. Eric Fallon." Incluiu o parentesco de Rick para ter mais possibilidade de arrancar a boa vontade da irmã.

"Prazer em conhecê-los." Hannah cumprimentou o casal de velhos com um sorriso sincero.

Raina adiantou-se e estendeu a mão para Hannah. "Digo o mesmo. Você é uma jovem bonita."

Para surpresa de Kendall, Hannah ficou vermelha.

"Preciso falar com você, Kendall, e como sua irmã está aqui, podemos aproveitar a ajuda dela também." Raina olhou para Eric. "Preciso de cinco minutos com elas, está bem?"

"O que você quiser. Mas você precisa se sentar e descansar."

Raina olhou para ele, franzindo a testa. Era bem visível que ela não gostava que lhe dissessem o que fazer.

"Seu coração...", lembrou-lhe Eric, batendo no peito.

A velha ficou vermelha e acenou com a cabeça, mas Kendall estava prestando atenção em Eric. Seria sua imaginação ou havia um toque de sarcasmo em sua voz? Ela balançou a cabeça. Impossível! "Raina, Eric, por favor sentem-se conosco." Kendall apontou para os assentos vazios.

Depois que o casal de velhos se sentou, Raina partiu direto para o pedido. "Planejei uma festa-surpresa para o aniversário de Rick. Ou será que eu deveria dizer que deleguei o planejamento de uma festa-surpresa, já que minhas atividades diárias estão limitadas?"

"É aniversário de Rick?", perguntou Kendall. "Quando?" Ele nunca mencionara nada sobre isso. E ela não conseguia entender por que se sentia ofendida por Rick ter escondido dela algo tão básico.

"Bem..." Hannah interrompeu. "Amanhã. Aquela tal de Lisa..."

"Senhorita Burton", corrigiu Kendall.

"Aquela senhorita Burton disse que tinha o presente *perrrfeito* para dar a ele." Hannah sentiu um arrepio, totalmente enojada.

Kendall suspirou. Tem mulher que não desiste.

"Pode imaginar o que ela quer fazer para ele?", perguntou Hannah, horrorizada. "Kendall, você precisa mantê-la longe de Rick!"

"Ah, como eu gosto dos jovens!" Raina riu. "Hannah está certa. Pre cisamos manter Lisa longe dele. Sei que devo tê-la incentivado... antes de você chegar à cidade, você entende...", falou para Kendall. "Mas não sabia que ela era tão persistente. Na minha época, quando uma mulher era rejeitada, o orgulho ferido não a deixava insistir."

"Pensava que antigamente apenas os homens convidassem as mulheres para sair", interrompeu Hannah.

"Ai, Deus, Hannah!"

A risada estrondosa de Eric impediu que Kendall dissesse mais alguma coisa. "Você está certa, minha jovem. Antigamente, a maioria das mulheres era muito recatada e passiva e deixava os homens iniciarem o flerte. Mas, assim como hoje, algumas mulheres são mais descaradas e têm sua própria maneira de agir." O sorriso dele ficou ainda maior quando seu olhar se voltou para Raina, evidenciando o carinho e a afeição entre eles.

Kendall sentiu um aperto estranho no coração.

"Quer dizer que a senhora Chandler tem sua própria maneira de agir?" Hannah pousou o queixo nas mãos e concentrou-se em Eric.

"Acho que devemos voltar a discutir o aniversário de Rick... antes que ele apareça", falou Kendall. Antes que Hannah se tornasse totalmente inconveniente.

"Boa ideia! Mas não se preocupe." Raina aproximou-se de Hannah. "Você e eu podemos terminar esta conversa numa outra hora", falou, tocando a mão de Hannah. E a garota não afastou a mão.

Será que as surpresas nunca cessariam?, pensou Kendall. A chave para o coração da irmã parecia girar em torno dos Chandler.

"De qualquer maneira, vou pedir a Rick que leve vocês duas para jantar amanhã. Izzy e Norman disseram que levarão a comida e ajeitarão as coisas. Assim, está tudo acertado. Não preciso levantar um dedo. Vocês duas levam o convidado de honra, e eu já fiz meu telefonemas, a única coisa que posso fazer para preparar as várias surpresas para Rick."

"Que surpresas?", perguntaram Kendall e Hannah ao mesmo tempo.

"Quero fazer uma espécie de *Essa é sua vida*. Fazer Rick recordar-se de sua infância", falou, batendo palmas. "Vai ser muito divertido."

"O que vai ser muito divertido?" Rick chegou à típica maneira de policial, sem perder a conversa ou a oportunidade de interrogar.

"Ora, seu jantar de aniversário, é lógico." Raina não perdia tempo.

"Sua mãe convidou a mim e a Kendall para jantar amanhã. Isso não é legal?", perguntou Hannah a Rick.

Pelo brilho de irritação e algo mais em seus olhos, Kendall tinha a impressão que "legal" era a última coisa que Rick achava que sua celebração de aniversário seria. E, pobre homem, achava que haveria apenas parentes. Quando ele descobrisse o que sua mãe tinha nas mangas...

Recuperando-se rapidamente, ele se aproximou de Hannah. "Vai ser bombado!", falou, despenteando com a mão o cabelo dela.

Kendall gostaria de saber o que teria de fazer para convencer sua irmã a lavar a tintura do cabelo e voltar ao natural novamente. Mas, ao ver Hannah dando uma risadinha por Rick tentar usar gíria de jovens, Kendall percebeu que havia coisas mais importantes na vida do que a aparência da irmã. Por exemplo, o que Hannah estaria sentindo. Quando Rick estava por perto, a risada de Hannah saía fácil e despreocupada, como a criança feliz que ela devia sempre ser. O coração de Kendall parecia florir em seu peito.

"Você é muito bitolado." Hannah girava os olhos enquanto tirava sarro de Rick, voltando a atenção de Kendall para a conversa.

Raina e Eric olhavam ansiosos para Rick, aguardando uma tradução.

"Um *nerd*", explicou. "Trabalhar com adolescentes expandiu meu vocabulário", falou, rindo.

Hannah riu novamente. Por cima da cabeça dela, Rick percebeu o olhar de Kendall e ficou encarando-a.

Os olhos dela transmitiam afeto, junto com um lembrete elétrico de quão íntimos eles estavam mais cedo, antes de o telefone tocar em seu apartamento.

Agora seu cabelo estava úmido pelo banho recém-tomado, e ele não se barbeara – o contato da barba áspera no rosto dela antes que fossem interrompidos despertara sua sensualidade. Mais tarde, pareciam transmitir os olhos de Rick. Ah, como queria ficar sozinha com ele..., pensava Kendall.

Mas com uma festança de aniversário para levá-lo e com sua irmã, que o adorava, Kendall gostaria de saber como encontrariam tempo para volta rem ao ponto em que haviam parado.

Na manhã seguinte, Kendall ficou andando pelo sótão transformado em estúdio enquanto Hannah mascava chiclete e rejeitava qualquer sugestão que a irmã fazia para o presente de aniversário de Rick. Precisavam ter alguma ideia até o final da tarde, antes de irem buscar Rick para o que ele achava ser um jantar de família na casa de sua mãe.

No pouco tempo que estava em Yorkshire Falls, Kendall acabara por conhecer bem Rick, suas expressões e o que se passava em sua cabeça. E apesar de não saber por quê, tinha certeza de que ele não curtiria muito o evento daquela noite. Ficou se remoendo sobre avisá-lo com antecedência ou não, mas então decidiu que não tinha direito de interferir na relação de mãe e filho, nem de trair a confiança e a surpresa de Raina.

Kendall preferiu se concentrar no presente que iria dar. Ela e Hannah concordaram em um presente conjunto, algo especial para Rick, que ninguém mais poderia pensar em dar. Tinham ficado avaliando a possibilidade desde a véspera. Sem sucesso.

"Abotoaduras de punho?", sugeriu Kendall.

Hannah revirou os olhos. "Lógico, e ele vai usá-las na camiseta."

"Prendedor de gravata?"

"Pelo amor...", falou, cruzando os braços. "O que você está querendo fazer? Transformá-lo num babaca?"

Kendall bufou e jogou as mãos para o alto. "Está bem, desisto! O que você gostaria de dar para Rick?" Até aquele momento, a única coisa sobre a qual haviam concordado era que deviam criar essa surpresa de aniversário em vez de comprar algo numa loja, o que seria mais impessoal. Com pouco dinheiro e crédito, Kendall ficara aliviada por Hannah ter gostado da ideia.

"Bem, já que você finalmente me perguntou, acho que devemos fazer um colar para ele. Nada muito veado, mas bem maneiro. Talvez de couro trançado." Hannah ficou andando ao redor da mesa de carteado, vasculhando os recipientes plásticos de Kendall, que continham uma variedade de pedras e contas. "Ei, o que é isso?" Pegou um punhado de contas redondas.

"*Rondelles* de hematita."

"Caramba! Será que poderia falar a minha língua?"

Kendall riu. "São contas redondas e lisas. Brilhantes e azul-escuras. Isso você pode perceber só de olhar. O termo técnico para o mineral usado na criação da joia é hematita, e *rondelle* descreve a forma. É daí que vem o nome *rondelle* de hematita."

Hannah ficou olhando-a com atenção, demonstrando em sua expressão um pouquinho de interesse. Talvez tivessem encontrado um assunto que as aproximasse, pensou Kendall. Adoraria ensinar a Hannah tudo o que sabia sobre contas e criação de joias, e ficaria feliz em aprender o que conseguisse do ponto de vista fresco e jovem de Hannah. Começaria por melhorar a confiança da irmã.

Kendall estendeu a mão para pegar as contas, e Hannah as transferiu da sua palma para a dela. Manuseou as pedras delicadas, lustrosas e as segurou diante da luz que vinha da janela. "Juntas, elas adquirem um ar masculino." Olhou para Hannah. "Você tem olho para a coisa, sabia?"

A irmã ficou vermelha. "Está bem, essas são bem legais. Então damos a Rick um colar de hemorróidas."

"Hematita, espertinha!"

Hannah soltou uma risadinha. "Tá! Vamos usar essas pedras."

"Sei exatamente qual pedra poderia quebrar essa uniformidade preta." Kendall vasculhou as contas prateadas e pegou a sua favorita. "Veja esta! Ela é artesanal na lateral. A mais ou menos cada vinte e cinco hematitas, colocamos uma dessas para criar contraste."

"Então vamos fazer logo!" Hannah esfregou as mãos e levou uma cadeira para a área de trabalho.

Kendall ficou empolgada ao ver a irmã animada e interessada por algo que ela adorava fazer. "Por que você não separa as hematitas mais bonitas enquanto eu vou preparando o arame?"

Meia hora depois, ainda estavam trabalhando no colar, Hannah ocupada em escolher contas perfeitas e fazendo todo tipo de perguntas enquanto trabalhava. Pela primeira vez desde que chegara, Kendall sentia que Hannah abaixara a guarda, permitindo que Kendall fizesse o mesmo. A sensação de família e união de que sempre sentira falta em sua vida surgiu naquele instante, e Kendall não pretendia dar um abraço de urso na irmã e correr o risco de estragar tudo.

"Então, como você começou a trabalhar com isso?", perguntou Hannah.

"Ah! Bem, com todas essas mudanças de casa que fiz, não tinha muitos brinquedos ou coisas. Mas, quando vim morar com tia Crystal, ela me ensinou a amarrar macarrão e, assim, a produzir joias. Usávamos vários tipos de massa e as enganchávamos. Então as pintávamos. Tia Crystral trabalhava com pedras de verdade, até que a artrite lhe paralisou as mãos. Acho que é possível dizer que a arte de criar joias está no sangue da família."

"Acho que ela fazia coisas para gente velha", falou Hannah, no tom arrogante que visivelmente estivera ausente a manhã toda.

Kendall franziu o cenho. "Crystal tinha talento." Olhou para as contas que Hannah escolhera. "E você também..."

"Certo. Como se fosse difícil escolher contas pretas." Hannah pegou um punhado delas e as atirou todas de volta na caixa, misturando as contas e desfazendo o trabalho meticuloso que acabara de realizar. "Aí está. Prontinho!"

"Ah, Hannah, por que isso?" Olhando a bagunça, Kendall sentiu um aperto no coração. "Você tinha separado tudo direitinho, e agora as misturou de volta." Horas de trabalho da irmã desfeitas sem um bom motivo.

Ou será que havia uma explicação que Kendall não sabia? Se houvesse, Hannah não parecia inclinada a dar. Ficou sentada com o queixo bem duro, deixando Kendall sem escolha a não ser refazer a conversa delas na cabeça.

A atitude da irmã mudara no instante em que Kendall mencionara tia Crystal, mas não entendia por que Hannah ficara nervosa ou com ciúme de uma parente velha que nem sequer conhecera.

"Hannah", tentou começar Kendall. "Você tem ciúme de Crystal? Do tempo que passei com ela?"

"Por que eu ficaria com ciúme? Só por você ter tido tempo para ela e não para mim?"

"Mas não foi bem assim..." Kendall tentou encostar em Hannah, mas sua irmã desviou o corpo.

"Não quero falar sobre isso."

E o maxilar rebelde dela dizia a Kendall que Hannah não estava brincando. Respirou fundo, sabendo que precisava mudar de assunto, e rápido, se quisesse voltar à aproximação que começavam a ter. "Gosta de fazer joias?", perguntou Kendall.

Hannah deu de ombros. "É legal."

Mas, lembrando-se de como a garota olhara para a seleção de contas, Kendall concluiu que era mais do que legal. "Sabe, eu costumava fazer joias de massa em todo lugar aonde ia. De casa em casa. Onde quer que eu morasse, ninguém se importava de eu ficar um bom tempo criando colares. Isso me mantinha quieta e sem os importunar até que eu tivesse de ir embora." Kendall deu de ombros. As boas recordações se misturavam com as más. "Estabilidade é uma coisa que eu nunca tive." Talvez conseguisse fazer Hannah ver o lado positivo da vida dela.

"Grande coisa! Ficar no mesmo lugar, ano após ano. Sem família por perto. Os amigos vêm e vão dependendo da situação da família deles. Não é tão incrível como você pensa." Os lábios cheios de *gloss* de Hannah formaram um bico.

Obviamente, Kendall não estava conseguindo aproximar-se da irmã. "Bem..."

"Senhoritas, onde vocês estão?" A voz de Pearl veio das escadas. O som de seus passos abafados rapidamente aumentou enquanto ela subia os degraus para juntar-se a elas no sótão.

Não estavam mais sozinhas. Kendall acabava de perder a oportunidade de conversar com a irmã e talvez, de alguma forma, ajeitar as coisas e tentar melhorar a frágil relação delas.

Rick logo notou a tensão quando Kendall o pegou e os conduziu à casa de sua mãe para jantar. Não sabia o que havia acontecido entre as irmãs mais cedo, mas era óbvio que ambas estavam chateadas e nenhuma delas queria falar muito com a outra.

Mas tinham muito a falar com ele. Pelo menos Kendall. "E aí, quando é que você ia contar que era seu aniversário?", perguntou-lhe.

"Isso mesmo, até Lisa Burton sabia! Você devia ter visto a cara de Kendall quando ouviu que Lisa sabia e ela não", falou Hannah, toda feliz, do banco traseiro.

"Fique sentada aí, quietinha!", ralharam Rick e Kendall ao mesmo tempo. Hannah estava intencionalmente provocando Kendall, tentando deixá-la furiosa, e ele tinha de admitir que ela era muito boa nisso... e em irritá-lo também. Ou talvez fosse apenas a data que o deixasse nervoso.

"Assunto delicado?", perguntou Hannah, antes de surpreendentemente fazer o que lhe fora mandado e se encaracolar no canto do carro.

Rick bufou. A menina tinha razão em vários pontos. O aniversário dele era realmente um assunto delicado. Aceitava a data e tolerava as celebrações em família organizadas pela mãe. Mas não tinha muita vontade de dar valor àquilo. Porque seu aniversário sempre acabava por marcar seu aniversário de casamento com Jillian, uma ocasião que ele preferia esquecer.

Kendall parou o carro na frente da casa de Raina, e Hannah pulou fora do carro. Quando Rick começava a fazer o mesmo, Kendall pôs a mão em seu braço, impedindo-o.

Ele virou-se para ela.

"Você devia ter-me dito", disse Kendall, sem deixar dúvidas sobre o que estava falando.

"Não é nada de mais."

Mas a mágoa em seus olhos doces dizia a Rick que não era bem assim. Ele não havia intencionalmente omitido a informação, apenas se recusava a admiti-la para alguém, inclusive para si mesmo. Mas não achava que Kendall aceitaria isso ou seria sensível à diferença, e nem ele se sentia à vontade para falar a respeito dos seus motivos de não querer abordar o assunto. Kendall e seus planos, sua partida eminente, tudo isso lhe lembrava muito o passado doloroso que não tinha vontade de repetir.

Como ele se mantivesse em silêncio, Kendall respirou fundo. "Vamos lá! Sua mãe está esperando." Ela saiu do carro, batendo a porta, deixando-o com a ligeira impressão de que, com seu silêncio, revelara algo precioso e importante.

Capítulo 10

"Surpresa!"

Rick recuou, assustado com a multidão que o aguardava dentro da casa de sua mãe, e ao olhar ao redor percebeu que caíra numa emboscada. Porcaria de festa-surpresa!, pensou. Preferia ter ficado sozinho naquela noite, assim como fora seu ritual por anos. E sua mãe podia ter sido mais inteligente, e não ficar reunindo aquele povo todo.

Adorava as pessoas, mas seu aniversário era um momento em que preferia ficar sozinho. Estar rodeado pelos próprios amigos que o faziam recordar a ex-mulher não era bem sua ideia de uma noite divertida. A mão de Kendall, de repente, pousou sobre seu ombro, num gesto de apoio. Uma boa surpresa, levando-se em conta a mágoa que ela demonstrara sentir antes. Imaginou que Kendall ainda aguardasse respostas, mas de qualquer forma gostou da percepção e da presença dela ao seu lado.

"Feliz aniversário!" Sua mãe lentamente andou até ele e o beijou no rosto.

Sabendo que o estresse não era bom para o coração dela e que ela devia ter se esforçado bastante para aquilo, forçou um sorriso. Cuidaria dela mais tarde, quando aquela plateia não estivesse mais por perto.

"Você não devia ter feito isso", disse, com os dentes cerrados.

"Para com isso! Não é todo dia que meu filho do meio faz 35 anos."

"Que comece o *show*!", gritou Norman entre a multidão.

Uma salva de palvas se ouviu, junto com gritos de "*Show, show, show...*"

"Que *show*?", perguntou Rick, com cautela, fazendo-se ouvir sobre os contínuos gritos.

Olhou ao redor, percebendo que Roman e Charlotte estavam ao lado de Chase, encostados na parede. Todos os três deram de ombros, quase em conjunto. Era óbvio que não iriam assumir a responsabilidade pela maluquice de Raina.

"Também estou no escuro", sussurrou Kendall. Assim como os irmãos, parecia que Kendall não queria se responsabilizar ou assumir a culpa. Conspirara com a mãe dele apenas para levá-lo até ali.

Um apito bem alto interrompeu os gritos por um breve instante, antes de reiniciar.

"Está bem, acalmem-se!" Raina gesticulou com as mãos, indicando que todos deveriam ficar quietos.

Rick olhou para ela, preocupado, e Raina rapidamente se sentou na cadeira mais próxima.

Isso pareceu silenciar a multidão incontrolável.

"Bem, vocês todos sabem que não posso mais cuidar das coisas", falou, com delicadeza. "Assim, contratei um mestre de cerimônias." Apontou um dedo curvado para Rick, e ele se aproximou. "Tentei fazer com que seus irmãos cuidassem disso, mas eles se recusaram."

"Devo uma a eles", sussurrou.

"Bem, vamos começar!", sugeriu Raina.

"Para podermos comer!", alguém gritou, do fundo da multidão.

Rick franziu a testa para descobrir de quem era aquela voz estranha, e correu o olhar entre as pessoas em busca do indivíduo. "Samson, é você?"

Rick não vira o velho de cara, que era mestre em se misturar numa multidão. O homem-pato, com as crianças chamavam Sampson Humphrey, passava o dia todo no parque ao lado do Norman's, ignorando a maioria das pessoas, e parecia um mendigo, mas não o era. Era também o ladrão de calcinhas, apesar de ninguém, exceto Rick, Charlotte e Roman, saber disso. Surgir em meio a uma grande reunião de pessoas não era bem o estilo do velho. A não ser que...

"Lógico que é ele. Ele não iria perder uma boca-livre de sanduíche de frango do Norman's", falou Norman.

"Lógico que não!", gritou Samson, confirmando a suspeita de Rick. "Mas se você usou aquele mostarda de mel meio estranha, não vou comer."

Norman rosnou bem baixinho: "Ora, seu ingrato!..."

Antes que Rick pudesse interferir, Raina bateu palmas, provavelmente para interromper o tumulto antes que recomeçasse. Então, sem avisar, um séquito desceu as escadas.

"Rick Chandler, está é a sua vida", disse Big Al, o técnico de beisebol do colegial, já aposentado, em seu microfone sem fio, cujo volume estava bem alto, parecendo que ele não se importava com o fato de estarem dentro de casa.

Rick olhava, incrédulo, para seu passado, que parecia desfilar diante de si. Uma mistura eclética de velhos professores, técnicos e amigos formou um círculo na sala de estar de sua mãe.

Sentiu uma pontada no estômago. "Isso não pode estar acontecendo..."

"Lógico que pode." A alegria de sua mãe era equivalente à sua sensação de que algo ruim ainda estava por vir

Com Kendall ao seu lado e Hannah rindo no canto, Rick foi empurrado através do amontoado de pessoas. Por fim, recebeu um assento na primeira fila, rodeado por sua mãe, seus irmãos, Charlotte, Kendall e Hannah. O restante dos convidados se amontoou ao redor deles.

"Que comece a diversão!"

Rick recuou com a barulheira. Claramente, Big Al achava que estava num campo de futebol.

"A senhora Pearson, recentemente aposentada pelo Ginásio de Yorkshire Falls, lecionou para Rick no jardim de infância. Pode vir aqui, sra. Pearson?" Al entregou o microfone para a mulher pequenina, de cabelos grisalhos, à sua direita.

"Testando. Testando." Segurou o microfone próximo aos lábios e emitiu um grunhido bem agudo que fez a sala inteira arrepiar e bufar. "Desculpem-me. Faz muito tempo que não uso uma dessas porcarias. Quero dizer, coisas. Depois que me aposentei, perdi as papas na língua." Riu. "De qualquer forma, vamos em frente."

"Por favor, não faça isso!", gritou Rick.

"Não seja medroso, irmãozinho. Você pode enfrentar isso." Chase cruzou os braços e soltou uma risadinha.

Ah, como Rick queria descontar isso no aniversário dele...

"Rick era um garoto criativo", falou a senhora Pearson, no seu melhor estilo professoral. "E desde o começo ele sabia como conquistar as pessoas. Era também um belo de um empresário. Ora, lembro-se de certa vez, no parquinho, ter visto todas as crianças – na maioria, meninas – ao redor dele."

"Rick sempre foi um conquistador", falou Raina.

Rick balançou a cabeça, sentindo-se enrubescer. Será que ele não estava muito velho para sua mãe fazê-lo corar? Lógico que não. Droga!

"Ora, ora, nada de interrupções", repreendeu a senhora Pearson, mas com um sorriso no rosto, curtindo sua volta ao centro das atenções, mesmo que breve. "Acontece que o jovem Rick tinha ido ao médico para um *check-up* no começo da semana. Doc Little, lembram-se dele, agora falecido?"

Houve um murmúrio de assentimento e "Que Deus abençoe sua alma" ao redor da sala.

"Bem, parece que Doc Little disse a Rick que os ouvidos dele eram tão limpos que quase dava para ver a China. Rick, sendo um garoto esperto, juntou as crianças e estava recolhendo centavos... de qualquer um que quisesse ver, em primeira mão, como era a China."

Os convidados deram um viva à senhora Pearson quando ela passou o microfone à senhorita Nichols, outra professora do primário, que fazia lembrar Lucille Ball.

"Espero que não tenhamos de passar por todas as séries", falou Rick.

"Ah, não! Apenas os pontos altos", garantiu Raina, dando-lhe um tapinha na mão.

"Muito bom."

Kendall riu, e a imitação de *Essa é sua vida* continuou. Rick resistiu à história não tão terrível da ainda ruiva senhorita Nichols, uma recordação de suas travessuras no ginásio contada por outra professora e histórias embaraçosas do colegial, como quando o técnico o pegara dando uns amassos nas garotas atrás da arquibancada.

Tinha de dar a mão à palmatória à mãe. Ela conseguira tornar a noite mais leve e até mesmo fazê-lo esquecer do que a data significava, pelo menos por um tempo. Ao ver o sorriso sagaz dela, sabia que planejara aquilo de propósito. Antes de poder definir se isso era algo bom ou não, sentiu Kendall agarrando-lhe a mão. Quente e delicada, a pele dela deslizava na sua, lembrando-o das saudades que tinha de estar sozinho com ela.

Inclinando-se, Kendall sussurrou em seu ouvido: "Estou descobrindo mais coisas sobre você nesse *show* do que você jamais me contou."

"Nunca escondi nada de você." Com Kendall, Rick sentia-se melhor, entregando-se de uma forma que nunca fizera antes. E, no aniversário do maior desastre de sua vida, isso o deixava assustado.

Kendall o assustava. Não era algo fácil de admitir. De maneira alguma, pensou Rick – exceto pela lembrança que o deixava arrasado de que Kendall, assim como Jillian, iria embora –, esconderia algo de Kendall. Na verdade, eles haviam ficado íntimos até demais.

Antes que Kendall pudesse responder, sua mãe falou ao microfone. "Como vocês todos sabem, tenho os melhores filhos do mundo. Mesmo que eles ainda não tenham me dado um neto." Atrás dela, Eric limpou a garganta, obviamente descontente por ela estar usando um evento público para divulgar sua reclamação.

Rick também não ficou feliz por isso. A diferença é que ele se acostumara a essa reclamação. Sua mãe viu seu olhar e tocou-lhe a bochecha. "Mas, sério, tenho filhos maravilhosos. Eles cuidam de mim quando preciso." A mão dela pousou sobre o peito.

E seu olhar fixou-se num ponto bem distante – como uma pessoa suspeita que tenta esconder algo. Mas aquela imagem não fazia o menor sentido.

"Então", continuou Raina, deixando os pensamentos de lado, "tenho o prazer de contar minha história favorita sobre meu filho do meio."

"Posso ir embora agora?", perguntou Rick, irônico.

"Só se você quiser ser trazido à força e preso em suas próprias algemas", gritou alguém.

Kendall sufocou o riso, mas acabou soltando um soluço bem alto.

"Está certo, está certo. Vamos lá, pode prosseguir!", falou Rick.

Colocou um braço ao redor dos ombros da mãe, grato por ela se preocupar em fazer do seu aniversário algo especial e grato por ela ainda estar ali para celebrar com ele. Ainda por ali. Pensar isso o deixava arrepiado. Assim como o único pedido que Raina fizera que ainda não fora realizado.

Netos. Algo que ele quase dera a ela quando se casara com Jillian. Raina, graças a seu bom coração, recebera bem e fizera todos os preparativos para o bebê de Jillian, como se fosse um Chandler de carne e osso. Ao contrário dos pais de Jillian, que a rejeitaram, Raina recebeu Jillian de coração aberto. E, assim como o de Rick, o coração de Raina ficara despedaçado. Mas ela nunca ficava lembrando o passado, nem mesmo quando discutiam seu desejo por netos. Nunca o culpou, ou forçou o assunto quando ele não queria falar nada. Porque ela era mãe dele e o amava incondicionalmente. Apesar de se terem passado muitos e muitos anos, Raina ainda não tinha o neto que tanto desejava. Nem mesmo de Roman, que se casara havia alguns meses.

Netos..., pensou novamente, e seu olhar voltou-se para Kendall.

"Bem, minha história é de quando Rick tinha três anos." A voz de Raina e suas lembranças da infância trouxeram um respiro muito bem-vindo aos pensamentos provocados pelo aniversário acompanhado do aniversário de casamento.

"Pensei que já tínhamos passado havia muito da época de colegial dele", falou Roman.

Assim como Rick, ele sabia o que sua mãe pretendia fazer, e não era nada bonito. Rick olhou para o irmão, agradecendo, apesar de ambos saberem que a mãe não seria dissuadida. E estavam certos a respeito disso.

Raina ignorou Roman e continuou, mexendo-se em sua cadeira, olhando para a multidão a fim de causar maior impacto. "Adivinhem qual a fantasia que meu adorável filho queria usar no Halloween?"

"Acredito que não fosse algo básico como fantasma ou duende...", falou Kendall, inclinando-se e encostando os seios no braço dele.

Ele engoliu um suspiro e balançou a cabeça. "Fique ouvindo."

"Chase, Rick e eu estávamos no carro quando ele nos contou que queria ser a fada madrinha no Halloweeen."

A multidão explodiu em gargalhadas e aplausos. Aquela porcaria de calor voltara a lhe aquecer as bochechas. Droga!, estava muito velho para aquilo. Mas não conseguiu deixar de rir da história. Nem Kendall. Ela ria muito, não conseguindo parar nem quando Rick lhe deu uma cotovelada nas costelas.

"Me desculpe", falou, tentando recuperar o fôlego. "É que não consigo imaginar isso."

Ele revirou os olhos. "Nem eu, mas ela jura que é verdade."

"Ah, é?" Um sorriso sedutor surgiu-lhe nos lábios, ao mesmo tempo que os olhares se encontraram e uma forte batida de tensão sexual pulsou entre eles. Algo totalmente inadequado, levando-se em consideração a quantidade de pessoas que os rodeava – mas ele também não se importava muito com isso.

"Conte-nos mais da fadinha", uma voz que parecia ser de Samson gritou do fundo.

Rick fez que não com a cabeça. Tudo o que podia fazer era forçar um sorriso e aguentar. Com Kendall mantendo-o quente e as ideias focadas em levá-la para a cama, podia lidar com qualquer coisa.

"Bem, como você perguntou..." Raina riu. "A avó de Rick leu *Cinderela* para ele, e ele ficou gamado pela fada que realizava qualquer desejo. Eu sabia muito bem que John, se descobrisse isso, iria matriculá-lo numa pré-escola militar, por isso jurei para ele que manteria segredo e prometi pacotes de cartões de beisebol se nunca contasse ao pai."

Ouviu-se uma salva de palmas. Rick suspirou longamente, surpreso por suas travessuras da época de criança divertirem aquelas pessoas e comovido por todos terem vindo até ali por ele.

"Está bem, o *show* acabou." Eric pegou o microfone das mãos de Raina. "Minha... paciente... precisa descansar. Há comida, feita pelo melhor restaurante da ilha, o Norman's, na cozinha. Sintam-se em casa. Comam, bebam e sejam felizes." Ergueu um copo para Rick. "Feliz aniversário, filho!"

Rick piscou, sem saber se ouvira bem, acreditando que ele disssera "filho" mais como um termo carinhoso do que literalmente. Mas bastou uma espiada e Rick entendeu – aquela palavra tinha uma abundância de significados, tanto para sua mãe como para ele. Quanto a Raina, Eric Fallon não tinha com que se preocupar. Rick, assim como todos os filhos dela, desejava que a mãe fosse saudável e feliz. E a felicidade ela descobrira com Eric. Após vinte anos de solidão, Eric dera a ela algo especial, e Rick sentia que devia muito àquele homem por isso.

Apesar de não ter um copo, olhou para Eric e fez um aceno de aprovação com a cabeça. Um sinal cheio de compreensão, de homem para homem. Rick não tinha pai havia anos, mas, se existisse alguém que merecia sua mãe, esse alguém era Eric.

Rick adiantou-se para apertar a mão do médico e a seguir virou-se para Raina. "Eu te amo, mamãe."

"Eu também te amo. E Rick..." Havia traços de umidade em seus olhos.

"O que foi?"

Ela abriu a boca, mas logo a fechou novamente antes de apontar para onde Kendall estava. "Apenas queria dizer que ela está te esperando. E sei que você se importa com ela. Essa expressão em seus olhos...? Nem com Jillian você ficava assim."

"Bem, pelo menos estou previamente ciente das consequências. Mas você não precisa ir descansar agora?" Embora ela não parecesse tão cansada quanto ele imaginava que estaria. Com problemas no coração, muito pior do que uma hipertensão, como ela mesma definira alguns meses atrás, Raina ficava rapidamente cansada. Estava com sérios problemas de saúde. Contudo, com certeza, ela não parecia correr riscos naquele momento.

"Você não sabe de nada!", falou Raina, referindo-se a Kendall. "Quando se quer muito uma coisa, é preciso ir atrás." Ela deu-lhe um tapinha nas bochechas. "Pense nisso! E Eric está certo. Preciso ir descansar." Raina empoleirou-se no braço do velho. "Falou que posso passar a noite na casa dele para que a festa possa seguir aqui. Até me ofereceu a cama dele para dormir." Um leve rubor surgiu-lhe nas bochechas. "Quero dizer, pegar emprestada a cama enquanto ele dorme no sofá, já que a festa aqui vai até tarde." Virou-se para Eric, implorando com os olhos. "Tire-me logo daqui, antes que eu faça papel de idiota."

"Já está fazendo, querida." Eric balançou a cabeça e riu. "Mas seu desejo é uma ordem. Vamos embora, antes que você se encrenque. E crie mais confusão. Não se preocupe! Vou tomar conta dela, Rick."

"Não tenho dúvidas de que irá." Rick inclinou a cabeça, dando sua sutil bênção, e então ficou olhando o casal de velhos atravessar a multidão e sair pela porta.

Que noite, e mal tinha começado! Kendall ainda parecia ocupada com a irmã, assim Rick dirigiu-se para as bebidas leves na mesinha de canto. Serviu-se de um refrigerante, ergueu o copo e sussurrou: "Parabéns para mim, nesta data querida, muitas felicidades..."

"Sempre canta sozinho?" Kendall surgiu por trás dele, serpenteando-o pela cintura com os braços.

Sentia a pressão dos seios dela em suas costas, e o calor o penetrava, amolecendo seu coração e ao mesmo tempo enrijecendo seu corpo, deixando-o com um desejo ardente.

Ele riu. "Fui pego no flagra!"

"Adorei aquela história sobre a fada madrinha."

"Você e todo mundo aqui na sala", murmurou.

"Tudo por um pacote de cartões de beisebol." Girou sobre os calcanhares e, agora, estava de frente para ele, com os braços ainda firmes ao redor da sua cintura. "Não sabia que o senhor podia ser comprado, policial Chandler", falou com voz rouca.

"Isso foi há muito tempo. E não foram os cartões, mas sim o chiclete."

"Pensei que você havia dito que não se lembrava do incidente..."

Ela ergueu as sobrancelhas, fazendo surgir uma ruga no cenho, e Rick ansiou por beijá-la. "Não me lembro. Mas, assumindo que seja verdade e não uma fábula da imaginação hiperativa de minha mãe, eu tinha apenas três anos de idade. O que acha que me atraía mais: os cartões ou o chiclete?"

Kendall jogou a cabeça para trás e riu. "É verdade. E isso me diz que você pode, sim, ser subornado."

"Estamos falando de crimes?"

Ela fez biquinho, o que estimulou ainda mais a fome de Rick. "Não. Estamos falando de você e de mim."

Um rugido bem baixinho veio de sua garganta. "Ah, agora sim!"

Kendall forçou um sorriso. Não sabia como ele reagiria se percebesse o que estava se passando em sua cabeça. Depois de uma noite pensando sobre o passado de Rick, deu-se conta de quão pouco sabia sobre ele. E de quanto gostaria de saber. Quando lhe dissera um pouco mais cedo que estava descobrindo mais coisas através do *show* do que através dele mesmo, não estava brincando. Rick não lhe contara sobre seu aniversário. Nem o mencionara.

Rick Chandler, um homem aberto, cheio de vida, falador, mantivera-se em silêncio. E ela odiou aquilo. Rick sabia mais sobre a vida de Kendall do que ela sobre a dele. Até aquela noite ela não sabia se aquilo havia sido intencional.

O *show* provocara sua curiosidade a respeito de Rick, e já era hora de descobrir quanto aquele homem estava disposto a revelar. "Então, voltando ao suborno... Você afirma que não há nada que eu possa oferecer que o incitasse a revelar os seus maiores segredos?"

Apesar da festa e das pessoas, seu olhar fixou-se no dela, desejoso e totalmente ciente das profundezas mais obscuras. "Ah, tenho certeza de que há algo que você pode me oferecer que me faria deixar meus princípios de lado." Ele mantinha o contato visual, hipnotizando-a, provocando-a com sua expressão de desejo.

"Tem certeza de que não colocaria seu trabalho em risco?"

"Algo me diz que valeria a pena. O que vai me oferecer em troca de informações?", perguntou, inclinando-se na direção dela.

O hálito dele aquecia-lhe as bochechas, e o corpo dela ardia de desejo e necessidade. Mas ele ainda não prometera falar. Não dissera que revelaria o que ela queria saber. Sua vida. Seu passado. Seu casamento. Era óbvio que Rick se aperfeiçoara na arte de manter distância, ao mesmo tempo deixando parecer que havia intimidade. Ela ficava se perguntando se ele sabia agir de outra forma. Abrir-se e arriscar-se a ser magoado.

E ela? Sabia?

Sentiu um arrepio diante do olhar dele, sabendo que, até aquele momento, a distância mantida fora suficiente. Provavelmente porque fora mais segura para ela também. Ainda era. Mas, então, por que lutar contra aquilo?, perguntava-se. Por que pressioná-lo para contar mais?

De repente, o microfone voltou a emitir sons agudos e uma voz de mulher interrompeu a festa animada e também a conversa quente de Rick e Kendall. "Estava esperando Raina ir embora antes de apresentar a última das surpresas da noite para Rick."

"O que está acontecendo?" Kendall virou-se para ver melhor, e Rick ficou paralisado ao seu lado.

"Lisa...", sussurrou ele. "Droga, eu já volto!"

"Ah, não! Eu vou junto." Kendall queria ouvir aquele relato em primeira mão. Seguiu Rick através da multidão.

Infelizmente, Lisa continuou falando. "*Esta é sua vida, Rick Chandler* não seria completo sem um resumo dos seus últimos anos. Percebi que ninguém mencionou o nome de Jillian Frank."

A sala ficou em silêncio. Rick surgiu ao seu lado. "Dê-me o microfone e pare de se envergonhar."

Lisa baixou o equipamento, mas não o soltou. "Sou professora. Muito pouca coisa me envergonha." Em seguida, ergueu o microfone e voltou a falar. "Apenas queria desejar a Rick um feliz aniversário de casamento também."

Kendall respirou fundo. "O quê?" Não pretendia dizer aquilo alto, mas era óbvio que estava descobrindo por que Rick não mencionara seu aniversário para ela antes. O dia lhe era muito doloroso. Sentiu um nó no coração, misturando-se com sua própria dor.

Hannah aproximou-se de Lisa. "Você é patética!..."

Kendall sabia que as coisas podiam degringolar rapidamente. Parecia que Rick também sabia, porque seu olhar procurou Roman, e segundos depois Roman e Charlotte afastaram Lisa da reclamona Hannah.

"Vamos ficar com ela hoje à noite", gritou Charlotte por sobre os ombros, e então conduziram a garota porta afora. Hannah ficou resmungando até a porta se fechar atrás deles.

Kendall soltou um suspiro de alívio. Um problema a menos. Agora o outro, pensou, virando-se para Lisa. Kendall percebeu que o resto da cidade continuava comendo, bebendo e bocejando, como se considerassem o comportamento de Lisa parte da diversão da noite. Para eles, era isso mesmo.

Para Kendall, era uma revelação terrível, e ela se recusava a dar a Lisa a satisfação de saber que a havia atingido. Nem mesmo quando Lisa se voltou para Kendall.

"Você é provavelmente a única pessoa na cidade que não sabia que o aniversário de Rick coincide com o dia em que se casou com a amiga grávida. Não que isso mude muita coisa, já que ela o largou para ficar com o pai do bebê. Mas ele nunca superou isso. Nunca se envolveu seriamente depois. Portanto, não ache que será você quem irá mudar isso..."

Rick tirou-lhe o microfone da mão ao mesmo tempo que o comandante Ellis se aproximava de Lisa. "Desculpe-me, Rick", disse o comandante, com a boca cheia de comida. "Eu estava na cozinha experimentando os *petit fours* de Izzy. Caso contrário, teria agido mais rapidamente. Essa senhora foi convidada?"

"Lógico que não", murmurou Rick.

"Invasão, perturbação da paz..." O comandante Ellis começou a listar as infrações e, junto com Rick, conduziram Lisa até a porta.

Enquanto isso, a mente de Kendall girava com palavras cujo significado ela não conseguia determinar. Aniversário de casamento. Grávida. Bebê. Queria compreender a cabeça de Rick, seu passado. Acabara de saber tudo de uma vez só. Mas preferia ter ouvido isso dele.

O estômago de Kendall estava revirado, e ela tentava entender o que o fato de ser largado por uma esposa grávida podia fazer a um homem como Rick. Um homem com um código de honra forte. Um homem que se dispunha a casar-se com uma amiga grávida. Esfregou as suas doloridas têmporas com as mãos. Não era de estranhar que ele se afastasse de relacionamentos. Não era de estranhar que fosse cauteloso com as mulheres. E não era de estranhar que fosse ainda mais cauteloso com Kendall, pois ela lhe dissera desde o início que iria embora.

"Está bem, gente, o *show* acabou." Chase bateu palmas e ouviram-se murmúrios de concordância do pessoal. E, virando-se para Rick: "Você realmente sabe como fazer uma festa!"

"Não sei se você se lembra, mas sou o convidado de honra. Se fosse por mim, não teria havido festa." Ele esfregou os músculos da nuca, que ficavam cada vez mais tensos.

"E agora sei o porquê disso." Kendall surgiu por trás deles. "Por que você nunca mencionou seu aniversário... ou seu aniversário de casamento."

Chase limpou a garganta. "Será que esse é o início de uma discussão de relacionamento?"

"Não te interessa!", responderam Kendall e Rick ao mesmo tempo.

Chase riu. "Parecem marido e mulher. Faz lembrar de quando mamãe costumava terminar os pensamentos de papai."

"Vamos embora!", falou Rick, agarrando a mão de Kendall.

"Só vou embora se você prometer falar comigo", sussurrou ao ouvido dele.

"Vou falar se você escutar", prometeu Rick.

Kendall encarou o que ele acabara de dizer como um desafio. Afinal de contas, já escutara naquela noite, e não tinha dúvidas de que ouvi-lo recontar seu passado seria tão difícil para ela quanto fora para ele viver aquilo.

Rick não era uma pessoa de falar muito. Mesmo com seu jeito brincalhão e tendo muitos amigos, as discussões sérias a respeito de sua vida eram algo que ele evitava. Nunca se dera conta dessa sua característica... até aquele momento. Mas, enquanto levava Kendall para o seu apartamento, foi tomado por uma sensação de claustrofobia, e começou a suar em bicas.

Jogou as chaves sobre o balcão e teve uma ideia. "Venha comigo!"

"Aonde?", perguntou Kendall. "Pensei que já estivéssemos aqui." Abarcou o apartamento com a mão. "Quatro paredes e o quarto, onde eu me recuso a entrar até que tenhamos conversado."

Rick foi até as janelas que davam para a enorme saída de incêndio e ergueu uma, deixando-a bem aberta, para que até mesmo uma pessoa alta pudesse se inclinar e passar. E apontou com a mão para o lado fora. "Venha comigo para o terraço!"

"Você está brincando, não é?"

"Não. Quando Charlotte alugou este lugar, ela costumava usar a saída de incêndio como uma espécie de deque. É um lugar isolado e cabem duas pessoas." Rick abaixou a cabeça e saiu, estendendo a mão para ajudar Kendall a fazer o mesmo.

Rick aguardou até que Kendall se ajustasse, o mais confortável possível, na superfície de ferro, e sentou-se ao lado dela, com os joelhos dobrados. "Não é bem o paraíso, mas serve."

"Na verdade, é bem parecido." Ela ergueu o rosto na direção da brisa quente e soltou um suspiro de satisfação. "Imagino que você estivesse se sentindo meio claustrofóbico lá dentro..."

Ele ficou sério. "Por que diz isso?" Telepatia não era algo com que ele estivesse acostumado, e já haviam entrado em sincronia duas vezes naquela noite. A piadinha de Chase sobre serem casados fora suficiente para deixá-lo bem constrangido.

Kendall o encarou. "Porque eu pedi para você falar. Para se abrir. E como até o momento você não chegou nem perto disso, imaginei que estivesse se sentindo encurralado agora."

"E como você sabe tudo sobre sentir-se encurralado..." Rick arriscou um palpite preciso, sabendo que ela passara a vida toda fugindo do que quer que fosse que a impedisse de assentar em um único lugar.

"Será que você poderia parar de fazer isso?", disse ela, batendo a mão com força no chão, indicando sua frustração. "Ai. Droga!" Ela balançou a mão para acalmar a dor.

Rick pegou-lhe a mão e deu um beijo na pele que ardia.

Ela puxou a mão com tudo. "Não tente me distrair. Você rapidamente tenta virar a mesa contra mim. Eu te faço uma pergunta e, segundos depois, lá estou eu contando tudo para você."

Rick deu uma risadinha. "O que posso dizer? Recebi treinamento de técnicas interrogatórias."

"Treinamento de técnicas de ser fugidio, melhor dizendo", murmurou. "É você quem está se sentindo encurralado agora, não eu."

Rick ergueu a cabeça para admirar a escuridão do céu noturno. Chegara a hora de ou revelar suas dores mais íntimas ou deixar Kendall de vez, antes que ela o largasse. Algo que, de qualquer forma, era bem provável que ela faria. Esfregou a nuca com a mão. "Jillian e eu nos conhecíamos desde que ela se mudara para a cidade. Eu era alguns anos mais velho do que ela, mas nos tornamos bons amigos e assim fomos por todo o colegial."

"Apenas amigos?", perguntou Kendall.

"Isso, apenas amigos."

"Mas você queria mais do que isso..."

Ele deu de ombros. "Eu era um rapaz. Ela era uma garota bonita. Lógico que eu queria mais." Rick queria narrar essa história da maneira menos dolorosa possível, sem envolver emoções ou técnicas de dramaturgia. "Terminei o colegial e fui para Albany fazer faculdade, onde estudei e entrei na polícia. Jillian estava lá também. Havia terminado o terceiro ano da faculdade quando veio para casa, nas férias."

"Grávida..." Kendall colocou a mão sobre o braço dele, e ele a cobriu com a sua.

"De quatro meses."

Kendall suspirou.

Mesmo que estivesse arrancando à força aquela história dele, naquele momento sua presença e apoio significavam muito para Rick. Não havia ninguém mais, além de Kendall, com quem desejasse compartilhar seu passado. Também não havia ninguém, além dela, com quem desejasse compartilhar seu futuro. Esse pensamento o atingiu com mais força e causando mais impacto do que se tivesse engolido uma bala de revólver.

"Você está bem?"

"Sim." Então tá...

"Então termine a história!", estimulou-o, de maneira gentil.

Rick foi buscar coragem em algum lugar bem escondido dentro de si. Não sentia mais nada por Jillian, pelo menos disso tinha certeza. Naquele momento, não estava mais lidando com um sentimento adormecido ou um amor perdido. Mas estava enfrentando uma perda. Uma perda que nunca admitira antes. Porque a saída de Jillian representava o fim de uma vida que ele sempre quisera ter. Uma vida que adoraria, mas que nunca teria.

Ou pensou que teria quando conhecera Kendall. De alguma forma, essa viajante havia reacendido nele o desejo de ter uma família, algo que julgara ter deixado de lado. Ironicamente, mesmo quando ela lhe provocava um sentimento de nostalgia, isso não o destruía.

Mas Rick não podia culpar Kendall, porque ela fora honesta desde o começo. Por sempre lhe haverem faltado amor, carinho e estabilidade, durante toda a sua vida, ela acreditava que seria melhor não se fixar em um único lugar. Nem conseguia confiar no que as outras pessoas diziam ou faziam. Contudo, ela sabia exatamente como fornecer e despertar todos esses sentimentos maravilhosos nos outros – em Hannah e em Rick. Kendall simplesmente tinha medo de tentar assumir esses mesmos sentimentos para si.

"Rick?" Ela o chamou, hesitante. "Se não conseguir fazer isso..."

"Eu consigo." Não podia forçá-la a ficar, mas podia abrir-se com Kendall naquele momento e ainda acreditar que ela poderia mudar de ideia. A forma como ela fora sincera com ele mais cedo exigia dele, naquele momento, a mesma honestidade. Rick juntou novamente as ideias para explicar: "Jillian contara ao pai da criança que estava grávida, mas ele havia acabado de se formar e não estava pronto para assumir um compromisso".

"Legal da parte dele ter informado isso ao seu próprio esperma", falou Kendall, enojada.

"Concordo plenamente contigo", disse Rick, e soltou uma gargalhada amarga. "Ela já estava bem adiantada para um aborto, e os pais dela a expulsaram de casa. Parecia cena de novela... não parecia real. Pelo menos, não dentro da realidade de Yorkshire Falls. Mas ela apareceu na minha porta. Eu tinha acabado de alugar um pequeno apartamento perto da estação de trem da cidade. Jillian se mudou para lá, e as coisas progrediram a partir daí."

"Bela descrição. Preto no branco." Kendall encostou-se na grade e o fitou, incrédula.

Ficou a estudá-lo como se pudesse descobrir não apenas o que ele estava pensando, mas também sentindo. Jillian o compreendera também, porém de uma forma superficial. Sabia que ele a receberia de braços abertos e nunca a decepcionaria. Mas não o compreendia, nem se importava em tentar conhecê-lo melhor. Suas próprias necessidades vinham em primeiro plano, um padrão que continuara mesmo depois de eles terem se casado e o pânico da incerteza ter passado.

Mas Kendall estava ali naquele momento, perguntando sobre seu passado, seus sentimentos. Era óbvio que ela se importava com o que motivava suas ações. Ela também queria que Rick fosse feliz. Pela experiência dele, essa qualidade era rara, e dava ainda mais valor a Kendall por isso. Ninguém jamais o compreendera tão bem.

"O que você sentia por Jillian não era uma coisa apenas hormonal, era?", perguntou Kendall.

A pergunta dela confirmou seu palpite. Kendall o compreendia bem. Bem o suficiente para entender o que ele sentia por Jillian? Não tinha muita certeza, ao menos porque até aquele momento ele escondera seus sentimentos até mesmo de si próprio.

Rick amava Kendall. E esse sentimento estava lá, naquele momento, para ele reconhecer, admitir e sentir. Ele a queria em seu futuro porque a amava. E não tinha a menor ideia do que iria fazer sobre isso.

Como policial, Rick não estava acostumado a ficar parado, e assim que descobria algo, logo agia. Recusava-se a olhar para trás e dizer que não havia dado tudo de si – para qualquer pessoa, coisa ou situação. Esticou as pernas, o máximo que a área pequena e restrita permitia, e olhou para Kendall.

Uma brisa úmida despenteou o cabelo dela, e Kendall cerrou os lábios levemente brilhantes, dando-lhe tempo para formular uma resposta. Mas, sentada naquele lugar, imóvel e tensa, esperando ouvir como Rick se sentia a respeito da ex-esposa, Kendall não tinha a menor ideia de que tudo o que Rick conseguia pensar naquele momento era em como se sentia a respeito dela, não de Jillian.

"O que a faz ter tanta certeza de que o que eu sentia por Jillian ia além da necessidade de ajudar uma amiga?"

Kendall deu de ombros, mas ele percebeu que havia algo naquele gesto além de um simples desdém. "Você é o famoso cavaleiro branco, mas nem mesmo você abriria mão de sua vida casando-se com alguém que não amasse. Favores e benevolência têm limite. Até mesmo para Rick Chandler", falou, irônica. "Não me entenda mal, acredito que você teria ajudado Jillian de qualquer forma, mas para ter se casado você devia gostar dela." Fez uma pausa e respirou fundo. "Devia amá-la."

Rick ergueu uma sobrancelha, surpreso por ela ter trazido a palavra àquela simples conversa. "Meu sentimento por Jillian era mais do que amizade", admitiu. "Sempre houve atração sexual. Estaria mentindo se dissesse que isso não contribuiu para que eu me casasse."

Kendall olhava para ele de olhos arregalados.

Se Rick tivesse de arriscar um palpite, diria que Kendall estava prendendo a respiração. "Olhando em retrospecto, posso dizer que amava o que Jillian representava. A ideia da vida que poderíamos ter juntos. A perfeita unidade familiar." Ele balançou a cabeça ao se lembrar de como era jovem e inocente. E de como sua vida estaria estragada se o pai do bebê não tivesse recuperado a consciência... sabia agora. "Mãe, pai, bebê. Droga, quase comprei um cachorro para nós, para deixar a foto ainda mais perfeita."

Virou-se para Kendall. Estava ajoelhado, tentando convencê-la. "Gostava o suficiente para me convencer de que devia me casar com ela, mas não a amava."

Seria sua imaginação ou ela acabava de soltar um suspiro de alívio? Rick queria sorrir, beijar aqueles lábios ainda cerrados, mas conteve-se, sabendo que precisava dizer mais algumas coisas antes. "Aquela vida que eu achava que seria perfeita teria sido uma forca para mim. Uma forca da qual nunca conseguiria me livrar."

Os olhos compassivos de Kendall encontraram os dele. "Jillian era sortuda por tê-lo. Mas você está certo. Duas pessoas que se casam pelos motivos errados, no final das contas, serão infelizes. Ainda assim, ela nunca se deu conta de como tinha sorte, não é?"

"Na verdade, sim. Recebi uma carta no primeiro Natal depois de ela ter ido embora. Um pedido de desculpas e um agradecimento, tudo junto. Tinha a vida que queria e estava feliz. Era tudo o que eu queria para ela."

"Mas você carregou consigo a dor por todo esse tempo?"

"Carreguei a ideia de perder algo. Nunca me dei conta, até agora, de que Jillian não retirou nada de mim. Ela me devolveu a chance de viver." Rick estava impressionado com as revelações que se podia ter numa conversa. Desde que se estivesse conversando com a pessoa certa.

Toda a barreira que ele havia construído se esfarelou como se nunca tivesse existido. Era um homem pisando em algo frágil, mas não tinha escolha a não ser assumir o risco.

"Então você não lamenta mais ela ter ido embora?", perguntou Kendall.

Ele fez que não com a cabeça. "De jeito nenhum." Ao menos, desejava o bem para Jillian e agradecia, por dentro, por ela ter ido embora. "Se ela não tivesse ido morar com o pai do bebê, que diabos eu faria quando você surgisse na cidade?"

Kendall ria, mas não havia um humor real no som que emitia. "Você teria me olhado de cima, com meu cabelo rosa e aquele vestido de noiva, e teria me deixado na casa de minha tia, indo então para o outro lado."

"Não teria feito nada disso...", falou ele, resmungando baixinho.

"Bem, você não iria precisar de uma namorada de mentira. Isso com certeza. E definitivamente não precisaria de mim."

Rick agarrou-lhe o rosto com as mãos. Será que Kendall não sabia o que sentia por ela? Será que ela não conseguia ler em seus olhos, perceber em suas palavras, mesmo que ele não as tivesse pronunciado alto e claramente?

Ou talvez estivesse apenas fingindo ignorância. Ele a conhecia bem. Sabia que, se Kendall encarasse o fato de que ele a amava ou de que ela sentia o mesmo por ele, ela seguiria seu padrão e fugiria.

Não podia deixar isso acontecer. Se pudesse evitar. Avaliando suas opções, viu que havia apenas uma. Ficar quieto e mantê-la por perto. Usar um pouco de psicologia inversa e recuar emocionalmente. Interpretar o personagem do casinho de verão de Kendall e deixar que ela compreendesse sozinha os seus sentimentos.

Rick acabara de enfrentar seu passado. Kendall merecia ter tempo e uma chance de enfrentar o seu. Mas, se ele fosse com muita sede ao pote, corria o risco de perdê-la. Droga!, ele corria o risco de perdê-la de qualquer forma, mas com comedimento e paciência pelo menos ainda tinha uma chance. Eles tinham uma chance.

Rick realmente precisava de Kendall. Sempre precisaria. Mas, por ora, deixaria que ela pensasse tratar-se de uma necessidade puramente sexual. Enquanto isso, ele se esforçaria ao máximo para prover tudo que ela não tivera na vida: a sensação de família, segurança, satisfação e amor. Todas as coisas que Kendall, sem saber, oferecera a ele.

As coisas sem as quais teria de se acostumar a viver se não obtivesse sucesso, e Kendall levasse sua adorável irmã tagarela para o Arizona, deixando Yorkshire Falls e Rick para trás.

Capítulo 11

Kendall espiou o lado de fora, onde as mesas estavam sendo colocadas para a feira livre. Todas as lojas, revendas e escolas iam participar. Mas, se a fila para o café do Norman's não se movesse, Kendall iria estrangular as pessoas que estavam na sua frente. Ela precisava de cafeína.

"Graças a Deus tem sol. Pode imaginar uma feira livre sob uma chuva torrencial?", falou Charlotte, sentindo um arrepio. "É o primeiro ano que participo, mas ouvi falar que no ano passado tiveram de colocar aquelas tendas bem resistentes, e a água jorrava pelos cantos..." Ela estendeu a mão e tocou o braço de Kendall. "Você está me ouvindo?"

Kendall piscou e focou o olhar na expressão de preocupação de Charlotte. "Desculpe-me. O que você falou?"

Charlotte riu. "Está tudo bem. Você está aflita..."

Após uma noite com Rick, Kendall estava definitivamente preocupada e bastante absorta. Seus sentimentos por Rick continuavam a crescer. Conhecer o passado dele modificara as coisas. Saber que, além de casado, ele quase fora pai havia mexido com ela. Não queria imaginá-lo gostando de outra mulher daquela forma. Quando algo assim a incomodava, Kendall se forçava a pensar em dar um novo rumo para a sua vida.

"Eu cheguei a te agradecer por ter levado Hannah embora ontem à noite?", perguntou a Charlotte, mudando de assunto. Talvez, depois de um sacolejo de cafeína, conseguisse embarcar naquela nova linha de pensamento.

"Somente umas três vezes. Ela é muito divertida."

"Será que estamos falando da mesma adolescente tagarela, intrometida e cabeça-quente?", perguntou Kendall. "E ainda estou sendo boazinha, de uma maneira que só uma irmã poderia ser...", completou, com um sorriso no rosto.

"Na verdade, estamos falando sobre a garota educada, discreta e prestativa que está logo ali." Charlotte bateu na janela de vidro, apontando para Hannah, que ajudava Beth a dobrar e expor itens com potencial de venda.

"Será que algum alienígena invadiu o corpo dela?" Mas, para ela, bastava que a irmã estivesse feliz. E, a julgar pelo sorriso aberto e pela movimentação constante da boca de Hannah, a jovem estava empolgada na conversa com Beth e por poder ajudá-las naquela manhã.

"Acho que, por eu não ser a guardiã dela, consigo ver esse outro lado da sua personalidade. Lembra-se de como você era com seus pais?" Charlotte falou e imediatamente levou a mão à boca. "Ah, meu Deus, me desculpe. Esqueci! Roman me contou que você morou com diferentes parentes ao longo dos anos. Droga!, foi muita insensibilidade da minha parte."

Kendall acenou com a mão em sinal de descaso. "Não seja ridícula. Era natural você dizer isso, e uma ideia perfeitamente correta sobre os motivos de Hannah criar dificuldades para mim." Colocou a mão sobre o braço de Charlotte num gesto reconfortante. "Obrigada por tentar analisar a situação. Ouvir outros pontos de vista só ajuda."

Charlotte inclinou a cabeça. "Foi um prazer, então."

"Mas, você deve saber, acho que o bom comportamento dela com você tem mais a ver com o fato de você ser a cunhada de Rick do que qualquer outra coisa."

Charlotte arregalou os olhos. "Hannah tem uma queda por Rick?"

"Não. Nesse sentido, não. Ela apenas o idolatra." Kendall suspirou. "Rick parece ser capaz de chegar até ela melhor do que eu. Para ser bem honesta, fico muito feliz por alguém conseguir fazer isso."

"Eu diria que Rick sabe muito bem como cuidar de mulheres, mas acho que seria um comentário muito sarcástico para essa situação. Rick tem jeito com as crianças. Principalmente com jovens. O programa de educação contra as drogas é um baita sucesso na nossa comunidade graças a Rick. Ele segue com as atividades durante as férias de verão, nos seus dias de folga, porque dessa forma consegue manter a garotada focada mesmo quando a escola está fechada. Os meninos o admiram por isso."

Kendall fez que sim com a cabeça. Havia notado isso também. Obviamente, quando Jillian partira, ela lhe tirara a possibilidade de ser pai. E, ah!, que pai maravilhoso ele seria... Para o bebê, a criança pequena e o adolescente. Levou a mão ao peito e logo percebeu a direção que seus pensamentos estavam tomando. Mais uma vez, aquele rumo novo e assustador. Mas era verdade. Rick seria um pai excepcional para uma criança de qualquer idade.

Pensar em qualquer tipo de compromisso ainda era difícil para Kendall. Nunca imaginara ter um relacionamento que durasse para sempre. Por outro lado, ninguém jamais lhe fizera um convite dessa natureza.

"Hannah parece ter reagido a Rick como qualquer outro jovem", falou Charlotte.

Kendall aquiesceu. "É verdade. Hannah e Rick se deram bem desde o primeiro dia." Assim como ela e Rick se haviam dado bem no instante em que tinham se conhecido.

"Hannah não é a única Sutton que se deixou encantar pelo charme de Rick, não é?", sussurrou Charlotte, respeitando o fato de haver clientes bisbilhoteiros na fila com elas. "Sei que posso parecer presunçosa. Mas, quando me apaixonei por Roman, podia contar meus segredos para Beth, e imaginei que, como você é nova na cidade, não teria ninguém com quem conversar. Alguém que conheça você e Rick. E, bem, eu gostaria de oferecer meu ouvido." Charlotte ficou vermelha. "Se você quiser..."

Kendall abriu a boca para falar, porém não lhe vinham palavras. O gesto de Charlotte, tão carinhoso, simpático e atencioso, pegou-a desprevenida. "Não estou me apaixonando por Rick." A frase padrão veio automaticamente, mas ao mesmo tempo seu coração a negava.

Charlotte ergueu uma sobrancelha, demonstrando que não acreditava. E começou a se formar um sorriso em seus lábios. "Desculpe-me, Kendall, mas não acredito nessa versão. Guarde essa historinha para alguém que não esteve na sua pele antes. Mesma situação, irmãos diferentes." Charlotte bateu os pés no chão, pausando o batuque apenas para dar alguns passos à frente na fila. "Pode negar por quanto tempo quiser. Segundos, minutos, dias ou anos. Não importa. Um dia você vai se dar conta de seus sentimentos por Rick. Assim como descobri o que sentia por Roman."

Kendall não sabia se devia ficar ofendida por Charlotte se intrometido em seus pensamentos secretos ou ficar grata pelo fato de a moça gostar dela o suficiente para lhe dar o aviso. Kendall sempre guardara seus sentimentos para si, e lidara com eles sozinha.

A necessidade a levara bem cedo à solidão. Conforme ia crescendo, o hábito e as mudanças constantes evitavam que compartilhasse coisas com outras pessoas. Agora Charlotte lhe oferecia a oportunidade de confidenciar seus segredos. E, mais importante ainda, ela lhe oferecia uma oportunidade de amizade genuína, algo que Kendall nunca tivera.

Charlotte não tinha a menor ideia da importância de sua oferta. Kendall sentia que o carinho de Charlotte para com ela fora espontâneo e imediato, ao passo que, para Kendall, aceitar a aproximação de alguém era a maior dificuldade. Apesar de a garota solitária que ela havia dentro dela estar louca para aceitar o gesto de amizade, o medo a impedia de fazê-lo.

Recompondo-se, notou o olhar paciente de Charlotte. "Você está presumindo que eu e você somos iguais. Não somos." Não podiam ser.

Porque toda vez que Kendall se permitira aproximar-se de alguém – sua tia, seus pais, uma coleguinha numa cidade a que acabara de chegar –, assim que começava a aceitar a sensação de segurança, as cortinas eram abertas e ela se via sozinha novamente. E percebeu, pela primeira vez, que esse era o núcleo de seu medo. O ponto de partida de sua necessidade de fugir. As pessoas que amava, as pessoas de que gostava, a deixavam.

Seus pais a tinham abandonado. De certa maneira, tia Crystal fizera o mesmo, primeiro quando tivera de mandar Kendall para outro lugar, e depois ao morrer. A experiência de Kendall, com raízes em sua infância, era sempre de perder as pessoas que mais amava. A vida de Kendall e as pessoas que haviam participado dela eram uma série de visitas breves. Seu maior medo era aproximar-se de pessoas em Yorkshire Falls, de Rick e de sua adorável e carinhosa família, e então perdê-los.

Charlotte deu de ombros. "Está bem, não somos iguais. Se você o diz."

"É verdade. Pelo que compreendi, você queria ficar em Yorkshire Falls. Eu pretendo ir embora." Mas e se não fosse embora? E se ficasse ali?, perguntava uma vozinha em sua cabeça. Kendall sentiu um arrepio e afastou esse pensamento. Nunca quisera criar raízes. Nunca sentira que fazia parte de algum lugar. E era óbvio que não podia fazer parte de Yorkshire Falls.

"O que mais nos faz diferentes?", perguntou Charlotte, com um sorrisinho no rosto, demonstrando quanto se divertia com o que Kendall acabara de dizer.

Kendall começou a acreditar que não precisava de um superego para dar voz a seus desejos mais entranhados. Tinha Charlotte para fazer isso por ela. "Bem, você não tem aversão a se casar. Como pode imaginar, estou bem longe dessa intenção."

Se isso for verdade, então por que você está avaliando a propensão de Rick para ser pai?, perguntava a vozinha dentro da cabeça de Kendall. Droga de cidadezinha, família carinhosa e amigos de Rick! Malditos!, por mostrarem a ela tudo o que não tivera em sua vida. Várias coisas que ela poderia ter se não tivesse medo de agarrar o que a vida podia ou não oferecer.

Charlotte fitou Kendall como se tive consciência da guerra que ocorria na mente dela e estivesse lhe dando tempo para lutar antes de interromper a batalha. Então limpou a garganta. "Acho que eu estava errada. Considerando tudo o que você disse, você e Rick são exatamente o oposto de mim e de Roman. Quero dizer, para início de conversa, Roman era o viajante, não eu."

"Suponho que sim", murmurou Kendall, sem saber exatamente o que sentia. Por que tinha a impressão de que Charlotte, desde o começo, tinha a intenção de provocá-la?

A moça balançou a cabeça e riu. "Bem, se estou fazendo suposições sobre você agora, isso significa que você é humana. E os seres humanos são complicados. Nunca sabem o que lhes passa pela mente, apesar de acharem que sabem."

"Você tem diploma de psicóloga?", brincou Kendall.

"Não, foi apenas uma observação. Deixe-me dar um exemplo. Eu achei que queria ficar em Yorkshire Falls porque isso representava segurança. Acontece que segurança para mim pode ter vários significados. E, de alguma forma, isso inclui o fato de Roman combinar perfeitamente comigo." Charlotte deu de ombros. "Talvez você apenas acredite que quer ficar mudando a todo momento. Ou talvez não." Ela balançou o cabelo escuro. "Pensando bem, você está certa. Eu não devia achar que sei tudo sobre você. Mas, se em algum momento precisar de uma amiga ou um ouvido, prometo ouvir e não ficar fazendo sermões da próxima vez. Negócio fechado?"

Ela estendeu a mão, e Kendall a agarrou. "Negócio fechado", falou, tonta com o que Charlotte acabara de dizer.

"Próximo. Posso ajudá-las, senhoritas?", perguntou Norman, poupando Kendall de ter de pensar sobre o significado do que acabara de ouvir.

"Suco de laranja para mim. E chá tailandês gelado para Beth, e..." Olhou para Kendall, acenando com a mão, indicando que era a sua vez de pedir.

A bebida de Beth parecia interessante. "Quero experimentar alguma coisa nova. Esse chá tailandês tem cafeína?", perguntou.

Norman fez que sim com a cabeça. "O suficiente para te deixar acordada, senhorita."

Kendall riu. "Então um chá tailandês para mim e um suco de laranja grande para Hannah."

"Dois chás e dois sucos", repetiu Norman. "Algo mais?"

"Não." Charlotte insistiu em pagar a conta, apesar das reclamações de Kendall, e logo estavam do lado de fora, na animada rua onde a feira livre começava de verdade. As calcinhas de crochê de Charlotte eram um sucesso, assim como as joias de Kendall. Uma hora depois, as joias de aço tinham vendido incrivelmente bem, e Charlotte recebera pagamento adiantado e tinha uma lista de pessoas solicitando modelos de cores diferentes ou braceletes e colares com o nome gravado.

"Nunca imaginei esse volume de vendas", falou Kendall, pasmada.

"Ei, quando você é boa você é boa." Beth sorriu-lhe, feliz. "Bem-vinda a bordo, Kendall."

Sentia o peito palpitar de entusiasmo, e o máximo que pôde fazer foi sorrir em resposta. Olhou a rua e notou que sua irmã se divertia com um grupo de meninas jovens e bonitas. Hannah também parecia ter se ambientado em Yorkshire Falls.

A cabeça de Kendall voltou a divagar com suposições. E se ficasse de vez por ali? E se desistisse de fazer as malas e se mudar para o Arizona? E se confiasse em si e nos outros enquanto permanecesse ali?

Balançou a cabeça. Era difícil quebrar vinte e sete anos de hábitos num só dia. Por ora, queria curtir o dia ensolarado e a sensação de pertencer a um lugar sem o estresse de decidir algo ou ficar divagando. Ficou feliz quando, segundos depois, Thomas Scalia surgiu para paquerar Beth. Pelo menos, ficar observando o outro casal distraía Kendall de seus próprios arroubos fantasiosos. Como se pudesse mesmo ser parte de algum lugar. Mas aquele lugar parecia tão perfeito...

"Senhorita Sutton?"

Kendall virou-se ao ouvir seu nome e se viu diante de uma morena bonita.

"Meu nome é Grace McKeever", falou a mulher. "Minha filha chama-se Jeanette." Apontou para o local onde as garotas se divertiam. Estavam reunidas em um grupo, enquanto uma roda de rapazes se aglomerava próximo a elas.

Kendall conteve o riso.

"Jeannie é a morena de rabo de cavalo. De qualquer forma, prometi a ela e a uma amiga que as levaria para assistir a um filme em Harrington e, então, sair para comer alguma coisa. Provavelmente vamos de comida chinesa e chegaremos tarde em casa. Adoraria levar Hannah, se não houver problema para a senhorita."

"É muita gentileza da sua parte." Hannah falara de Jeannie mais de uma vez depois do lava-rápido, e, quando Kendall perguntara a Rick sobre as amizades dela, ele garantira que os McKeevers eram pessoas incríveis. "Lógico que não há problema. Na verdade, serei eternamente grata por isso."

"Maravilha! As garotas vão ficar contentes."

Como se soubessem o que haviam acabado de falar, Hannah e Jeannie surgiram se atropelando, falando ao mesmo tempo. "Mãe, a Hannah pode dormir lá em casa?", perguntou Jeannie.

"Kendall, preciso tirar esse roxo do meu cabelo", falou Hannah ao mesmo tempo. "E Pam disse que tem a solução perfeita para isso, e também que poderia me encaixar agora. Não sei o que estava pensando, mas Greg odeia garotas com cabelo tingido, por isso preciso arrumar esta coisa. Posso, Kendall, por favor? E eu gostaria muito de dormir na casa da Jeannie. Você sabia que Greg é vizinho dela?", falou, perguntou e explicou tudo num só fôlego.

Sua irmã queria tirar a tintura do cabelo? Será que gostava tanto daquele lugar para parar de se esconder? Por que não?, aquela vozinha voltava a fazer perguntas. Você fez isso, disse a si mesma, lembrando-se de ter tirado a tintura rosa logo depois de ter chegado, porque queria ser ela mesma. Kendall piscou, assustada com as semelhanças que havia entre ela e a irmã. E, dessa vez, era uma semelhança positiva.

"E aí, Kendall?"

A voz de Hannah interrompeu-lhe os pensamentos, e Kendall olhou para a irmã. "Sim, sim e não."

Seus olhos brilhantes se arregalaram, demonstrando sua decepção. "Isso é muito injusto. Só porque dormi na casa de Charlotte na noite passada, isso não significa que não possa dormir fora novamente hoje, e eu ganhei um dinheirinho ajudando Charlotte a manhã toda, portanto..."

"Para com isso!" Kendall ergueu uma mão, interrompendo a irmã. "Sim, você definitivamente pode tirar a tintura roxa do cabelo. Ficarei muito feliz por isso. Sim, você pode dormir na casa de Jeannie se não for incomodar a mãe dela." Fez uma pausa, tendo uma ideia. "Na verdade, por que vocês duas não dormem lá em casa e dão um sossego para os pais dela depois do cinema e do jantar? E não, eu não sabia que Greg era vizinho de Jeannie", completou Kendall, rindo.

Hannah ficou vermelha. "Me desculpe."

"Não tem problema." Pelo menos, Hannah estava agindo como uma típica adolescente e não como uma jovem rebelde. "E aí, o que todos acham?", perguntou Kendall sobre a ideia de as garotas dormirem em sua casa.

As garotas se olharam primeiro e, então, para a pobre Grace McKeever.

"Por favor, mamãe, posso dormir na casa de Kendall?", perguntou Jeannie, puxando a manga da mãe. "Elas estão morando na antiga casa de hóspedes da senhora Sutton. Hannah disse que é bem legal. Ela tem um quarto só dela, e há um sótão onde Kendall cria todas essas joias. Hannah disse que é demais. Por favor..."

Hannah tinha comentado alguma coisa sobre Kendall... e a casa era demais? Kendall teve de conter as lágrimas. Virou o rosto e enxugou os olhos, pretendendo colocar a culpa no sol se alguém visse seus olhos vermelhos.

"Por mim tudo bem, meninas. Paramos em casa antes de ir para Harrington, para que você possa pegar suas coisas."

"Irado!" As garotas se entreolharam com um sorriso conspiratório no rosto, como se tivessem feito um acordo secreto.

"Não se esqueçam de pegar um cobertor ou um saco de dormir", falou Kendall para Jeannie. "Não temos camas sobressalentes, nem muitos móveis."

"Irado mesmo!", falou Jeannie. Grace passou a ela os números do celular e do telefone de casa, e Kendall fez o mesmo. E logo Grace pediu licença para fazer mais algumas comprinhas. As garotas foram correndo para o grupo de amigas, mas Hannah virou-se e inclinou-se sobre a mesa, encarando Kendall.

"Obrigada."

A gratidão que lia nos olhos de Hannah dizia a Kendall mais do que qualquer coisa que a irmã pudesse falar. "Não há de quê." Colocando a mão no bolso do *jeans*, Kendall pegou um trocado e deu-o à irmã. "Gaste com sabedoria", brincou.

Hannah enfiou as notas no bolso da frente. "Kendall?"

"Sim?"

Hannah engoliu seco.

“Hannah, vamos! Estão nos esperando”, gritou Jeannie.

“Eu... eu te amo. Tchau.” Antes que Kendall pudesse responder, Hannah virou-se e correu para juntar-se às amigas.

“Eu também te amo.” E, dessa vez, uma lágrima caiu de verdade, escorrendo pela sua bochecha.

A feira livre ia chegando ao seu fim, e também terminava o turno de Rick. Estava livre para fazer o que quisesse, e ver Kendall era algo que queria muito. Encontrou-se com ela quando saía do Ático de Charlotte, com uma pasta na mão.

Acompanhando seu passo, conseguiu alcançá-la. “Olá.”

Os olhos dela brilharam numa saudação genuína. “Oláááá.”

“Dia bom?” Apontou para a pasta.

“Excelente! Vendemos tudo o que expusemos e recebemos mais uma dúzia de pedidos especiais.” Balançou a cabeça, pasma. “Foi simplesmente incrível.”

“Sei como melhorar ainda mais as coisas...”

Ela parou e virou-se para ele. “Ah, é?” Um sorriso surgia-lhe nos lábios.

Após a conversa séria que haviam tido na noite anterior, ele propositalmente mantivera as coisas leves entre eles. E, a julgar pela forma como Kendall o recebia naquele momento, a tática funcionava. Em vez de sair correndo assustada, ela se aproximava.

Rick a queria ainda mais perto. “Você já deu uns amassos num *drive-in*?”, perguntou.

Kendall sorriu. “Não posso dizer que tive esse prazer. Por quê?”

“Hoje é a noite da apresentação anual de *slides*. Todo ano coincide com a feira livre. Eles transformam o campo de futebol num anfiteatro temporário e recontam a história da cidade. Não é a coisa mais excitante de se ver, mas de qualquer forma todo mundo aparece lá. E, por um acaso, conheço um lugar mais reservado, com a melhor visão. Quer ser meu par?”

“Você não vai trabalhar?”

"Estou oficialmente de folga, e sou todo seu", disse ele, aproximando-se.

"Gostei disso."

A voz dela ficou uma oitava mais grave, e ele gostou ainda mais de ouvi-la. Mas, antes de poder se concentrar no encontro daquela noite, havia algo que precisava discutir com Kendall. "Passei na minha mãe hoje pela manhã, antes de entrar no trabalho."

"Já haviam limpado tudo, depois da festa?"

Ele fez que sim com a cabeça. "Com exceção da pilha de presentes. Não tinha a menor ideia de que todo mundo que apareceu lá ontem à noite tivesse levado presentes." Sentia-se ridículo por aceitar presentes por seu aniversário, e gostaria de poder devolvê-los todos.

Todos, exceto um. Puxou um pouquinho para baixo o colarinho de sua camisa para revelar o colar preto que Kendall e Hannah tinham feito para ele. Não era do tipo de homem que usasse joias, mas aquela não era uma joia típica. Era masculina e discreta, e ele se sentia à vontade para usá-la. Mas, mais importante ainda, o colar era um presente de coração, do coração de Kendall.

"Você gostou?"

A hesitação dela o surpreendeu. Em relação a seu trabalho, Kendall era confiante, ou pelo menos parecia, pelo que Rick vira, de longe, durante toda a tarde. Ele não quisera interrompê-la ou fazer com que perdesse uma venda. Quanto mais sucesso tivesse em Yorkshire Falls, melhor para ele.

"Gostei, e gosto de você." Rick aproximou-se, prendendo-a entre ele e a parede de tijolos do prédio. Notando a reação do corpo dele, Kendall deu um gemido baixinho, deixando-o ainda mais excitado. "Preciso te agradecer de uma forma mais apropriada." Olhou-a com um sorriso travesso no rosto. "Afinal de contas, minha mãe me criou para ser um cavalheiro."

"Ela também o criou para fazer esse tipo de coisa em lugares fechados." A voz inconfundível de Raina e uma risadinha quebraram o feitiço sedutor que ele começara a urdir.

"Ai, meu Deus!" Kendall escondeu-se sob o braço de Rick.

Droga! Ele queria deixar Kendall excitada e ansiosa pela noite que teriam, não aflita e envergonhada. "Olá, mãe", falou com os dentes cerrados, ao mesmo tempo que se afastava para deixar que Kendall recuperasse a compostura.

"Olá, Rick." Raina sorriu. "Kendall..."

"Pensei que você estivesse em casa, descansando", falou Rick.

"Eu estava. Mas Chase queria tirar umas últimas fotos, e implorei para ele me trazer rapidamente para ver a feira. Nunca deixei de vir a nenhuma, e não pretendia perder a deste ano."

"E agora que você já viu e foi vista?"

Ela revirou os olhos. "Vou para casa descansar... até a noite, é lógico."

Rick lançou-lhe um olhar que dizia "você deve estar brincando". Ia sair novamente naquela noite?

"Não há nada prejudicial à saúde em ficar sentada num banco com um médico ao meu lado." Raina ficou vermelha, mas endireitou os ombros, como se o desafiasse a discutir aquilo. "Você e Hannah irão à apresentação?", perguntou a Kendall, obviamente tirando a atenção de si.

Funcionou. Em vez da saúde da mãe, Rick voltou a atenção para Kendall. Em seu desejo de ficar sozinho com ela, Rick percebeu que havia esquecido Hannah.

"Na verdade, Hannah irá jantar e assistir a um filme com uma amiga." Kendall foi para o lado de Rick. "Elas só devem voltar lá pelas onze horas e, então, vão dormir juntas", falou Kendall, claramente recuperada da vergonha de terem sido pegos como dois adolescentes pela mãe dele.

"Alguma garota que eu conheça?", perguntou Rick.

"Jeannie McKeever."

Rick suspirou, aliviado. Grace McKeever era conhecida por receber bem todas as amigas de suas filhas. Com as garotas dormindo lá, teria mais uma noite para deixar Kendall se acostumar a tê-lo por perto – em sua vida e, esperava, em seu coração.

"As meninas vão dormir lá na casa de hóspedes hoje à noite. Quando criança, nunca dormi na casa de uma amiga, assim, pensei em possibilitar a

Hannah a experiência em um lugar que lhe pareça sua casa, entende?", falou Kendall, dirigindo-se a Raina.

"Lógico que entendo." Raina tocou a bochecha de Kendall com a mão. "Você é um amor de garota."

Rick devia pensar mais antes de tirar conclusões a respeito de qualquer coisa, principalmente em relação à sua vida amorosa. Ele balançou a cabeça e riu.

"Qual a graça?", perguntou a mãe.

"Nada", falou, rindo. Teria, assim, de curtir a companhia de Kendall até ela precisar ir embora para assumir suas responsabilidades de irmã mais velha. Responsabilidades que ela obviamente encarara com mais facilidade do que ambos haviam imaginado.

Apesar de ela e Hannah terem uma relação complicada, era natural para Kendall entender as necessidades da irmã. Tinha a capacidade de prover à jovem uma vida especial, bastando que recuasse um pouquinho, analisasse a situação e aceitasse. Seria uma grande irmã. Seria uma mãe incrível... O pensamento o deixou paralisado, como se tivesse levado um tiro.

Olhou para Kendall e Raina, que discutiam compenetradas sobre as locadoras de vídeo e a possibilidade de Kendall pegar emprestado um aparelho de DVD para aquela noite, a fim de entreter as garotas. Pelo sorriso amplo da mãe, ela aprovava Kendall, disso Rick tinha certeza. Apesar de nunca em sua vida ter permitido que a opinião da mãe ditasse sua escolha para namoro ou relacionamento, sentia-se aliviado por saber que a deixava feliz e não contribuía para aumentar o estresse ou fazer a pressão arterial dela subir. Na verdade, ele a deixava feliz. Por escolher Kendall.

Aquilo era de uma ironia inacreditável. Iniciara o relacionamento com Kendall para dissuadir a mãe e as mulheres que ela encorajava a se casarem com ele e dar-lhe netos. E ele próprio acabara querendo aquelas mesmas coisas com a mulher que usara para frustrar o plano da mãe. Agora só faltava Kendall querer o mesmo que ele.

Só faltava esse detalhe.

Kendall estacionou o carro atrás da casa de hóspedes e caminhou até a porta da frente. Fazia muito tempo que não se divertia tanto. Nem tinha tanto sucesso, pensou e sorriu. Ao abrir o zíper de sua bolsa, um ruído baixinho de choro chegou-lhe aos ouvidos. Olhou ao redor, mas não viu ninguém nem nada. Deu de ombros e abaixou a pasta para que pudesse procurar a chave em sua bolsa, que ela estupidamente jogara lá dentro para conseguir tirar as coisas do carro.

A primeira coisa que encontrou foi o cartão da imobiliária que Tina Roberts lhe dera. A jovem encomendara um bracelete personalizado, mas logo falara de negócios, perguntando o que Kendall pretendia fazer com a casa da tia e, sem aguardar uma resposta, oferecera-se para fazer uma avaliação para o caso de ela decidir vender. Ela também se vangloriara de suas muitas vendas e citara os motivos de ser a corretora perfeita. Sem hesitação, sem vergonha. Não era de estranhar que fosse a Corretora do Mês, pensou Kendall, irônica.

Mas a corretora não conseguiria vender uma casa por um preço acima do mercado se a compra não valesse realmente a pena, e o cartão de visitas a fez perceber uma coisa importante. Havia dias que ela não se ocupava da casa. E nem voltara a pensar em colocar o lugar à venda.

A única coisa que decidira fora colocar Pearl e Eldin na casa de hóspedes e condicionar a venda à possibilidade de eles morarem lá sem pagar aluguel. Kendall não sabia quem aceitaria tais condições, mas não havia como desalojar o casal de velhos. Torcia para que ficassem felizes na residência menor, mas, devido às dores nas costas de Eldin, era provável que fosse melhor morarem numa casa térrea, de um único andar, onde teriam de se preocupar menos com manutenção.

Após os dias incríveis que passara ali, Kendall simplesmente não estava pronta para vender a casa. Não quando mal começava a pensar em outras possibilidades na vida além de fugir. Não quando começava a pensar "e se"...

Ela tinha tempo. Enfiou o cartão de visitas de volta na bolsa e continuou a vasculhar, até que seus dedos se fecharam sobre as chaves. E foi quando aquele som lamentoso surgiu novamente, agora mais próximo. Abaixou a cabeça e viu um cachorro. Uma cadela cor de terra, toda despenteada, olhando para cima com seus olhos profundos e expressivos.

"Olá", falou Kendall, aproximando-se com cuidado.

Quando o rabo da cadela começou a sacudir como um metrônomo, sem parecer ameaçador, Kendall agachou-se para afagá-la. A pele dela estava manchada, parecendo que fazia muito tempo que ninguém cuidava dela, mas seus modos eram carinhosos e amistosos. Não tinha medo de Kendall e, após alguns minutos de cafuné na cabeça, a cadela se esfregou em suas pernas e, logo a seguir, ficou de costas para receber carinho na barriga, expondo suas partes íntimas para todo mundo ver.

"Ora, parece que eu estava errada, senhor macho. Você é um garoto..." Kendall riu. Passou a mão na pele manchada de sua nuca. "Nenhuma coleira ou identificação. O que vou fazer com você?"

Ergueu-se, e o cão a seguiu. Foi até a porta da frente, e ele por perto. Vinte minutos depois, após Kendall ter-lhe dado uma tigela de água, limpado a sujeira que ele fizera à porta – pois ela não havia percebido que aquele latido significava que ele precisava fazer suas necessidades – e ter telefonado para Charlotte para perguntar o nome do veterinário da cidade, ela e o cão se encontravam no consultório do dr. Denis Sterling.

"Não sabia o que fazer com ele", explicava Kendall enquanto o médico realizava o exame.

"Bem, estou feliz por ter ligado. Nunca me importo de cuidar de um animal abandonado."

"Nem sei como agradecer."

O dr. Sterling deu um tapinha carinhoso na cabeça do cão e fitou Kendall com um sorriso tranquilizador. Tudo que ele fazia demonstrava que era um homem gentil. Parecia estar próximo dos sessenta anos, um homem bonito, loiro, sem nenhum cabelo branco, com um rosto enrugado e de feições simpáticas.

"Não queria incomodá-lo, mas Charlotte me garantiu que o senhor não se importaria."

"E ela estava certa. Os instintos de Charlotte são bons." Sua voz transmitia simpatia.

Charlotte mencionara que o veterinário da cidade tinha uma queda por sua mãe, mas que Annie Bronson não correspondia aos seus sentimentos.

Preferia tentar consertar seu casamento desfeito com o pai de Charlotte. Contudo, o dr. Sterling não parecia sofrer muito com essa rejeição.

"Eis o que descobri sobre esse seu amiguinho", falou o médico. "Ele parece um *wheaton terrier* de pele delicada. Pode-se ver isso em seus pelos da cor do trigo, e pela cara de *terrier*. Pelo peso, diria que ele já é adulto, tem uns dois ou três anos no máximo. E pela sua exuberância entre estranhos, diria que nunca foi maltratado."

"Graças a Deus!" Kendall , deu um suspiro, aliviada.

O dr. Sterling acenou com a cabeça. "O fato de ele sacudir o rabo é um bom indicativo. Os *wheatons* costumam se comportar como filhotes a vida inteira, assim, é bem possível que essa animação e alegria não desapareçam." Ele colocou o cachorro na mesa, forçando-o a ficar de costas. "Vê como ele me permite afagar sua barriga e examiná-lo? Não tem medo dessa posição em que não tem controle algum. É um cão bom e amigo. Não precisa se preocupar com isso. Pode ficar à vontade se quiser tê-lo em sua casa."

"Mas..."

"Não fiquei sabendo de nenhum cão desaparecido, e, depois que você me telefonou descrevendo-o, pesquisei entre amigos e canis nas cidades próximas. Também não achei nada. Mas todos registraram a informação e disseram que telefonariam se soubessem de alguma coisa."

"Dr. Sterling, eu..." Não vou ficar morando aqui. Fez uma pausa, e as palavras não lhe saíam com a mesma facilidade de pouco tempo atrás.

"Sim?"

"Não sei se posso ficar com ele. Que acha de um canil?" Já na pergunta a ideia a incomodava. Ele era uma gracinha e adorável demais para ser enviado para um canil. Mas o que faria com ele quando fosse embora? Se fosse embora...

"Um canil só é uma opção se você quiser correr o risco de ele ser sacrificado. O Canil de Harrington está totalmente lotado. Eles vão pegá-lo, mas em geral os filhotinhos encontram um lar antes. É um risco colocá-lo lá."

Como se estivesse entendendo o que conversavam, o cachorro uivou e começou a sacudir o rabo com mais força. Está implorando para ir para casa, pensou Kendall. Com ela. Após ouvir a descrição do médico, não havia escolha. "Está bem, nada de canil."

"Eu podia perguntar por aí e ver quem quer um cachorro, mas, como você está namorando Rick e tudo o mais, não vejo problema em você ficar com ele. Rick adora cachorros. Quando era menino, costumava levar para casa todo tipo de vira-lata que encontrava. Deixava a mãe maluca..."

Então Rick fazia resgates desde aquela época... "Gostaria de saber quantos desses animais que ele salvou eram fêmeas", perguntou, irônica.

O dr. Sterling riu. "É preciso ser uma mulher forte para lidar com um dos garotos Chandler. Você e Rick combinam bem."

Kendall percebeu que não havia contado ao dr. Sterling que eram namorados, nem corrigira sua suposição de que ela ficaria com Rick Chandler. Não porque ele não fosse ouvir, como a maioria dos moradores da cidade, mas porque a ideia de cuidar de Rick, de ser a mulher que sabia como cuidar dele, era bastante atraente. Mais do que admitia para si mesma até aquele momento.

"Lógico que irei colocar alguns avisos, caso alguém tenha perdido o amiguinho", falou o dr. Sterling sem perceber a confusão que ocorria na cabeça de Kendall. "Enquanto isso, ele precisa de um banho, e amanhã, quando minha assistente chegar, podemos atualizar as injeções dele para que fique saudável", continuou ele acreditando que Kendall ficaria com o cão.

E ficaria, pensou Kendall, tomando uma decisão de impulso. Lógico que teria de deixar claro para Hannah que, caso o dono dele o reivindicasse, teriam de devolvê-lo. Mas, caso isso não ocorresse, ela havia ganhado um cão. Uma responsabilidade e um comprometimento bem diferentes de tudo que assumira até aquele momento.

Kendall olhou com cautela para o dr. Sterling. "Não sei nada sobre como cuidar de animais de estimação. Não tenho xampu para cachorro, nem ração, nem..."

"Relaxe. Como os bebês, os cães não vêm com manual de instrução, mas, assim como os bebês, eles deixam transparecer quando estão tristes. Gostam de ser limpos, alimentados e amados. Tenho certeza de que você pode lidar com isso. Além do mais, eu me disponho a ajudá-la. Rick também..." Ofereceu a ela um sorriso reconfortante, sem perceber que atingira seu ponto fraco.

Como poderia acreditar que alguém estaria ao seu lado para apoiá-la? Nunca confiara em ninguém, e só contava consigo mesma. Ah, havia Brian, mas, como ele esperava receber algo de que precisava, Kendall tinha certeza de que cooperaria. E quanto a Rick... haviam passado do ponto de um acordo, e Kendall se sentia como se estivesse em queda livre sem uma rede para ampará-la.

"Agora, quanto aos detalhes", continuou o médico. "Qualquer xampu suave para seres humanos funcionará bem com ele, e tenho um saco de ração para você começar. Espere aqui", falou, antes de desaparecer pela porta da sala de exames.

"O que vou fazer com você, hein?", murmurou para o cachorro, que simplesmente ficava sacudindo o rabo, todo feliz. Meia hora atrás estava vagando pelas ruas, mas agora olhava para Kendall, confiando nela para cuidar dele. Parecia que iam ter que dar aquele salto no escuro juntos.

O rabo dele ia para a frente e para trás. Feliz. Parecia ser seu humor permanente. "Está bem, Feliz. Acho que você ganhou um nome." Acariciou-lhe a cabeça novamente, ele lambeu-lhe a mão, e Kendall sentiu que começava a amá-lo. Mais um salto para aquele novo estilo de vida.

"Pegue este livro, *Domesticar um cão em sete dias*." O dr. Sterling voltara para a sala com a ração para cachorro num braço e o livro na mão. "Acho que você irá precisar dele."

Ela riu, já que a primeira coisa que contara ao veterinário fora a sujeira que o animalzinho fizera na entrada de sua casa. O médico solicitou a Kendall que trouxesse uma amostra das fezes para verificar se ele tinha alguma doença. Sentiu um arrepio àquela lembrança desagradável, e tinha um palpite de que haveria mais incidentes como aquele antes de ela e Feliz se entenderem. "Obrigada, doutor."

"Denis, por favor. E não há de quê. Eu te vejo amanhã. Ligue-me às nove para marcar uma consulta. Pelo menos a casa de sua tia tem um jardim grande onde ele pode correr. Rick pode ficar atirando coisas para ele pegar. Os *wheatons* precisam se exercitar todos os dias."

"Nada de apartamentos?", perguntou Kendall, pensando no seu estilo de vida quando não estava em Yorkshire Falls. Um estilo que começava a parecer mais solitário e limitado do que ela jamais imaginara. Entretanto, como poderia parecer solitário ter uma enorme estrada e inúmeras possibilidades à sua frente? A resposta residia naquela cidade, em seus habitantes e no seu relacionamento com Rick. Se ela conseguiria confiar em tudo aquilo, era outra história.

"Um apartamento é possível, mas não o desejável. Sempre encorajo as pessoas a se perguntaram o que é justo para com o cachorro. Este carinha aqui tem dezesseis quilos, mas está abaixo do peso. Vai ganhar corpo se você cuidar bem dele, e é do tipo de cão que não gosta de ficar dentro de casa. Ele precisa de espaço."

Assim como Kendall. Ou ela achava que precisava. A confusão em sua cabeça a deixava tonta. Seus negócios haviam avançado enormemente, sua irmã fizera amigas, e ela herdara um cachorro.

"Te vejo hoje à noite na apresentação?", perguntou o dr. Sterling.

"Estarei lá."

"Bom! Se tiver qualquer dúvida, pode me perguntar lá." Ele deu um risinho e abriu uma gaveta, de onde tirou uma coleira com guia. "Vai precisar disso também. Pode me devolver só depois que comprar seus próprios itens. Não tenha pressa..."

Kendall acenou com a cabeça, estupefata. Em um dia curto, havia se infiltrado ainda mais na trama daquela cidadezinha. Não sabia se estava tão pronta para Yorkshire Falls quanto Yorkshire Falls estava pronta para ela.

Rick foi buscar Kendall às oito e meia, batendo à sua porta como sempre. Um latido efusivo o recebeu do outro lado da porta. Se já não bastasse a surpresa por ouvir um cão, ver Kendall abrir a porta com a mão enrolada na coleira de um cachorrinho peludo o deixou ainda mais chocado.

"Entre antes que ele saia correndo." O cão tentava fugir do confinamento, mas Kendall fez força para mantê-lo ali dentro.

Rick entrou rapidinho e bateu a porta atrás de si. "De onde ele veio?" Assim que fez a pergunta, o bichinho levantou-se e colocou as duas patas dianteiras em seu peito.

Kendall riu. "Ele gosta de você. Feliz, no chão!", gritou, para que o cachorro saísse de cima dele.

"Feliz?"

"Veja como sacode o rabo. Não tem nome melhor para um cachorro como ele." Kendall deu de ombros. "Não sei o nome dele de verdade, pois não estava usando nenhuma guia quando o encontrei."

Kendall dera um lar para um cachorro abandonado, apesar de não pretender ficar na cidade, e ainda assim conseguia rir daquilo? Rick concluiu que estava trabalhando demais, ou estava tendo alucinações... "Você o encontrou?", perguntou, pasmo.

"Na verdade, ele me encontrou. Lá fora. De qualquer forma, acho que ele é meu. O dr. Sterling falou que ia fazer mais algumas sondagens, mas os telefonemas preliminares não descobriram ninguém que reclamasse um cão perdido." Enquanto falava, esfregava distraidamente o pescoço de Feliz. Era óbvio que já fizera isso antes e aperfeiçoara a técnica, pois sabia o ponto exato de tocá-lo, e o cão praticamente se enrolava todo de empolgação e alegria.

Feliz claramente amava as mãos de Kendall massageando seu corpo. "Sei bem como você se sente, carinha", murmurou Rick.

"O que foi?", perguntou ela.

Ele balançou a cabeça. "Ele é seu?", indagou, repetindo o que Kendall dissera antes.

"Sim. O dr. Sterling me deu um pouco de ração, e, no caminho de volta para cá, peguei emprestado, na casa de sua mãe, um caixote para ele dormir." Ela juntou as mãos atrás das costas, parecendo satisfeita consigo mesma.

Feliz também parecia satisfeito com ela ao se aconchegar aos pés descalços de Kendall.

"Como você sabia que minha mãe tinha um caixote para ele?"

"O dr. Sterling falou que você era louco por filhotes abandonados... e era algo que eu devia ter imaginado, já que você também me encontrou."

Ela deu um risinho, e Rick sentiu vontade de selar com um beijo aquele riso em seus lábios.

"Pronto para ir à apresentação?", perguntou Kendall.

Ele aproximou-se e colocou a mão na testa dela. "Você não me parece febril."

Kendall enrugou a testa, confusa. "Qual é o problema?"

"Kendall, o que pretende fazer com o cachorro depois que for embora?" Rick forçou-se a fazer a pergunta, não importando quanto odiasse a ideia. Encarou-a, sério.

"Sou impulsiva, mas não sou estúpida. Eu pensei sobre isso. Um pouquinho..." Mordeu o lábio inferior.

"E...?", perguntou, prendendo a respiração.

"Não tenho tanta certeza de que vou embora." Ela virou-se muito rapidamente, não querendo encará-lo.

Era óbvio que Kendall não tinha certeza do que acabara de dizer, mas o fato de tê-lo dito ofereceu a Rick uma pontinha ridícula de esperança.

Kendall deu um tapinha nas costas do cão, que se levantou para segui-la enquanto se dirigia ao outro cômodo.

"O que você vai fazer?", perguntou enquanto ela desaparecia para dentro da cozinha, deixando-o concentrado no *jeans* justo que delineava seu traseiro e na ginga ousada de seus quadris.

"Vou prender Feliz para que possamos sair. E estou procurando algum lugar onde haja ar para eu recuperar a respiração", gritou por sobre os ombros.

"Não era sua intenção admitir que poderia gostar da ideia de ficar por aqui de vez, não é?"

"Está tudo acontecendo muito rápido, Rick... Apenas me dê tempo para pensar mais um pouco."

Ele aquiesceu. Isso era algo que podia fazer. Afinal de contas, com uma casa, um cachorro e uma irmã para cuidar, não era muito provável que, num curto período de tempo, ela realizasse mais um de suas fugas impulsivas.

Capítulo 12

AR FRESCO, O CÉU NOTURNO bem preto e Rick ao seu lado. Numa atmosfera tão perfeita, dirigindo-se para o campo de futebol, Kendall conseguia respirar bem. Pela primeira vez em sua vida, considerava a possibilidade de fazer parte de algum lugar e de pertencer a alguém – e curtia essa sensação sem o medo de ser enganada.

Olhou os arredores. Como Rick prometera, uma enorme tela cobria o que costumava ser o placar, e os espectadores ocupavam o gramado, ajeitando-se com seus cobertores. Segurando sua mão, Rick atravessou a multidão, sem parar para mais do que um rápido alô.

"Aonde estamos indo?", perguntou Kendall.

"Você verá." Puxou ligeiramente sua mão e a conduziu na direção das arquibancadas, que também estavam cheias de gente.

"Até agora não estou muito impressionada com o nível de privacidade", provocou ela.

Circundaram os bancos, foram pelo lado e então entraram sob as arquibancadas, onde apenas o eco de passos sobre as placas de metal a lembrava de que não estavam sozinhos. Rick encontrara para eles um pouquinho de privacidade no meio de uma multidão. "Está certo! Agora estou impressionada..."

"Ei, eu te falei que queria um lugar isolado onde pudéssemos ficar sozinhos." O carinho que sentia em sua voz lhe aqueceu o corpo, quando Rick a abraçou pela cintura e a puxou para mais perto.

O alívio de finalmente estar em seus braços, junto com a possibilidade de serem pegos dando uns amassos como se fossem dois adolescentes, fizeram aumentar sua excitação e atenção. Seu coração estava alvoroçado, e sentia pontadas incandescentes de fogo chamuscarem suas veias. Era sempre assim com Rick. Quer pensando nele ou estando de fato com ele, o tesão a dominava.

"Bem, você encontrou o lugar perfeito para nós." Kendall roçou o nariz num ponto sensível de seu pescoço, entre o ombro e a orelha, provocando um gemido de prazer bem estranho em resposta. "Não sei bem como vamos ver a apresentação de *slides*, e não me preocupo com isso no momento. Mas estamos sozinhos, conforme você prometeu."

"Sempre mantenho a palavra, Kendall."

"Então você terá de encontrar outro lugar para dar uns amassos", gritou uma voz conhecida. "Porque chegamos aqui primeiro."

"Roman?", perguntou Rick.

"Quem poderia ser?"

"Droga!", murmurou Rick.

Kendall não conseguiu conter o riso. "Mas que originalidade..."

"Como eu disse, chegamos aqui primeiro."

Rick soltou um urro de desgosto. "E você acha que isso lhe dá os direitos de um colonizador?"

"É a isso que chamam rivalidade entre irmãos?" Era algo que Kendall não conseguia entender, já que nunca fora criada numa mesma casa com um irmão ou irmã tempo suficiente para experimentar na pele aquele fenômeno. Mas, apesar da interrupção indesejada, estava curtindo a discussão exaltada, porém divertida, entre os irmãos.

"É a isso que chamam homens marcando território", explicou Charlotte, rindo junto com Kendall. "Além do mais, nem Roman nem Rick têm direito sobre o local. De acordo com a tradição da cidade, foi Chase quem pôs a marca dos Chandler aqui primeiro."

"Ah, conte tudo!" Kendall não conseguia imaginar aquele Chase, todo sério, se envolvendo em confusão. Entretanto, mesmo que preferisse a personalidade mais sociável de Rick, conseguia visualizar muitas garotas ficando encantadas com os modos sérios e quietos de Chase.

"Bem, ouvi falar que, quando Chase ainda estudava aqui, ele foi pego com uma garota debaixo das arquibancadas. Estavam matando aula, e ele foi suspenso", falou Charlotte.

Kendall soltou uma gargalhada. "Você está brincando..."

Rick fez que não com a cabeça. "É a última história de imprudência de Chase que realmente conhecemos, antes de ele assumir como chefe da família."

"Antes de ele se tornar o irmão austero e de expressão severa que conhecemos e amamos", completou Roman.

"Gostaria de saber o que é necessário fazer para domar aquele Chandler", meditou Charlotte.

Roman soltou um urro baixinho. "Sou o único Chandler que você irá domar. Agora, queima o chão, Rick. Sem querer ofender, Kendall..."

"Imagina!" Ela riu. Como não poderia? Gostava da possessividade que Roman demonstrava em relação a Charlotte. E admirava que Charlotte tivesse domado aquele andarilho, passando a acreditar que ele não a trairia da forma que seu pai fizera com sua mãe. Tudo isso fazia Kendall pensar sobre o que seria necessário acontecer para que ela se arriscasse a acreditar que podia ser feliz com alguém.

Com qualquer homem.

Com Rick.

Estava muito perto daquilo, sabia. Perto de acreditar que poderia também viver feliz para sempre, perto de adquirir a estabilidade que sempre vira como algo distante.

Mas algumas perguntas ainda a incomodavam. Como, por exemplo, como lidar com aquele medo avassalador de ser abandonada e traída? Como deixar de lado as lembranças de ter sido abandonada e superar os anos que passara ensinando a si mesma que ficar sozinha e mudando-se de um lugar para outro era mais seguro para seu coração?

"Vamos lá", murmurou Rick, interrompendo seus pensamentos. Ele agarrou-lhe a mão e começou a se dirigir para o campo. "Você me deve uma grande, irmãozinho." Era visível que não estava feliz por ser deslocado por Roman.

Dez minutos depois, pegaram um cobertor no carro e se juntaram à massa no campo. Mesmo rodeados por muita gente, Kendall aconchegou--se sob o cobertor com Rick. Os alto-falantes ao redor tocavam uma música, e ela não podia estar mais feliz. A apresentação, por fim, começou com *slides* de Yorkshire Falls desde a época de sua fundação.

Rick estava certo. Apesar de muitas fotos e partes da narrativa serem interessantes, aquele evento servia mais para se ter momentos íntimos sob as estrelas do que como a apresentação de um filme que agradasse a todos. Ainda assim, Kendall conseguia entender por que se tornara uma tradição da cidade, e estava feliz por participar do acontecimento.

Rick puxou-a para mais perto, abraçando sua cintura, com o rosto enfiado em seus cabelos. "Você falou sério mais cedo?", perguntou.

Ela podia fingir não saber sobre o que ele falava, mas isso não seria justo, não agora que conhecia seu passado e compreendia seus medos. Virando-se para que ele pudesse ver seu rosto, encarou-o, séria. "Você quer dizer sobre ficar aqui?"

Rick fez que sim com a cabeça, sem falar nada. Mas a maneira como a olhava – tão cheio de ardência e desejo – a deixou arrepiada. Ele aguardava a resposta, com toda a sua paciência e compreensão.

Enquanto aguardava, suas mãos fortes moveram-se para cima, acariciando os cabelos de Kendall, tocando-lhe a cabeça e criando um clima de erotismo e, em ambos, uma sensação de união e confiança, destruindo os medos e reservas dela.

Isso a fez desejar confiar, pela primeira vez. "Rick, eu..."

Ele colocou um dedo sobre os lábios de Kendall. "Antes que responda, quero que você saiba de uma coisa."

Rick não precisava dizer nada. Tudo que ela precisava ver e ouvir estava escrito em seu rosto expressivo. Mas era óbvio que ele precisava falar. "O que é?"

Rick colocou as palmas das mãos no rosto dela. "Eu te amo, Kendall."

O coração dela praticamente parou de bater. No mesmo instante em que ela forçava um entendimento consigo mesma, Rick oferecia-lhe a expressão definitiva e permanente de fé e comprometimento. E era algo que ela não sabia bem como retribuir, já que nunca lhe haviam ensinado.

Mas Kendall queria. Rick era um homem especial, e merecia muitas coisas que a vida lhe negara por tempo demais. Ele a amava. "Rick, eu..."

Gritos altos, vindos de todo lado, interromperam o que quer que ela fosse dizer. Kendall virou-se para descobrir qual seria o motivo da comoção e olhou para a tela, que segundos atrás exibia imagens em preto e branco e, pouco depois, apresentava fotos da cidade em tons de sépia. Mas, em vez de fotos da cidade, havia uma fotografia enorme, estourada, que Kendall conhecia bem.

Lembrou que havia posado para aquela foto. Era da época em que precisara de dinheiro para levar a tia para a melhor clínica de repouso. Antes de Brian lhe oferecer ensaios melhores, Kendall posara para um catálogo de *lingerie* numa grande variedade de modelos. Alguns incluíam couro. No modelito apresentado na tela, Kendall tinha em mãos uma algema forrada de pele e um xale de seda. E, apesar de nunca ter gostado de usar ou vestir os produtos com os quais era fotografada, na época nenhuma das fotos a deixara envergonhada ou humilhada. Até aquele momento...

Porque, na época, as fotos eram para ser vistas num catálogo de compras, não no que era para ser uma apresentação do orgulho pela cidade. Pensar nisso a trouxe de volta para o lugar onde estavam, e deu-se conta de que estava praticamente nua na tela, para toda a cidade ver. Na frente de todas as pessoas que respeitavam o policial Rick Chandler e sua família. Não era apenas a sua reputação que estava sendo colocada à prova, mas a deles também.

"Ah, meu Deus! Preciso sair daqui." Ela pulou dos braços de Rick e se levantou, mas, quando todos os olhares se voltaram para ela, percebeu imediatamente seu erro.

Mesmo que houvesse a foto de outra pessoa na tela naquele momento, todos prestavam atenção nela. Apontando, sussurrando, rindo. Kendall tornara-se imediatamente motivo de gozação. Seu rosto ficou vermelho e inflamado, e sentia que ondas de náusea a inundavam. Como aquilo poderia ter acontecido?

Rick abraçou-a pela cintura e tentou empurrá-la para longe. "Kendall, vamos embora!"

Mas a voz dele mal conseguia penetrar a nuvem que de repente se formara ao seu redor. Olhando para trás, viu que a fotografia fora substituída por uma mais recente da First Street. A evidência sumira, mas o estrago já havia sido feito, Kendall tinha de reconhecer. "Pensei que..."

"Depois você me diz o que está pensado. Deixe-me levá-la para casa primeiro."

Kendall sentiu que Rick a empurrava novamente, para fazê-la se mover, mas ela permanecia paralisada. "Pensei que finalmente eu podia fazer parte..."

Mas, obviamente, "fazer parte" era uma expressão que ela nunca teria o direito de usar. As gargalhadas, os suspiros de choque e os sussurros abafados de pessoas que ela acabara por conhecer e de quem começava a gostar ainda soavam em seus ouvidos, lembrando-a do primeiro dia, no salão de beleza, quando as mulheres haviam deixado claro que era uma forasteira.

Ela sempre seria uma forasteira.

"Mas você faz parte", falou Rick, esperando que suas palavras penetrassem em sua mente. Kendall pertencia àquela cidade... e a ele.

Rick conhecia bem quase todos os moradores de Yorkshire Falls, e a maior parte deles era carinhosa, receptiva e complacente. Com exceção de uma minoria. A reação que haviam manifestado à fotografia fora de choque, mas ninguém iria ficar penalizando Kendall pela escolha de trabalhos como modelo, disso ele tinha certeza.

Contudo, era de estranhar o impacto inicial causado pela foto. A fotografia fora tirada com o propósito de seduzir compradores – homens e mulheres cujos gostos iam de brincadeiras extremamente sensuais na cama a outras mais ecléticas. E funcionara bem para esse propósito. Quando Rick fechou os olhos, viu Kendall usando um *top* de couro, atraindo-o com o busto decotado e a barriguinha lisa. E, apesar de ninguém naquela cidade ser capaz de usar uma foto ou um trabalho contra ela, eles não iriam também esquecer rapidamente o que tinham visto.

Caramba!, não conseguiria esquecer a imagem dela em todo aquele couro. Couro. Recordou-se da última vez que vira uma vestimenta de couro... em Lisa Burton. Venha, deixe me mostrar-lhe minhas aptidões, falara ela, balançando um par de algemas de veludo para ele. Filha da puta!, pensou Rick.

"Eu pertenço?", perguntou Kendall, soltando uma risada aguda. "Pergunte a essas pessoas se sou uma delas." Ela balançou a cabeça, e Rick notou que todo o corpo dela tremia.

Ele colocou o braço ao redor dos seus ombros. "Vamos para casa!" Apesar de querer muito acertar as contas com Lisa, Rick precisava cuidar de Kendall primeiro. "Não tenho certeza de quem fez isso", falou. "Mas tenho um palpite. Você precisa entender que isso te magoou agora, mas no fundo não significa nada."

Ela se soltou de seus braços, encarando-o de olhos bem abertos, incrédula. "Você está brincando! Isso significa *muita coisa*."

Rick sentiu uma pontada no estômago pela força do que ela dizia. Era óbvio que Kendall acreditava que aquilo havia mudado tudo para ela. Havia mudado tudo entre eles.

Kendall não apenas se fechara em si mesma; seu mecanismo de defesa começava a agir, algo que vinha impregnado nela pelo passado. Quando as coisas endureciam, seus parentes a mudavam de uma casa para outra. Já adulta, quando se magoava, pegava o carro e fugia. Com aquela fotografia, Kendall enfrentava seu maior desafio... Conseguiria recompor sua coragem, ficar e lutar?

Ou continuaria a se fechar para ele até que encontrasse uma justificativa para fugir?

"Não vou ficar discutindo com você agora." Ele apertou a mão dela, empurrou-a para longe dos olhos que a encaravam e dos sussurros não tão baixinhos e a conduziu na direção do carro.

Não poderia impedir que fugisse novamente. Mas precisava lembrá-la de como ele se sentia antes daquela porcaria de foto ampliada. Rick a amava, e queria repetir isso para ela... mas quando Kendall estivesse pronta para escutar. Naquele momento, o choque e a dor ainda estavam bem presentes. Depois que ela tivesse tido tempo para absorver e lidar com a vergonha, Rick exporia novamente seus sentimentos.

Se Kendall fosse embora depois daquilo, pelo menos Rick poderia dizer a si mesmo que lhe dera tudo que tinha para oferecer. Assim como fizera antes com Jillian...

E havia muito mais em jogo agora.

Pararam em frente à casa dela, e Rick começou a sair do carro.

Kendall virou-se para ele, com os olhos vagos e vazios. "Não precisa me acompanhar até lá dentro. Além do mais, preciso de um tempo sozinha."

Sentiu uma porrada no estômago com a falta de emoção com que ela dizia isso. "Para se afastar ainda mais?"

"Você devia ir ver como Raina está", falou, em vez de responder a pergunta. "O choque por ter visto aquela fotografia pode não ter sido bom para o coração dela."

"A única coisa que irá acontecer ao coração de minha mãe como resultado de hoje à noite é que ele irá sofrer por você. Tenho certeza de que ela pode lidar com isso." Rick cerrou os punhos e os levou à cintura.

"Mesmo assim, você devia ir vê-la..."

Não podia refutar aquele argumento, nem seria capaz de convencer Kendall a se abrir naquela noite. Suas barreiras estavam altíssimas e o afastavam. "Você me liga se precisar de alguma coisa?", perguntou.

Ela fez que sim com a cabeça. Mas, quando ela saiu sem dizer uma palavra, batendo a porta do carro, Rick sabia que não lhe telefonaria naquela noite, nem em breve.

Raina vagava pela cozinha. Seus companheiros relutantes na farsa sobre sua condição de saúde estavam por perto. Eric estava sentado ao seu lado à mesa de fórmica branca, e Roman e Charlotte, de pé, encostados no armário no outro canto da cozinha. Tinham-se reunido ali depois do fiasco daquela noite, e, apesar de ninguém ter visto ou falado com Rick depois que a foto de Kendall fora pregada na tela para que a cidade toda pudesse vê-la, estavam todos preocupados.

O único que não estava ali era Chase. Como tinha um funcionário cobrindo a apresentação de *slides* para o jornal, ele perdera o evento e não fora para lá. Graças a Deus!, pois Raina não estava disposta a lidar com seu filho mais velho e suas próprias mentiras naquela noite. Naquela noite queria ajudar o filho que mais precisava dela.

"Hoje à noite foi uma desgraça", falou Raina. "Uma desgraça completa e absoluta. Não consigo acreditar que alguém pudesse fazer algo assim." Franziu a testa ao se lembrar do que vira na tela.

"Não acho que posar para um catálogo de *lingerie* seja uma desgraça." Charlotte defendia Kendall. "Não é verdade, Roman?"

Ele limpou a garganta. "Concordo. Mesmo que os... hã... acessórios fossem, de certa forma, bizarros, acho que Kendall estava gostosa." Charlotte deu uma cotovelada na costela do marido.

"Bonita. Quero dizer, Kendall estava bonita", corrigiu Roman com um suspiro forçado. A seguir, esticou os braços e puxou sua esposa decepcionada para si. "Você sabe o que eu quis dizer. Eu te adoro, mas só um cara morto não conseguiria olhar para aquilo."

Raina revirou os olhos.

"Você devia ter parado enquanto o jogo estava a seu favor, filho...", falou Eric, intrometendo-se.

"Ela não parecia uma desgraça", falou Roman.

"Concordo." Eric escorou um cotovelo na mesa.

Raina sorriu. Ela os provocara para sentir o clima na sala e percebeu que todos estavam ao lado de Kendall. "Está bem, agora que estamos todos no mesmo barco, o que vamos fazer para ajudar Kendall? Deus sabe quanto essa moça está se sentindo humilhada."

"O máximo que podemos fazer é extirpar qualquer fofoca que chegue a nossos ouvidos e apoiá-la. Além do mais, tenho certeza de que ela gostaria de deixar de lado o assunto", falou Charlotte.

"Deixar de lado?", perguntou Raina, tomando as dores de Kendall. "Em primeiro lugar, alguém armou uma para a pobre garota."

"E é ela quem tem de descobrir quem fez aquilo!", falou Roman, sério, procurando avisar Raina para não se intrometer na vida dos outros.

Raina devia ter imaginado que ouviria aquilo, já que fora vítima das broncas do filho antes. Mas ela pusera Roman no mundo, e isso lhe dava certa experiência e o direito de seguir em frente com suas ideias. "Em segundo lugar, ela é como se fosse da família, e tenho certeza de que Rick gostaria que..."

"Que não nos intrometêssemos", completou Eric por ela.

Raina olhou com raiva para ele. Como haviam ficado mais próximos nos últimos meses, Eric compreendia seu desejo ardente por netos e por casamentos felizes para os filhos. Nenhuma dessas duas coisas aconteceria se Kendall ficasse assustada e tentasse fugir.

"Concordo com ele, Raina. Apesar de você amar Rick e Kendall, não pode tomar decisões por eles, nem mudar o destino", Charlotte falou com delicadeza, em tom de súplica.

"Perdoe-me por discordar. Se você se lembra, um certo probleminha cardíaco fingido fez meus filhos tirarem, ridiculamente, a sorte na moeda e elegerem Roman para encontrar uma esposa. Apesar de pequenos incidentes, vocês dois estão muito felizes. Eu chamaria isso de mudar o destino." E, apesar de sentir-se mal por mentir, a causa e o resultado haviam sido positivos, graças a Deus. Se tivesse a oportunidade de fazer tudo novamente, teria seguido um rumo diferente. Contudo, não podia negar que havia funcionado.

"Você não deve se intrometer, mamãe." Os olhos azuis de Roman, muito parecidos com os do pai, a encaravam.

Raina suspirou fundo. "Qual é o grande problema de dar apoio às pessoas que você ama?"

Charlotte cruzou a sala e colocou a mão sobre o braço da sogra. "Ouça! Conversei com Kendall, e, pelo que posso imaginar, Rick estava fazendo das tripas coração para que ficasse na cidade, e isso foi antes de alguém expô-la para todo mundo. Ele vai precisar de seu apoio, mas não de sua bisbilhotice. Dessa vez você terá de confiar em mim."

"Gostaria que alguém confiasse em mim", falou Rick.

Raina engasgou, e todos se viraram ao som inesperado da voz de Rick.

"Não sei ao certo se me sinto mais insultado por vocês todos estarem aqui discutindo a minha vida ou por terem guardado segredos." Ele entrou na cozinha, com os braços cruzados e uma careta no rosto.

Raina não o ouvira entrar, e parecia, pela expressão de choque no rosto de todos à sua volta, que ninguém ouvira também. Rick encostou-se na soleira da porta, parecendo exausto e perturbado. A palavra "derrota" não fazia parte do vocabulário dos Chandler, mas era óbvio que o quer que tivesse acontecido entre ele e Kendall não fora nada bom.

E, a julgar pelo desgosto demonstrado em seu rosto, o que iria acontecer ali não seria nada bom também. "Há quanto tempo você está aqui?", perguntou Raina. Mas a sensação de enjoo na boca de seu estômago já fornecera a resposta.

"Ah!, cheguei mais ou menos no momento em que você mencionou que fingia seus problemas cardíacos." Seu queixo estava rígido, deixando bem clara sua fúria, e seus olhos transbordavam traição e dor.

"Rick..."

"Agora não, está bem? Já sofri o suficiente hoje à noite. Não preciso lidar com isso também. Fico feliz por saber que você está bem de saúde. Emocionado, para falar a verdade." Balançando a cabeça por não conseguir acreditar naquilo, virou-se para sair.

"Rick..." Roman andou na direção do irmão.

Rick não olhou para trás. "A não ser que você vá me dizer que não tinha a menor ideia de que ela estava fingindo, também não temos nada para conversar."

"Charlotte, vou levar meu irmão para beber algo. Eric vai te levar em casa, tudo bem?" Roman olhou para o velho, que aquiesceu em silêncio.

"Preferia ir beber sozinho...", murmurou Rick.

"Não se preocupe comigo. Vocês dois precisam conversar." Os olhos azuis de Charlotte brilhavam de compaixão e preocupação pela sua ainda nova família. "Rick, você sabe que te amamos."

"Vocês têm uma maneira bem interessante de demonstrar isso."

"Você está certo. E não há desculpa para o que fizemos, porém..." A voz de Raina foi diminuindo.

"Eu cuido disso, mamãe. Apenas relaxe e vá dormir um pouco, está bem?" Roman colocou a mão no ombro dela. Ela lhe agradeceu por sua preocupação.

Apesar de nunca ter perdoado a farsa que ela criara, Roman não ia deixar de apoiá-la naquele momento, e Raina ficou feliz pela lealdade dele. Amava seus filhos. Amava-os tanto, que acabava por magoá-los com suas boas intenções.

"Onde está Kendall?" Charlotte fez a pergunta que Raina tinha certeza de que estava na mente de todos.

"Em casa. Provavelmente arrumando as malas", murmurou Rick.

Raina se retraiu. "Se ajudar em alguma coisa, posso pegar uma carona até lá para conversar com ela." Mesmo enquanto se oferecia, mesmo quando Roman fez um gesto para ela calar a boca, Raina sabia qual seria a resposta de seu filho.

"Você não acha que já causou estrago suficiente?", perguntou Rick.

A decepção de Rick atingiu-a diretamente no coração, o órgão que ela usara para manipulá-lo. Justiça poética, pensou Raina, ideia que não a consolava em nada, mas que trazia uma enorme quantidade de dor.

Rick também estava sofrendo, uma combinação proveniente do afastamento de Kendall e da revelação da farsa de Raina. Sua própria aflição e seus sentimentos eram bem menores quando comparados à agonia que o filho do meio devia estar sentindo.

Não importava mais se Rick a perdoaria. Raina precisava ajudar a ele e a Kendall. Infelizmente, não tinha a menor ideia de por onde começar.

De alguma forma Kendall sobreviveu à noite com duas adolescentes, um novo cão e suas próprias dores. As garotas deram banho em Feliz, e a atividade manteve a mente de Kendall ocupada, ajudando-a a esquecer a humilhação que sofrera... causadas pelas mãos de quem?, perguntava-se pela milionésima vez.

Apesar de Rick ter insinuado que tinha um palpite a respeito do culpado, Kendall não tinha ideia de quem a odiava tanto a ponto de divulgar uma foto em que estava praticamente nua numa tela de cinema. A única pessoa que evidentemente não gostava de Kendall era Lisa Burton, e Kendall não conseguia ver a professorinha arriscando seu emprego e sua própria reputação para pôr em prática aquele golpe tão infantil.

Quando as risadinhas das garotas finalmente cessaram e elas adormeceram, ignorando o que ocorrera na apresentação de *slides*, Kendall chegou à conclusão de que não importava quem armara para ela. O fato era que a pessoa lhe fizera um favor. Dera-lhe uma prova de por que os sonhos nunca podem se tornar realidade e por que Kendall Sutton não podia viver numa cidade pequena nem se ligar a um homem bom e decente como Rick Chandler.

A luz do sol já se infiltrava no quarto através das venezianas entreabertas, e a apresentação de *slides* e a fotografia ficavam repassando infinitamente na mente de Kendall. Não tinha vergonha de sua antiga carreira, nem daquela foto que fora apresentada. Não importando quanto precisasse de dinheiro, Kendall nunca teria concordado com um trabalho que achasse que iria depreciar a si mesma ou a sua família. Mas a verdade era que ficava recordando que fora afixada seminua para a cidade toda ver, para atingir pessoas que haviam sido boas para ela.

E os Chandler mereciam mais que aquilo. De Charlotte, que tinha seu negócio próprio, a Raina, que tinha classe, moral e um coração deficiente que não suportava estresse, e a Rick, cuja reputação de bom policial era sem igual e imaculada. Até se juntar a ela...

Kendall balançou a cabeça e foi até o peitoril da janela, para observar a grama coberta de orvalho. Pela primeira vez em sua vida adulta, permitira-se acreditar em possibilidades. Considerava a ideia de ficar, de tornar-se parte da cidade de Rick, da família de Rick. Da vida de Rick. Tivera sua resposta na noite passada, mostrada ao vivo e em cores. Aquelas possibilidades lhe haviam sido tiradas. Assim como lhe fora ensinado quando ainda era criança, aprendera novamente na noite da véspera: família e estabilidade só valiam para as outras pessoas, para ela não.

Graças a Deus, Hannah não vira a apresentação. Kendall teria de contar-lhe o que aconteceu antes que outra pessoa o fizesse. Nada seria mais embaraçoso para uma adolescente. Kendall gostaria de poder poupar totalmente a irmã, mas isso não era possível. O máximo que podia fazer era aliviar o golpe ao explicar à irmã que fora uma garota de pôster na apresentação histórica da cidade.

Aí, ela e Hannah se mudariam para o Oeste, para longe daquela cidade, antes que uma delas se prendesse ainda mais ao local – ou sofresse mais algum desapontamento.

"Bom dia, Kendall!" As jovens surgiram na cozinha com toda a alegria dos adolescente no começo de um novo dia.

Tudo que Kendall queria era se enfiar de volta na cama, mas forçou um sorriso. "Bom dia, garotas. Posso preparar algo para vocês comerem?"

"Não... A gente prepara um cereal", falou Hannah.

"E como foi a apresentação? Estávamos tão entretidas com Feliz ontem à noite, que esquecemos de perguntar." Jeannie deu um tapinha na cabeça do cãozinho. "Minha mãe costuma ir, mas está tão cansada das fotos de sempre, de edifícios antigos, ano após ano, que falou que, em vez de irmos lá, nos levaria ao cinema."

Kendall não pretendia contar a Hannah o que acontecera enquanto sua amiga estivesse por perto. "Foi... interessante. Então, qual a programação de vocês para hoje?"

O celular de Kendall tocou e impediu que as garotas respondessem. "Passei o número para minhas amigas. Pode deixar que eu atendo", falou Hannah enquanto corria para o telefone sobre o balcão. "Alô?"

Kendall aguardou, torcendo para que Rick não decidisse telefonar para ela logo cedo.

"Quem está falando?"

"Com quem você gostaria de falar?", sussurrou Kendall, contendo a irritação. Hannah tinha de aprender a ser mais educada, ou pelo menos Kendall ia morrer tentando ensiná-la, pensou, rindo.

"Não. Não. Não! Esta casa não está à venda e não ficará à venda. Não, você não pode falar com a dona da casa porque eu mesma vou falar com ela." Hannah desligou o celular e virou-se para Kendall. "Como você pôde fazer isso?"

Ah, ela não precisava daquilo naquele momento. "Não anunciei a casa, Hannah."

"Ainda não. Mas foi o que essa Tina Roberts me falou no telefone. Que você irá anunciar e vender. E depois? Vou para outro internato? Como você pôde fazer isso?", choramingou novamente, fungando e esfregando os olhos úmidos com as mãos.

Kendall sentiu um aperto no coração pela dor da irmã. Sabia muito bem o que era sentir-se abandonada e indesejada, e esses eram sentimentos que Kendall estava determinada a proteger Hannah de experimentar novamente.

Jeannie olhava de Kendall para Hannah, acompanhando a discussão em família. Não havia nada que Kendall pudesse fazer. Era óbvio que não conseguiria conter a irmã até que estivessem sozinhas.

Adiantando-se, Kendall colocou uma mão firme sobre o braço da irmã. "Não vou te mandar para um internato."

"Não vai?" Hannah ergueu a cabeça para olhá-la, com os olhos bem abertos e cheios de esperança.

Kendall fez que não com a cabeça. "De jeito nenhum." Kendall não tinha certeza de muitas coisas na vida, mas, após alguns dias com a irmã, não podia nem iria mandar Hannah para longe. "Vou entrar em contato com mamãe e papai para me tornar sua guardiã legal, para que, assim, possa cuidar de você e tomar as decisões certas por você."

"Eu sabia!", Hannah gritou de alegria.

Então jogou seus braços ao redor do pescoço de Kendall e apertou-a forte. Aquele abraço reconfortou Kendall.

"Eu sabia que você não me mandaria para longe", falou Hannah em seu ouvido.

Como uma adolescente podia mudar rapidamente de ideia! Coisa de mulheres, com certeza, mas mais ainda um capricho de adolescente. Hannah afastou-se, olhando para Kendall com todo o amor e carinho que tinha em seu coração. Kendall sentiu um nó na garganta, e a sensação de ser necessária ameaçava sufocá-la. Não queria começar a discutir com a irmã, nem queria se permitir ser consumida pelo medo de perder Hannah. Por serem parentes de sangue e sendo a irmã mais velha, Kendall tinha mais controle sobre aquela situação.

Nada parecido com o que tinha com Rick ou com Yorkshire Falls, duas coisas em que ela estava confiando. Naquele caso, era Hannah que confiava em Kendall, e por isso estava determinada a não desapontá-la. "Não vou te mandar para lugar nenhum, Hannah. Quero ter você ao meu lado aonde quer que eu vá. Somos uma equipe, eu e você." Sorriu para a irmã, feliz por pelo menos terem uma à outra.

"O que quer dizer com aonde quer que você vá?" Hannah fechou a cara e cruzou os braços. "Pensei que ficaríamos aqui. Eu fiz amizades. Gosto daqui. Você gosta daqui e Rick te ama."

Eu te amo, Kendall. Rick dissera isso na noite anterior, bem na hora em que aquela porcaria de foto aparecera na tela. E ela ficara tão envolvida pelo choque e pelo sofrimento, em sua determinação de acreditar que não fazia parte daquilo, que não pensara sobre o que Rick dissera. Ele a amava, mas era impossível saber como se sentia após a repercussão daquela foto.

Kendall virou-se para a irmã, que a encarava, enquanto o amor e a gratidão eram substituídos por traição no brilho de seus olhos verdes. "O que a faz pensar que Rick me ama?" Afinal de contas, Hannah não estivera com eles na noite anterior.

"Basta olhar para ele. Assim como basta olhar para você para saber que se importa apenas consigo mesma." Andou pesadamente na direção de Jeannie, que permanecia olhando-as, boquiaberta. "Vamos embora!"

"Para onde?", perguntou Jeannie.

"Para a cidade. Para a sua casa. Não me importo. Só quero sair daqui", falou Hannah.

Kendall suspirou. "Hannah, não vá. Há mais coisas sobre as quais preciso falar com você."

"Ah, sim, acabou. Preferia estar num internato a morar com você. Pelo menos lá as pessoas não fingem gostar de você quando, na verdade, não gostam. Tô fora!" Como para confirmar o que dizia, Hannah agarrou a mão de Jeannie e puxou-a para fora da cozinha. Segundos depois, bateu a porta da frente.

O som coincidiu com o aperto no estômago de Kendall por sua irmã ter escapulido de sua vida.

Capítulo 13

RICK ESTAVA COM BAFO DE cabo de guarda-chuva, sentia uma baita dor de cabeça e ainda assim estava se sentindo melhor do que quando vira Kendall se afastar dele na noite da véspera.

"Vamos acordar e sorrir." A voz alegre demais de Charlotte o atingiu, vindo do outro canto da casa.

Depois de deixá-lo bêbado e não permitir que falasse nada, Roman o levara para seu apartamento a fim de dormir para curar a embriaguez. Rick ainda estava furioso com o irmão, mas, como é comum acontecer entre amigos de bebedeira, Roman fizera a sua parte.

"Levante-se, dorminhoco." Charlotte entrou na sala de estar, onde Rick dormia, e abriu as persianas das janelas.

A luz do sol logo atingiu seus olhos, e Rick deu um berro. "Aaaah, Deus!, Charlotte, tenha piedade." Girou para o lado e cobriu a cabeça com as mãos.

Ela se aproximou do sofá. Por estar de bruços, com o rosto virado para baixo, Rick só conseguia ver seus pés descalços. Mas, infelizmente, parecia que Charlotte havia amarrado tampinhas de metal na sola dos pés.

"Eu tenho piedade. Veja o que eu trouxe para você." Inclinando-se, colocou um copo sobre a mesinha à frente dele.

"O que é isso?" Seus olhos semicerrados focaram o líquido escuro.

"Algo digerível. Eu ia preparar para você o bom e velho remédio de meu pai, que incluía ovo cru e leite."

Rick sentiu seu estômago se revirar, mas conseguiu conter o vômito.

"Mas tive piedade de você e trouxe só uma Coquinha. Também trouxe aspirina." Esticou a palma da mão e mostrou-lhe dois comprimidos, que Rick, agradecido, logo pegou. "Ei, você bebeu aquela água que te trouxe ontem à noite?", perguntou Charlotte.

"Não me lembro." Empurrando-se para fora do sofá, Rick de alguma forma conseguiu levantar, apesar da tontura. Engoliu primeiro os comprimidos e depois a Coca, enchendo o estômago vazio, que roncava.

Então, forçando seus olhos a focarem em algo, viu que Charlotte o observava. Ela era uma visão deliciosa para qualquer homem logo pela manhã. Além disso, era bem legal: dera-lhe um remédio para ressaca sem o reprimir. Era impossível gostar mais de uma mulher.

A não ser de Kendall, mas esse era um problema para quando estivesse um pouco mais recuperado. "Eu já te falei que meu irmão é um cara de muita sorte?"

"Diga-me você mesmo, e pare de ficar flertando." Roman entrou na sala sem se importar em andar na ponta dos pés, nem com a óbvia ressaca de Rick.

"Quem disse que consigo enxergar bem o suficiente para flertar? Está tudo meio embaçado ainda...", murmurou Rick.

"Isso significa que está vendo duas Charlottes. Você tem sorte!" A voz de Roman indicava claramente que estava brincando. Aproximando-se de Charlotte, abraçou-a pela cintura e a puxou para mais perto.

"Não ria de mim... ainda mais depois de tudo que você fez." Enquanto Rick falava, lembrou-se do soco no estômago que sentira ao ouvir sua mãe admitir que fingira o problema cardíaco. Recordava-se da sensação de alívio misturada com a dor de ser sido traído, a vontade de abraçá-la e estrangulá-la ao mesmo tempo, e o inacreditável sentimento de incredulidade pelo fato de seu irmão ter participado da farsa da mãe. "Como diabos você pôde me deixar acreditar que mamãe estava doente?"

Roman puxou uma cadeira, e Charlotte ajeitou-se numa almofada ao lado dele. "Devemos uma explicação a você", falou Roman, fazendo uma pausa como se estivesse tentando juntar as ideias.

Rick aguardou. O desejo de dar um tapa no pé, demonstrando todo o seu aborrecimento, era grande, mas concluiu que sua cabeça ardente merecia tratamento preferencial.

"É meio complicado..." Roman balançou a cabeça, obviamente exasperado. "De início, não te contei porque estávamos na Europa em lua-de-mel." Pegou a mão de Charlotte e ela colocou a palma da mão sobre a dele.

Rick não desistira nem um pouco do sonho de ter aquele tipo de relação, a sensação de união com alguém, especialmente com Kendall. Por isso, ver seu irmão e a esposa juntos naquele momento era-lhe um tanto amargo. Massageou as têmporas, que doíam. "Você poderia ter telefonado", falou, numa tentativa de concentrar-se nos problemas de sua família, e não nos de sua ainda mais bagunçada vida amorosa. Teria ainda muitas noites e dias em claro para descobrir onde errara.

"Eu poderia. Droga!, eu deveria ter feito isso. Em defesa de Charlotte, ela me implorou que telefonasse e te contasse."

"E por que não o fez?"

"Apesar de ser impossível sustentar esse argumento num tribunal", brincou Roman, "estava muito ocupado tentando ser feliz. E imaginei que mais algumas semanas de silêncio não incomodariam ninguém. Droga!, até me iludi pensando que talvez mamãe tivesse sucesso e conseguisse te juntar a alguém tão incrível quanto Charlotte. Que você acabasse ficando tão feliz quanto eu fiquei... Apesar da intromissão de mamãe."

Rick ergueu as sobrancelhas, ignorando a dor que lhe destroçava o crânio. "Eu devia te matar!"

Roman deu de ombros. "Acho que você tem razão."

"O que aconteceu depois que você voltou aos Estados Unidos? O que o impediu de revelar o segredo de mamãe?"

Roman foi para trás e então encostou-se no assento, ainda segurando a mão de Charlotte. Era provável que precisasse de seu apoio, já que estava bem errado e preocupado. Se conseguiria justificar seus atos, era algo de que Rick duvidava muito.

"Bem, você precisa ter em mente que estivemos fora por mais de um mês", continuou Roman. "Não queria dar a mamãe muita liberdade para agir, mas Charlotte e eu estávamos ocupados arrumando o apartamento de Washington. Eu estava me acostumando ao novo emprego. E, tenho de admitir, de início você parecia estar curtindo a tentativa de mamãe de encontrar a mulher certa para você." Ele deu de ombros. "Então deixei as coisas seguirem. Por mais tempo do que deveria..."

"E foi mesmo." Rick jogou a cabeça para um lado, um erro do qual logo se arrependeu, pois a banda de *rock* pesado voltou a tocar em seus ouvidos. "Mas, então, o que o impediu de contar a verdade?"

"Você e eu sabemos que parte dos motivos de mamãe para armar essa farsa era querer que ficássemos felizes e acertados, mas ela também queria..."

"Netos", falou Rick, afirmando o óbvio. Afinal de contas, Raina tentava convencê-los havia séculos.

"Certo. E não achei que, depois de ter fingido a doença, ela merecia que seu maior desejo – netos – se realizasse tão facilmente. Queria que ela sofresse um pouco. Se eu contasse a ela que Charlotte estava grávida, imaginei que ela..."

"Diminuísse a carga sobre mim e Chase?", perguntou Rick. "Essa seria a hipótese mais provável, não? Então por que não contar a ela que conseguira o que queria... que Charlotte estava grávida? E aí denunciar a farsa e dar a Chase e a mim um pouco de paz?"

"Porque Raina não é como a maioria das mães, e não há nada óbvio no trato com ela. Por acaso, sei que quer todos nós ajeitados na vida e felizes. Não apenas um de nós. Se ficasse sabendo que Charlotte estava grávida, mamãe teria ainda mais certeza de que sabe o que é melhor para nós e iria com mais afinco atrás de você e de Chase."

Ao se recordar da fantasia de dominadora de Lisa, sem dúvida inspirada pelas palavras de encorajamento de Raina, Rick balançou a cabeça rapidamente. E viu estrelas. Droga!, tinha de parar de fazer aquilo. "Não sei se era possível mamãe se esforçar ainda mais...", murmurou. "E se você morasse aqui, saberia isso..."

Roman evitava encarar Rick. "Bem, eu não sabia que a coisa estava tão ruim assim. Por isso, falei para mamãe que Charlotte e eu precisávamos de um tempo sozinhos antes de começarmos a nos preocupar em ter uma família. Queria fazê-la suar um pouco."

Se a cabeça de Rick estava girando antes daquela explicação, as coisas então ficaram ainda piores. Mas uma coisa era real: Charlotte estava grávida do primeiro neto Chandler. Rick se encheu de orgulho e alegria por seu irmão caçula, junto com uma boa dose de inveja, que concluiu ser normal e se recusava a analisar. Em vez disso, olhou para a cunhada. A não ser pelo belo brilho em suas bochechas, era impossível dizer que esperava um filho. Começou a se levantar para lhe dar um grande abraço de cumprimento, mas sua cabeça se negava a cooperar.

Charlotte foi até ele e colocou a mão firme em seu ombro. "Cumprimente-me depois. Primeiro fique bom", falou, brincando. Então se ajeitou ao seu lado. "Rick, não foi apenas para fazer sua mãe pagar por nos manipular que ficamos quietos. Sei que devíamos ter te contado. Mas, quando chegamos em casa, percebi que a saúde mental de minha mãe estava abalada. A depressão dela..." Ela balançou a cabeça. "Os medicamentos não estavam mais surtindo efeito. E eu queria aguardar alguns meses para revelar a gravidez. Até o momento em que ela pudesse curtir a notícia. Assim, naquele momento, eu pedi a Roman que aguardasse um pouco para contar a alguém sobre a saúde de Raina. Ou sobre minha gravidez."

Rick virou-se para aquela mulher que tornara completa a vida de seu irmão. Ela o olhava com seus olhos verdes bem abertos, com uma expressão de desculpa e arrependimento. Como poderia continuar bravo com ela? Colocou uma das mãos no ombro de Charlotte, confortando-a. "Eu não te culpo."

Charlotte riu para ele com gratidão. "Mas ainda assim nós erramos."

Roman aquiesceu. "E, quando estávamos prontos para contar tudo, você conheceu Kendall. De jeito nenhum eu iria te contar que mamãe estava fingindo o problema no coração."

"Por que não, caramba?"

Roman revirou os olhos, como se o motivo fosse óbvio. Como se algo naquela situação pudesse ser óbvio, pensou Rick, bem frustrado.

"Não podia te contar, depois que você conheceu Kendall, porque ela foi a primeira mulher em quem você confiou depois de Jillian. A primeira que realmente o interessou. Você parecia estar sentindo um pouquinho do que sentíamos." Roman fez um gesto abarcando a si mesmo e a Charlotte. "E não seria eu quem iria te oferecer uma desculpa fácil para alegar não confiar em mulheres e se afastar de Kendall. Não quando era bem claro que você já estava flutuando nas nuvens. Aí, quando mamãe quis te contar a verdade, eu a impedi."

Rick balançou a cabeça, não conseguindo acreditar. "Mamãe queria colocar as cartas na mesa?"

Roman ergueu as mãos. "O que posso dizer? Ela estava cansada de fingir estar doente, pois aquilo atrapalhava sua vida social. Dessa forma, falei a ela para ficar de bico calado. Imaginei que obrigá-la a manter a farsa seria uma belíssima punição por se intrometer na nossa vida."

Rick beliscou a ponta do nariz. Graças a Deus, a aspirina começava a agir, e a ressaca diminuiu o suficiente para que relaxasse e pensasse com mais clareza. "Não acredito nisso. Você brincou de psicólogo e casamenteiro." Ele queria esganar Roman.

Mas, sendo irmãos, sempre entendiam um ao outro, e, ao analisar toda aquela confusão, Rick admitiu que os motivos do irmão caçula faziam sentido. De uma maneira meio maluca. "Você se deu conta de que isso te coloca no mesmo nível que mamãe?"

Roman ficou vermelho na hora. "Eu sei..."

Charlotte suspirou, colocando a mão no ombro de Rick. "Então aqui estamos."

Rick gemeu. "Sim. Aqui estamos. Sabiam que vocês dois conseguem deixar um homem sóbrio com dor de cabeça?"

Roman riu e, apesar da careta de Rick, aproximou-se do irmão. Juntando todas os fatos e motivos, Rick não podia responsabilizar Roman por uma situação que Raina criara, a ponto de o irmão acreditar que não tinha escolha a não ser perpetuá-la. Afinal de contas, os Chandler ficavam unidos sempre que podiam. Nada mudaria aquilo... exceto uma mulher. No caso de Roman, era Charlotte, e, por saber o que ela era capaz de fazer por Kendall, não estava a fim de dar bronca no seu irmão mais novo.

"Acho que a briga familiar acabou, não?", falou Charlotte, olhando para Rick até que ele forçá-lo a encarar seus olhos brilhantes.

"Vou pensar no assunto." Que Roman chafurde mais um pouquinho, pensou Rick. Até que sua ressaca passasse, parecia ser uma troca justa para Rick, considerando que sua cabeça ainda doía pra caramba. "Deixa pra lá. Nada de ficar pensando hoje."

Roman riu, obviamente entendendo Rick e sabendo que estava tudo acertado entre os irmãos novamente. "Preciso resolver umas coisas na cidade antes de Charlotte e eu voltarmos para Washington, amanhã. Termine seu refrigerante, pegue sua aspirina e eu te levo em casa."

Rick pegou o copo e matou a bebida toda num único gole, junto com a aspirina. "Agora, sim." Andou na direção da porta, quando um pensamento superou a dormência de seu cérebro. "Precisamos contar a Chase sobre mamãe."

Juntos, Roman e Charlotte recuaram. Rick compreendeu. Quando seu irmão mais velho descobrisse a proporção dos jogos da mãe, as coisas ficariam complicadas. Ele também não estava satisfeito, mas a exaustão, as dores no corpo e outras indisposições causadas pela ressaca o impediam de pensar muito sobre a farsa de Raina. Além disso, se fosse capaz de se ocupar de algo específico naquele momento, seria de Kendall.

Vinte minutos depois, sentindo-se tão mal quanto no momento em que acordara, Rick saiu do carro de Roman e dirigiu-se ao seu prédio.

Para sua surpresa, quando chegou uma visita o aguardava. Hannah estava sentada na escada, cabisbaixa, com o cabelo caído na frente do rosto. Ele parou no degrau abaixo do dela. "Qual é o problema?", perguntou, preocupado por ela ter aparecido sem avisar e ter ficado esperando que ele retornasse para casa.

Hannah ergueu seu rosto manchado de lágrimas para Rick, fitando-a com uma expressão dolorida. "Kendall vai vender a casa e sair da cidade." Sua voz falhou na última palavra.

Rick ainda tinha alguma esperança real de um futuro com Kendall, pelo menos até se dar conta da certeza com que Hannah falava. E, apesar da angústia, aquilo não era surpresa. Em vez de chocado, ficou desapontado. Desapontado por Kendall e por sua decisão de não ficar e lutar contra seus demônios, não lutar pelo casal que eles formavam.

Rick passara a noite anterior afogando suas emoções, e naquela manhã havia descoberto tudo sobre a situação de sua família. Não havia feito nada ainda, mas tudo podia esperar. Naquele momento, Hannah precisava mais dele. Ajoelhou-se ao lado da garota, desejando poder oferecer conforto quando sabia que não havia nada que pudesse fazer.

Nem por Hannah nem por ele. Depois de abraçá-la, puxou-a para mais perto de si. "Sua irmã te ama, você sabe."

"Então tá!", bufou ela em seu ouvido, finalizando com uma fungada.

Apesar de seu desapontamento por Kendall, Rick sabia que, para o bem de Hannah, precisava ver o lado positivo numa situação incontornável. Normalmente, Rick não desistia sem lutar, mas Kendall não lhe deixara nenhuma alternativa. Fizera o máximo possível para mostrar a ela a vida que poderiam ter juntos. Era ela que estava indo embora. E, apesar de Rick estar se preparando para aquele momento desde que Kendall aparecera, a queimação em seu estômago mostrava que estava enganado.

Independentemente do que ela sentia por ele, Rick tinha certeza de que Kendall adorava a irmã. Mas, antes que pudesse começar a fazer Hannah ver a verdade, Rick precisava saber quais eram os planos de Kendall. "Bem, para onde sua irmã disse que vocês iriam?" Sentiu uma pontada no estômago ao usar palavras que colocavam um fim na estada delas em Yorkshire Falls.

Hannah suspirou. "Kendall falou que me levaria junto com ela, mas não quero ir a lugar algum." Sua voz foi diminuindo, dando espaço a um longo suspiro.

Era visível que Hannah queria mais do que Kendall estava disposta a oferecer. Junte-se ao time, pensou Rick. Mas saber que Kendall estava fazendo o que era certo para Hannah encheu Rick de alívio. Se Kendall estivesse abrindo mão de sua perambulação solitária, isso significava que começara a enfrentar o medo de se comprometer e de se estabilizar. Estava lutando mais do que Rick acreditara ser possível. Ainda assim, ele não se iludia pensando que Kendall daria o próximo passo e faria o que era certo para si mesma. Pelos menos, havia aberto seu coração e sua vida para a irmã no momento em que a garota mais precisava dela. Isso contava muito para Rick.

Espiou Hannah com o canto dos olhos. "Você sabe como é a cabeça da sua irmã. O único estilo de vida que ela conhece é o transitório. Para ela, só o fato de te levar junto já é um grande avanço. Você precisa ir. Criar um laço com ela. Conseguir entendê-la."

Ele suspirou fundo, forçando-se a fazer uma situação desoladora parecer interessante para uma adolescente. "Além disso, ouvi falar que o clima no Arizona é maravilhoso, sem umidade, e lá você poderá aprender a montar um cavalo", falou, imaginando que Kendall pretendesse ir para o Oeste, como lhe contara havia algum tempo. Rick pegou o queixo de Hannah com a mão. "Olhe para mim."

Ela ergueu a cabeça, mas, em vez de empolgação, Rick viu desespero em seus olhos jovens. "Você precisa tentar impedi-la", falou ela, sem vergonha de implorar.

Rick acabara por amar Hannah da mesma forma que amava sua própria família, e faria qualquer coisa por aquela garota. Qualquer coisa que estivesse ao seu alcance, completou. Infelizmente, isso excluía o que ela mais queria dele. "Não posso."

Hannah piscou e virou o rosto para o outro lado, e seu queixo voltou a assumir aquela forma rebelde e teimosa. "Porque você também não se importa se ficamos ou vamos embora." Sua ousadia começava a vacilar.

"Não é verdade, e você sabe disso." Ele ainda a segurava firme, apesar de ela tentar se desvencilhar e se distanciar. Era óbvio que Hannah queria culpá-lo, forçá-lo a compartilhar o peso da fúria dela.

"Então por que você não vai me ajudar a convencer Kendall a ficar?"

Porque Rick se negava a carregar nos ombros o fardo das ações impulsivas de Kendall. Ficava claro que ela não estava enfrentando seus sentimentos, e não seria Rick quem tornaria sua vida mais fácil. Ela não merecia isso. Se sua irmã, minúscula e bagunceira, quisesse torturá-la um pouco, talvez ela fosse forçada a dar uma boa olhada nas suas decisões e nas consequências do que fazia.

"Porque Kendall é uma mulher crescida", explicou, com gentileza na voz, mas firme na intenção. "Ela pensa por si mesma. Não posso convencer sua irmã a fazer algo que ela não queira, Hannah."

"Tá. Tá. Obrigada por nada." Ela se desvencilhou dele e se levantou.

Rick seguiu-a. "Me promete uma coisa?"

"Quem sabe..."

Adorava aquela garota, apesar de sua língua ferina. Rick balançou a cabeça e conteve o riso. "Apenas pense no que eu te disse e dê uma chance à sua irmã. Ela te ama."

"Isso é o que você diz..." Ela virou-se e começou a descer os degraus.

"Hannah, espere!"

A jovem virou-se sobre os calcanhares para encará-lo. "Sim?"

"Apenas quero saber aonde está indo." Não podia deixar de cuidar dela.

"Ao Norman's, tomar um refrigerante. Jeannie está lá, e como não sei quando Kendall vai decidir ir embora, quero curtir com ela o máximo que puder."

Rick aquiesceu. Sentira o mesmo a respeito de Kendall. "Precisa de dinheiro?"

Hannah fez que não com a cabeça. "Ganhei um dinheirinho ontem. Mas obrigada, de qualquer forma."

O celular dele tocou, interrompendo a conversa. "Só um segundo." Tirou o telefone do cinto e atendeu no segundo toque. "Chandler."

"Oi, Rick." Não havia como confundir aquela voz delicada no telefone.

"Kendall!" Seu coração entrou em disparada, e sua mente começou a fazer um turbilhão de perguntas. Teria ela mudado de ideia? Decidira ficar? Precisava de um ombro amigo?

Precisava dele?

Esperava que a resposta a todas as perguntas fosse sim. "E aí?", perguntou a ela.

"Você sabe onde está Hannah?"

Suas esperanças se apagaram, dando lugar ao bom-senso. Tratava-se de Kendall, e ela não queria ficar na cidade, nem com ele. Nunca quisera. Pelo menos, desde o início fora honesta a respeito de suas intenções. Se tivesse de culpar alguém por cair numa armadilha de ilusões, era a si mesmo.

Afinal de contas, já acontecera coisa semelhante antes, com Jillian. "Sua irmã está aqui." Tapou o bocal do telefone e gesticulou para Hannah se aproximar. "Para o caso de ela querer falar com você...", sussurrou.

"Não tenho nada para falar para ela", disse Hannah, fazendo bico.

"Eu ouvi isso", falou Kendall, demonstrando em sua voz todo o desapontamento e a mágoa que sentia.

E foi a mágoa que o atingiu. Não deveria se importar, pois aquela mulher estava lhe despedaçando o coração. Mas se importava. Demais.

"Pode falar para ela me encontrar no Norman's?", perguntou Kendall, indo direto ao ponto e, sendo bastante formal com Rick. Como se nunca tivessem feito amor, como se ele nunca tivesse se declarado a ela...

Ele engoliu seco. "Lógico."

"Obrigada. Vejo vocês dois em alguns minutos." E desligou, dispensando-o como se Rick não significasse nada para ela.

Acostume-se a isso, camarada. Rick virou-se para Hannah. "Precisamos encontrar sua irmã no Norman's."

Ela cruzou os braços. "Não estou com fome."

Rick revirou os olhos. "Então não coma. Além do mais, você estava indo para lá de qualquer forma. Tenho certeza de que Kendall quer apenas conversar. E, para o bem de vocês, Hannah, tente chegar a um acordo com ela. Rick colocou as mãos em seus ombros e a encarou nos olhos. "Sei que não é fácil e sei que não está feliz. Mas trata-se de sua vida, e apenas você pode melhorá-la."

"Droga, você é tão cheio das coisas!"

Rick levantou uma sobrancelha, sabendo que tinha de dar um basta naquele linguajar dela. "Como assim?"

"Tão cheio de saber das coisas, policial Chandler."

Ela sorriu, e naquele belo sorriso Rick conseguiu ver um pouco da irmã. Hannah em breve seria deslumbrante. Estava se encaminhando para isso. Apenas torcia para que tivesse mais confiança no mundo à sua volta do que Kendall.

"Cheio de saber das coisas..." Rick balançou a cabeça e, apesar da bagunça idiota de sua vida, sorriu. "Entendo. Nesse caso, você também é bem cheia das coisas. Agora, me dê um minuto para eu me trocar e te encontro lá embaixo."

Hannah fez uma continência para ele, virou-se e dirigiu-se para a escada. Rick pretendia fazer o mesmo. Iria com Hannah ao Norman's encontrar-se com Kendall, fingir que não se importava com as escolhas dela e então sumir.

Já havia se livrado do seu plano anterior. De jeito nenhum diria novamente a Kendall que a ama. Já o fizera uma vez. Já o demonstrara de diversas formas. Por que se permitir ser atropelado novamente?

Podia amar Kendall, mas já era tempo de começar a se preocupar mais consigo mesmo. Tempo de começar a reconstruir as barreiras ao redor do seu coração.

Se não fosse pela irmã, Kendall não teria entrado de bom grado no Norman's no dia seguinte à apresentação daquele *slide*. Não teria ligado de bom grado para Rick. Mas sabia bem que, antes de conversarem e resolverem as coisas, não conseguiria fazer Hannah voltar para casa. A menina estava magoada e furiosa.

Da última vez que se sentira daquela forma, Hannah pegara o carro de Kendall. Dessa vez, Kendall esperava evitar uma catástrofe maior. E, como ia se encontrar com a irmã num local público, esperava evitar que acontecesse uma baixaria.

Quando Kendall estacionou o carro e entrou na lanchonete, Hannah e Rick já haviam se sentado a uma mesa nos fundos. Respirando fundo, Kendall manteve a cabeça erguida enquanto passava pelas outras mesas. Ouvia pessoas voltando a cochichar e notava que apontavam para ela. Não era sua imaginação. Sabia que era o centro das atenções, mas não tinha tempo de se preocupar com isso naquele momento.

Enquanto sua irmã evitava olhá-la, Rick não tirava os olhos dela. Aqueles olhos lindos a encaravam. Pareceu-lhe, numa rápida espiada, que ele não havia dormido bem. A barba por fazer cobria-lhe o rosto, e havia círculos escuros nas pálpebras. Sua aparência era tão horrível quanto o que Kendall estava sentindo, e ela odiava ser o motivo daquele desleixo.

"Oi", falou ela, forçando um sorriso.

Ele não sorriu de volta. "Oi."

Kendall não sabia o que dizer a Rick, e parecia que o sentimento era mútuo, pois sobreveio um silêncio. Ela sentiu uma pontada no estômago e a pele formigando. De repente, Hannah levantou-se da cadeira, jogando-a para trás, arrastando-a e fazendo um tremendo barulho, e quebrou o clima carregado e silencioso que se fizera entre Kendall e Rick.

Sem falar nada, Hannah começou a se afastar da mesa.

"Aonde você vai?", perguntou Kendall.

"Banheiro. Vocês dois me deixam com vontade de vomitar." Então olhou para Rick. E piscou.

Kendall suspirou. A traidorazinha estava saindo de propósito para deixar Kendall e Rick sozinhos. Antes que pudesse impedi-la, Hannah dirigiu-se a largos passos para o fundo do salão.

"Eu não pedi para ela fazer isso", falou Rick, encostando-se na cadeira.

"Não achei que tivesse pedido." Como Kendall o havia expulsado de sua vida na noite anterior, logicamente Rick não devia ter planos de ficar a sós com ela.

Os olhos de Rick demonstravam que estava se divertindo com o golpe de Hannah, mas ao voltar sua atenção para Kendall, sua expressão era de vazio. Fechara o acesso a suas emoções, deixando-o de fora. Apesar de Kendall merecer a barreira que ele erguera, ela odiava aquela tensão, odiava ainda mais o fato de tê-lo forçado a se distanciar. Simplesmente não sabia como lidar com as coisas naquele momento.

Rick esticou um braço sobre as costas da cadeira, num gesto casual, masculino, que flexionava os músculos de seus antebraços e deixava a camiseta mais justa sobre seu peito amplo. "Hannah me contou que você vai vender a casa e sair da cidade." Sua voz não continha nem um pingo de emoção ou carinho.

Depois da intimidade que haviam compartilhado, aquela pessoa diante dela era um estranho virtual. Odiava isso também e sentiu um nó enorme na garganta, impossível de desfazer. Era isso que você queria, Kendall, ficava se lembrando. Nada de laços, nada de vínculos, nada de ligações sentimentais. Apenas a liberdade de fazer as malas e se mover à sua própria vontade. Ninguém próximo o suficiente para deixá-la para trás ou afastá-la. Ninguém que tivesse o poder de magoá-la de alguma forma.

Exatamente a vida que sempre escolhera ter, e que optara por voltar a ter na noite anterior. Mas, se retornara a seu estilo de vida preferido, por que naquele momento se sentia tão desconfortável? Kendall tinha um palpite, e a resposta a assustava tanto a ponto de sufocá-la

Concentre-se nas coisas simples da vida, dizia para si mesma. "Não anunciei que vou vender ainda, mas Tina Roberts telefonou e acha que pode conseguir uma boa quantia pela casa. Menor, por causa de algumas condições que impus, mas uma quantia suficiente para Hannah e eu recomeçarmos. Em algum lugar." Seus próprios pensamentos e frases ameaçavam sufocá-la, e tinha de visivelmente engolir o nó que se formara em sua garganta antes de prosseguir. "Provavelmente iremos para o Arizona."

Ele aquiesceu e manteve o queixo rígido, obviamente sem querer dar a ela a satisfação de ver uma reação emocional ao que dissera. "Que condições?", perguntou.

"Pearl e Eldin poderem se mudar para a casa de hóspedes e viver lá sem pagar aluguel. Só quero que tenham onde viver, e espero que alguém aceite.

Não posso despejá-los." Não podia imaginar o casal de velhos morando em outro lugar que não fosse a casa de tia Crystal.

"Já contou para eles?"

Fez que não com a cabeça. Isso era outra coisa que não conseguia enfrentar. Mas, não importando o que sentisse, devia uma explicação a Rick sobre seu comportamento repentinamente distante. Ele fora muito bom para ela e para sua irmã, e havia sofrido muito no passado. Não queria que ele achasse que havia feito alguma coisa ou que fosse a causa de sua incapacidade de ficar naquele lugar. "Rick, ouça. Apenas quero que você saiba..."

"Não diga nada." Seus olhos disparavam faíscas de raiva, mágoa e traição, bem visíveis em sua expressão tensa. "Não se desculpe, nem tente me dizer quanto gosta de mim."

"Mesmo que essa seja a minha vontade?" Ela esfregou as mãos na calça *jeans*.

Rick deu de ombros. "Do que me valeria? E para você? Além disso, você me contou de antemão que não ficaria. Mas achei que esta cidade e o povo daqui a convenceriam do contrário. Que eu a convenceria do contrário."

Ela piscou para evitar as lágrimas. "Mas você me convenceu..."

Sua expressão séria não hesitava. "E daí? O que você diz não muda nada. Você é incapaz de se comprometer com alguém, não tem vontade de enfrentar seus medos." De repente, Rick se levantou, elevando-se sobre ela, um gigante tanto em estatura quanto na amplitude de seus sentimentos. "E quer saber de uma coisa?"

"O quê?", perguntou ela, baixinho.

"Estou decepcionado com você."

A luz turva de seus olhos apoiava a dureza de suas palavras, e ela demonstrou medo. Kendall esperava vários tipos de emoção de Rick, principalmente raiva. Mas não imaginara sua total decepção, nem conseguia acreditar em quão pequena e derrotada se sentia por tê-lo desapontado.

Todas as experiências pelas quais passara desde que chegara àquela cidadezinha haviam sido estranhas e novas. Algo assustador para alguém que nunca soubera o significado de estabilidade ou família. Como Rick se atrevia a condená-la por isso? "Bem, sinto muito por ser uma decepção, policial Chandler. Mas, como você mesmo disse, sempre abri o jogo com você, desde o primeiro dia."

"E você deu respaldo ao que disse com suas ações. Parabéns!", falou, batendo palmas lentamente. "Veio para cá fugindo de uma situação em Nova York, e sairá daqui da mesma forma. Fugindo de mim." Pousou as mãos sobre a mesa e se inclinou para ela. "Mas lembre-se de uma coisa, Kendall: você não consegue fugir de si mesma ou de seus sentimentos. Um dia você acabará por aceitá-los. Perdoe-me, mas não posso ficar esperando esse dia."

Endireitou os ombros e encarou-a com um olhar perdido. "Perdoe-me por parecer lugar-comum, mas poderíamos ter tido tudo." Balançou a cabeça, virou-se e foi embora.

Enquanto saía do restaurante, não chegou a olhar para trás nem uma vez. Mas o que ele falou permaneceu, muito tempo depois de ele ter ido embora, reverberando dentro da cabeça de Kendall, a ponto de fazê-la doer.

"Ah, Deus..." Ela deitou a testa sobre as mãos.

"Você estragou tudo, não foi?" A condenação de Hannah veio logo em seguida à partida abrupta de Rick.

Kendall ergueu a cabeça e olhou ao redor antes de encarar a irmã. Todas as mesas estavam repletas de bisbilhoteiros famintos para captar a essência do próximo confronto de Kendall. Caramba!, era bem possível que estivessem tomando nota.

Como aquele dia não parava de melhorar, Kendall se dispôs a enfrentar Hannah naquele momento. Encontrou o olhar expectante da irmã.

"E aí? Estragou tudo com Rick ou não?"

"Acho que depende de como você define estragar tudo."

Hannah havia reaplicado o batom rosa-choque enquanto estivera no banheiro feminino, e seus lábios pintados, coloridos, assumiram uma forma de censura. "Deixei-a sozinha com ele... Tudo que você precisava fazer era dizer que ficaria. Dizer que o amava. Dizer qualquer coisa, mas você não o fez, não foi? E agora ele se foi", perguntou erguendo a voz, histérica.

"Hannah, por favor..." Kendall cerrou os punhos e lutou para conter a onda crescente de vergonha. Naquele momento, percebeu que se preocupava com o que aquelas pessoas achavam. "Pode abaixar a voz?"

"Por quê?" Hannah estava praticamente gritando. "Todo mundo já está olhando para você. O que me faz lembrar de uma coisa. Ouvi alguém no banheiro comentar algo sobre você e uma tal foto na noite passada. Que foto?" Ela mal parava para respirar. "O que foi que perdi? E você estragou tudo mesmo com Rick?"

Kendall soltou um gemido e deixou a cabeça cair sobre as mãos, massageando as têmporas, que doíam. Sentia-se tonta, e sua náusea ficava rapidamente maior.

"Kendall?", perguntou Hannah, mais baixinho dessa vez.

"Hmmm?" Mal levantou a cabeça para responder. Sua cabeça doía. Estava devastada emocionalmente, mas Hannah tinha uma pauta que Kendall não tinha condições de impedir.

"Será que falei que entupi a privada e que o banheiro do Norman's está ficando inundado?"

"Ah, Deus!" Aquilo fez o sangue de Kendall ferver novamente. Ela se levantou e fez sinais para Izzy.

"Só um segundo!", gritou a velha.

"Mas..." Kendall tentou agarrá-la, mas Izzy desapareceu dentro da cozinha antes de retornar com comida na bandeja e seguir na direção oposta.

"Não foi minha culpa. Quero dizer, foi um acidente, juro!", continuou Hannah, a toda a velocidade.

"Um acidente?" Dava para acreditar numa garota que acabara de entupir o banheiro da sala dos professores em Vermont Acres?

Sua irmã, pelo menos, ficou vermelha antes de seguir com sua explicação desconexa. "O lixo estava cheio, e as toalhas de papel não paravam de cair no chão." Ela gesticulava loucamente. "Normalmente eu não me importaria, sabe? Mas você sempre me diz para eu ser educada e limpar a minha bagunça, por isso tentei jogá-las na privada. Entendeu? Foi um acidente." Ela deu de ombros de uma maneira inocente.

"Isabelle!" Norman vociferou do salão dos fundos. "A porcaria da privada está inundando tudo!", o proprietário do restaurante gritou, num tom extremamente irritado.

Kendall deixou-se afundar na cadeira novamente. Tentou, sem sucesso, conter as lágrimas, e, quando viu que não funcionava, pousou a cabeça nas mãos, rindo e chorando histericamente.

Sua vida tornara-se uma bagunça completa. E, a se basear na reação de Hannah, em suas perguntas intrometidas e na pressão para Kendall se reconciliar com Rick, não era muito provável que as coisas ficassem melhores num curto espaço de tempo.

Capítulo 14

KENDALL FOI SE ARRASTANDO PARA casa depois do acontecimento no Norman's. Permitira que Hannah fosse embora com Jeannie e seus pais, enquanto ia esperava que o encanador chegasse. Conseguira convencer Norman a enviar a conta para ela. Caminhou até a varanda da frente de sua casa, e parou quando o inconfundível aroma de chocolate lhe ativou os sentidos, dando-lhe um necessário impulso de energia.

Ajoelhou-se diante do prato na varanda, pegou o bilhete branco grudado na folha metálica que o cobria e leu alto: "Kendall querida, seu prato favorito num momento em que você precisa muito de apoio. É o mínimo que uma família pode fazer. Ignore as fofocas e logo se esquecerão de você. Beijos e abraços de Pearl e Eldin".

É o mínimo que uma família pode fazer. "Família..."

A palavra parecia voltar a todo momento, zombando dela. Até mudar-se para aquele lugar, Kendall se considerava mais uma "loba solitária" do que alguém com laços, principalmente laços de família. Mantivera todos na periferia de sua vida, até mesmo Hannah. E ambas estavam pagando por esse erro, pensou Kendall com tristeza.

Contudo, lá estavam Pearl e Eldin, a quem acabara de conhecer, preocupados com seus sentimentos e incorporando-a à própria vida, pois se importavam com ela. Assim como Raina Chandler, assim como Charlotte e Roman, Beth... a lista de pessoas que se importavam com Kendall parecia infinita. Mas não estaria ela igualmente preocupada com eles?

Enxugou uma lágrima que lhe escorria pelo rosto sem que ela percebesse. E Pearl e Eldin, então?, pensou, olhando para os *brownies*. Como poderia falar-lhes que precisavam se mudar da casa grande para a menor, para que assim ela pudesse vender a casa bem diante do nariz deles?

Da mesma forma que dissera à irmã que a levaria embora de Yorkshire Falls. Dessa maneira. E da mesma forma que ignorara o que Rick dissera. Eu te amo, ele dissera. E mesmo assim ela fora embora. Sentiu um arrepio, apesar do calor, percebendo que ainda estava de pé na varanda.

Com um suspiro, pegou o prato de *brownies* e entrou. Feliz veio correndo pela casa para recebê-la na porta da frente. Com o rabo sacudindo, pulou sobre ela, e suas patas dianteiras quase bateram no prato.

"Feliz, sente-se!"

O comando duro funcionou. O cão sentou-se aos seus pés, mas o rabo ainda sacudia de alegria. "Pelo menos alguém está feliz em me ver hoje." Depois de deixar as coisas na cozinha, deu ao cachorro a atenção que ele merecia, e ele retribuiu, sendo suas lambidas e chamegos quase impossíveis de suportar.

Amava-a incondicionalmente, e tudo que ele pedia por isso era que Kendall o amasse também. Apesar de ela ter sido uma total estranha até a noite anterior, Feliz confiava que Kendall lhe forneceria um porto seguro e o amor que buscava.

E ela o faria. Então por que não conseguia confiar da mesma forma nos outros? Gostaria de saber quando sua vida começara a ficar tão complicada. Andou até a janela, com Feliz ao seu lado, e observou o quintal, a grama verde e as árvores que lhe lembravam sua infância. Aquilo a fez recordar as festas de chá com tia Crystal, nas quais os animais empalhados eram os convidados. Kendall percebeu naquele momento que sua tia usava os animais como peso para evitar que as toalhas em que se sentavam voassem com o vento. Mas não se importava. Os animais não replicavam nem interrompiam suas histórias.

E tia Crystal, pelo que se lembrava, fazia o mesmo. Um sorriso surgiu-lhe no rosto àquela recordação maravilhosa. Uma recordação que não lhe trazia dor, apenas conforto. Abraçou o cachorro. Com a recordação veio a resposta para sua pergunta anterior. Kendall não podia confiar às cegas, da mesma forma que Feliz fazia, porque era humana. Tinha recordações, boas e ruins, que davam forma à pessoa que se tornara. Uma pessoa vazia e desconfiada, pensou com tristeza.

Até mesmo Rick, que já fora arrebentado uma vez, abrira seu coração. E Kendall destruíra qualquer amor e respeito que ele tivesse por ela.

Você é incapaz de se comprometer com alguém, não tem vontade de enfrentar seus medos, havia dito. E estou decepcionado com você.

Suas palavras haviam soado como um soco no estômago, na hora em que ele as dissera e naquele momento também. Tiveram o mesmo impacto emocional das palavras de tia Crystal quando falara a Kendall que ela não poderia ficar em Yorkshire Falls. O mesmo impacto que tivera a segunda partida de seus pais, o dia em que mandaram Hannah para um internato e partiram novamente sabia-se lá para onde. Kendall colocou os braços ao redor da cintura, tentando superar a dor das lembranças.

Rick estava certo. Ela não conseguia confiar porque não enfrentava seus medos. Não lidava com seu passado... mas estava tentando lidar naquele momento. Como já havia perdido Rick e estava perto de perder Hannah, percebeu, provavelmente tarde demais, que não queria mais ficar sozinha.

A ironia era incrível. A vida da qual sempre fugira era a vida que secretamente desejava ter. O pensamento assustador ricocheteou em seu cérebro. A garotinha que adorava festas de chá subconscientemente sonhava em ter uma família. Pessoas que a amassem. Pessoas em que ela pudesse confiar que estariam lá nos bons e nos maus momentos.

Como seus pais não haviam sido essas pessoas em seus anos de formação e tia Crystal não pudera ser, Kendall se fechara para não sofrer mais nenhuma mágoa, decepção ou dor. O primeiro passo fora convencer-se de que, quando tivesse dezoito anos e seus pais partissem novamente, já estaria tão distante que não se preocuparia em saber para onde iriam ou o que fariam. Entretanto percebia, naquele momento, que havia mentido para si mesma.

Perder os pais de qualquer forma, com qualquer idade, doía muito. Ela perdera os seus duas vezes, ambas as vezes porque eles tinham preferido viajar a ficar com ela, e o efeito em sua mente fora devastador. Afastara-se tanto de seus sentimentos, que era incrível Rick ter conseguido avançar alguma coisa.

Mas ele conseguira. E ela o amava também. Engoliu em seco; a dor em seu peito e o nó em sua garganta estavam difíceis de suportar. Ela o amava, porém o havia afastado. Repetindo velhos hábitos e padrões, magoara um homem que assumira o maior risco de todos e se aproximara dela, apesar do seu passado dolorido.

Não havia como Rick perdoá-la, nem ele conseguiria compreender o que a fizera querer permanecer num casulo de segurança. Infelizmente, não se sentia mais protegida ou segura como antes. Em vez disso, sentia-se rasgada, exposta e sofria muito. Mas, se sofria, isso significava que estava sentindo algo. Pela primeira vez.

O que significava que, talvez, ela tivesse futuro.

Raina estava na sala de estar da casa de Eric enquanto ele se ocupava sabe-se lá do quê. Ela não se importava. Pelo contrário, gostava do tempo que ficava sozinha naquele lugar. Fazia muito tempo que não curtia o som de um homem procurando coisas para fazer, e adorava aquela sensação. Logo teria ainda mais família ao seu redor, quando as filhas de Eric e os filhos dela chegassem.

Raina mal podia esperar o momento de estar com eles, e seu coração ficava pleno por ser incluída e aceita naquela família. Eric passara o final da tarde em casa descansando, para depois irem jantar no Norman's em celebração ao fim da sua farsa. Não aprovava o fato de ela fingir um problema cardíaco, mas aceitara, com uma única condição: se em algum momento fosse diretamente questionado pelos filhos de Raina, ele se recusaria a mentir.

E foi por esse motivo que seu sócio, o dr. Leslie Gaines, se tornara o médico oficial de Raina. Era necessário afastar a vida pessoal da social, apesar de que, naquele momento, isso não mudaria muita coisa. Roman sabia, Rick acabara de descobrir e, sem dúvida, logo o mesmo aconteceria com Chase.

"Me desculpe por tê-la feito esperar", falou Eric ao se juntar a ela na sala de estar e sentar-se ao seu lado no sofá branco.

Estava bonito, com sua camisa polo listrada e a calça cáqui. O coração dela disparava toda vez que ele entrava numa sala, uma sensação com a qual não se acostumara depois de ficar de luto por vinte anos, mas que curtia muito. A atenção de Eric a fazia sentir-se mais jovem, e todos os dias agradecia a Deus pela segunda chance de ser feliz... a mesma felicidade que queria para seus três filhos.

"Tive de cuidar de uma papelada. Mas agora sou todo seu", falou, com um sorriso de satisfação no rosto.

"Maravilha!"

"Mas então por que sua voz está tão tristonha?" Eric virou-se para ela, pegando-lhe a mão.

Raina balançou a cabeça. "Não estou triste. Apenas um pouco preocupada com Rick e Kendall."

Eric suspirou. "Entendo. Aquela foto na noite passada foi totalmente inadequada. Rick conseguiu descobrir quem substituuiu a foto que seria apresentada?"

Em respeito a seu filho do meio e pela mágoa que sentia por suas tramoias, Raina estava se esforçando para não se intrometer mais e fazer-lhe muitas perguntas. Mas sabia a resposta àquilo. "Ele tem um palpite de que foi Lisa Burton, mas não pode provar nada."

"Lisa?" Eric ficou de olhos bem abertos. "Agora, sim, estou chocado. Suponho que o motivo tenha sido ciúmes, mas não consigo acreditar que chegaria ao extremo de buscar informações sobre o passado de Kendall. Teria de ter vasculhado muito... senão, como conseguiria descobrir algo para envergonhar Kendall?"

"Bem, talvez ela não tivesse de vasculhar muito. Parece que Lisa tem umas perversões das quais poucas pessoas sabem."

"E como você sabe?", perguntou Eric.

Raina deu uma risadinha. "Ouvi por aí. Rick não é o único desconfiado de Lisa. Parece que Mildred, do correio, logo imaginou isso, pois há alguns anos, vem colocando uns catálogos de *lingerie* meio "pervertidos" na caixa de correio de Lisa. Foram exatamente essas as palavras de Mildred, sabe?"

"Lógico que sim. Você está procurando informações para se redimir com Rick." Ele balançou a cabeça, estalando a língua ao mesmo tempo. "Raina, Raina... Quando você vai ouvir meu conselho e começar a se preocupar mais com a sua vida do que com a de seus filhos?"

Ela suspirou. "Não me venha com essa de novo. Você sabe muito bem que, uma vez por semana, vou ler para as crianças na ala infantil do hospital, que faço exercícios quando não corro o risco de ser pega no flagra e que vou te ver quando não está trabalhando. Minha vida é bastante ocupada e feliz." Bem feliz mesmo, pensou, encarando-o.

"É mesmo? Então que tal torná-la ainda mais rica?" Aproximou-se do abajur ao lado do sofá e pegou uma caixinha que ela não havia notado antes.

Perto de completar sessenta anos, Raina achava que sabia exatamente o tipo de joia que estava naquela caixinha. Sua frequência cardíaca triplicou, e Raina agradeceu a Deus por não ter um problema no coração, pois, caso contrário, estaria prostrada no chão naquele exato momento. Quando ele lhe entregou a caixinha, ela a pegou com as mãos trêmulas.

"É diferente quando a surpresa é para você, não é?", murmurou.

Ela notou seu olhar de diversão. "Não sei bem o que dizer."

"É um bom começo...", falou, irônico. "Então não fale nada. Apenas abra-a."

O tecido delicado deslizou pela sua pele quando ela abriu a tampa e descobriu um anel com uma safira azul redonda, que brilhava numa armação tradicional de platina. "É... é espetacular." Piscou para conter as lágrimas, sabendo que não merecia nada tão bonito ou precioso.

"Pensei que, como é a segunda vez para ambos, poderíamos esquecer o tradicional e usarmos algo mais personalizado. A safira me lembra seus olhos azuis", falou, com a voz repentinamente rouca e áspera. De maneira inesperada, ajoelhou-se. "Você me daria a honra de se tornar minha esposa?"

A beleza tanto do anel quanto do gesto a pegou desprevenida, e a emoção fez seu peito inchar, impedindo-a de respirar ou responder.

"Você não fala nada..." Eric aguardou um pouco e então pegou-lhe a mão, deixando a ansiedade evidente em seu olhar. "Posso encarar isso como um 'sim' estupefato?"

Não se sabe como, Raina conseguiu fazer um sim trêmulo com a cabeça. "Sim. Sim." Antes que ela pudesse dar vazão a seus sentimentos e jogar os braços sobre ele para abraçá-lo, a campainha tocou, interrompendo-os.

Ele voltou a se sentar. "Bem na hora...", murmurou. "Devem ser minhas filhas."

"Não podemos contar para elas ainda." Raina segurava a caixinha em suas mãos com reverência, observando o anel que representava o início de uma nova vida: a feliz vida de um casal, tornar-se a esposa do homem que amava.

"Não até contarmos para todos os nossos filhos juntos. Talvez possamos marcar um jantar."

Ficou empolgada com a ideia. "Ah, um jantar em família... Eu poderia cozinhar e chamar todo mundo..." Depois que Chase descobrisse sobre sua saúde perfeita. "Mas preciso de um tempo. Até que Rick e Chase tenham se ajustado. Por favor, Eric. Preciso que meus garotos estejam felizes antes que eu possa me entregar à mesma sensação."

A campainha tocou mais uma vez.

"Só um instante!", gritou Eric. "Já vamos."

Ele a encarou e franziu o cenho. "Quer saber? Vou esperar até que Rick e Kendall tenham se acertado. Seja um acerto feliz ou triste. E então, seja lá o que for, vamos anunciar."

Raina já sabia de antemão que teria de convencê-lo, e ficou feliz por ele ter compreendido sua necessidade de esperar um pouco. Mas ele também compreendia a compulsão dela de tentar evitar que os filhos negligenciassem as melhores coisas da vida.

Netos, pensou ela, viriam logo. Esperava que sim. Raina o olhou com um sorriso radiante. "Eu te amo por me aceitar."

Eric lhe deu um beijo delicado, carinhoso, e Raina sentiu uma pontada no estômago – uma mistura de novidade e familiaridade ao mesmo tempo –, mas logo se sentou e sorriu. "O mínimo que posso fazer é aceitar, já que logo você conhecerá meus defeitos", disse ele abrindo um sorriso bem amplo e satisfeito. "Além do mais, eu te amo, Raina."

Ela suspirou, com o coração mais repleto de alegria do que uma pessoa tinha direito a ter em uma vida inteira. E ela experimentara aquilo duas vezes. "Eu também te amo. Agora permita que sua filha e família saiam da varanda da frente."

Eric ergueu-se, fazendo uma careta.

"Não se preocupe, querida. Vou te manter jovem."

Eric riu e logo arrancou a caixa de veludo das mãos de Raina. "E vou ficar com isso até que estejamos prontos para divulgar nosso segredinho." Enfiou-a no bolso. "Para incentivar você a acelerar as coisas..." Piscou e dirigiu-se para a porta.

"Mas eu nem sei se serve", Raina pensou alto, fazendo uma careta. Mas ela sabia que não havia dado escolha a Eric. Tendo visto o amor nos olhos dele, queria muito usar o anel e deixar o mundo saber quão felizarda era por ser amada por aquele homem.

Um lampejo de consciência se acendeu nela. Eric queria que ela acelerasse as coisas, e ela o faria. Dando um empurrãozinho em Rick e Kendall na direção certa.

Kendall rasgou o cartão de visitas do corretor de imóveis e deixou os pedacinhos minúsculos cair, um a um, no lixo. Não ia mais se mudar, não ia mais embora de Yorkshire Falls, não ia mais fugir. O Arizona seria apagado de seu futuro. Ficaria naquele lugar. Pela primeira vez em sua vida, estava enfrentando seus medos e estendendo a mão para seus sonhos mais secretos. E, apesar de a ideia a deixar aterrorizada, nunca tivera mais certeza a respeito de uma decisão.

O celular dela tocou, interrompendo seus pensamentos. Decidiu, ao abrir seu minúsculo aparelho, que, como primeiro ato para reforçar seu *status* de moradora, ia comprar para si uma linha fixa e um telefone de verdade. "Alô?"

"Oi, Kendall. É Raina. Não tenho muito tempo, assim, por favor, apenas ouça."

Kendall deu uma risada. Adorava a mãe de Rick e seus modos impertinentes de lidar com as coisas. "Está tudo bem?", perguntou.

"Não é do meu feitio me intrometer...", falou Raina, mas logo se desmentiu. "Está bem, é do meu feitio me intrometer, assim, perdoe-me por fazer isso novamente. Mesmo que esteja indo embora da cidade, tenho uma coisa para lhe contar que você gostará de ouvir."

Kendall respirou fundo. "Raina, não vou vender a casa de tia Crystal."

Só Rick ainda não sabia daquilo, nem sua irmã. Não vira Hannah, que preferira dormir na casa de Jeannie a estar na companhia de Kendall. E ainda não enfrentara Rick. Não tinha como saber quanto o havia deixado magoado. Pegara um homem que já fora traído, que mesmo assim estendera a mão para ela, e pisara em seu coração.

Kendall balançou a cabeça. Não merecia seu perdão nem seu amor, apesar de desejar ambos. Mas, mesmo que Rick a rejeitasse, Yorkshire Falls seria sua casa, e o fora desde que tia Crystall a aceitara para morar com ela. O problema era que demorara muito para aceitar a verdade. Poderia ter poupado muito sofrimento a todos.

"Kendall, você me ouviu? Estou muito feliz por você não vender a casa! Sua tia ficaria muito feliz", falou Raina, transbordando de felicidade e emoções sinceras através da linha telefônica.

"Obrigada." Kendall suspirou, grata pelo carinho e compaixão da velha senhora. "Mas será que eu mesma posso contar isso a Rick?"

"Lógico que sim. E, agora que sei isso, o que tenho a dizer parece mais importante do que nunca."

As palavras de Raina estimularam o interesse de Kendall, o que sem dúvida era a intenção da velha. "O que você ficou sabendo, Raina?"

"Sei quem trocou as fotos na apresentação de *slides* da noite passada. Quem armou uma para você. Espere um pouco. Estou no corredor do Norman's e não quero que ninguém fique bisbilhotando."

Como Raina parara de falar, a ansiedade de Kendall ficou ainda maior. Agora que planejava construir uma nova vida, a começar pela resolução de ficar ali, tinha de mudar seu comportamento e pensar melhor nas decisões que tomava. Confrontar a pessoa que obviamente a queria bem longe dali era um início perfeito. A seguir, encararia Rick.

"Foi Lisa", sussurrou Raina.

Kendall balançou a cabeça. Rick tinha o mesmo palpite, mas Kendall ainda tinha dificuldade de imaginar que uma professorinha pudesse recorrer a tais artifícios para conquistar um homem. Por outro lado, faria mais sentido e Kendall se sentiria mais confortável se tivesse sido Lisa, alguém que não escondia seu desprezo por ela, do que se tivesse sido alguém estranho, sem nenhum motivo para odiá-la. O ciúme de Lisa fora bem perceptível desde o começo.

"Mas isso parece absurdo", falou Kendall, dando voz à sua desconfiança. "Não estou duvidando que suas intenções sejam boas, porém não posso enfrentar alguém sem ter provas."

"Bem, que tal esta prova? A Mildred, lá do correio, tem colocado... como posso falar sobre isso com delicadeza? Ela tem colocado, já faz alguns anos, uns catálogos de *lingerie* bem ecléticos na caixa de Lisa."

Kendall respirou fundo. "Mildred mencionou algum especificamente?"

Raina riu. "Sabia que você me perguntaria isso, por isso apertei Mildred para contar mais. Parece que Lisa recebe tudo, de Victoria's Secret a Feminine and Flirty e até Risqué Business. Algum desses te diz alguma coisa?"

"Sim." A foto da apresentação viera do Risqué Business. Kendall limpou a garganta, começando a aceitar o palpite. Pelo menos o inimigo tinha um rosto e um motivo. "Obrigada, Raina. Você é muito gentil por me contar isso."

A outra mulher suspirou. "Bem, não tinha muita certeza de que você ficaria melhor sabendo disso, mas quando entrei no Norman's e vi Lisa toda arrogante, agindo como se fosse toda perfeitinha... bem, decidi que ela não merecia se safar dessa. E estou envergonhada por tê-la encorajado a dar em cima do meu filho. Precisava recompensar você de alguma forma. Agora preciso ir me juntar à família de Eric."

"Obrigada mais uma vez, Raina."

"Não foi nada, Kendall. Você sabe que sua tia era como família para mim. Assim como você. Tchauzinho."

Só alguns segundos após o telefonema ter sido finalizado, Kendall tirou o telefone da orelha. Abaixou a cabeça e notou que estava tremendo, não de medo, mas de raiva. Raiva de si mesma e de Lisa.

Kendall causara, ela mesma, a ruptura com Rick. Não podia culpar ninguém por aquilo. Lisa Burton não conseguiria ter-se colocado entre eles se Kendall não estivesse fugindo amedrontada, e ela tinha um palpite de que, se Lisa não tivesse colocado seu corpo seminu para a cidade toda ver, teria encontrado outra desculpa para fugir. Afinal de contas, aquele era o seu padrão. Mas não mais, pensou Kendall, finalmente orgulhosa de si mesma.

Ainda assim, Lisa precisava ser responsabilizada por seus atos e não tinha o menor direito de sabotar a apresentação anual de *slides* da cidade, tampouco tinha o direito de, devido a seu ciúme, humilhar publicamente ou perturbar Kendall. Que, naquele momento, talvez não tivesse nenhum direito sobre o corpo de Rick Chandler, mas ele fora bem claro com Lisa. Ela também não tinha. E nunca teria.

Se Kendall fosse permanecer na cidade, era hora de se assumir como uma pessoa com direitos, sentimentos e objetivos pessoais – e um deles era Rick Chandler.

Tinha de dizer a Lisa Burton para desistir.

Rick entrou no Norman's. Quando sua mãe telefonara para a delegacia alguns minutos antes e lhe pedira para vir, após o trabalho, juntar-se a ela e à família de Eric, não pudera recusar, apesar de ainda estar muito bravo por ela ter fingido o problema cardíaco.

Mas, sabendo que ela objetivava o bem dele, e tentando ignorar sua maneira estranha de demonstrar isso, não estava disposto a retrucar e magoá-la também. Era sua mãe, e ele a amava.

Assim que entrou no restaurante e se encontrou com a mãe, ela o agarrou num abraço forte, evidenciando sua gratidão e alívio. "Estou muito feliz por você ter vindo. Obrigada."

Rick a abraçou de volta, agradecendo silenciosamente a Deus pelo fato de ela estar saudável, mesmo que desejasse que sua mente não fosse tão trapaceira. Rick afastou-se. "E onde está Chase?" Rick imaginou que

Raina também o houvesse convidado para jantar com a família de Eric. Roman provavelmente seria chamado da próxima vez que viesse, com Charlotte, de Washington.

"Seu irmão virá para cá", falou Raina, sem olhar para ele.

Rick ainda não contara a Chase sobre a farsa de Raina. Estranho, pois havia punido Roman por esconder tudo dele, mas Chase estivera ocupado no fechamento do jornal e com reuniões, e não houvera tempo para Rick contar as novidades. Naquele instante, tinha de lidar novamente com a mãe, e ela voltava a exibir sinais de travessura.

O jantar, de repente, começou a parecer-lhe uma armação. "E onde está a família de Eric?", perguntou Rick, desejando saber se sequer estavam ali.

"Estão sentados à mesa redonda logo ali." Apontou por sobre os ombros para um grande grupo de pessoas no canto. "Mas acho que você devia saber que, quando Kendall entrou..."

Rick gemeu. Sua mãe acabava de confirmar seu palpite. Ela o ludibriara para vir ao Norman's. Ah!, ela queria que viesse jantar com a família de Eric, verdade... mas era bem provável que a ideia só tivesse surgido quando ela entrara e vira Kendall. Estava no sangue: sua mãe era uma casamenteira extraordinária.

Kendall. Sentiu uma dor no estômago só de ouvir falar seu nome, uma sensação com a qual, sabia, teria de lidar por mais algumas semanas. Ou, pelo menos, até que ela arrumasse as malas e fosse embora. Colocou uma mão firme sobre o ombro da mãe, desejando que ela desistisse. Abrira mão da possibilidade de acertar as coisas com Kendall. Precisava seguir em frente com a sua vida sem que sua mãe tentasse interferir.

Apertou o ombro dela com delicadeza, querendo se certificar de que ela prestava atenção. "Aonde Kendall vai ou o que ela faz é problema unicamente dela. Nós terminamos, ela vai embora da cidade e não me quer por perto atrapalhando sua vida. Vamos deixar as coisas assim."

Raina franziu o cenho. "Está certo, mas é problema seu evitar que a discussão entre Kendall e Lisa se transforme numa briga violenta, no salão dos fundos do Norman's..." E, ao dizer isso, virou-se e dirigiu-se à mesa redonda diante da qual a família de Eric se sentava.

Rick soltou um grunhido. Será que chegaria um momento em que não cairia nas armadilhas da mãe? Ela o fisgara, e ele sabia disso. Mas ela tinha razão. Se Kendall estivesse no salão dos fundos com Lisa, alguém precisava interferir. E era melhor que esse alguém fosse ele.

Quando virou no canto que dava para o salão dos fundos, a voz de Kendall lhe chegou alta e clara. "Se você voltar a me perturbar, vou te processar!"

"Pelo quê?", perguntou Lisa, parecendo entediada.

"Ah, vou começar com algo simples como inflicção dolosa de desgaste emocional e, a partir daí, prestarei queixa na polícia. Perturbação seria um bom início. Não tenho muita certeza de que isso importe muito, pois Yorkshire Falls é uma cidade pequena, e as pessoas têm boa memória."

Rick não queria, ao tentar espiar, correr o risco de ser visto, mas ouviu a alegria na voz de Kendall explicando a lei para Lisa, que se limitava a soltar um suspiro de sofrimento.

"Moro aqui há mais tempo, tenha uma reputação imaculada e, além disso, você não pode provar que fiz coisa alguma", falou Lisa, em resposta.

"Você tem certeza disso? Tenho uma amiga no correio."

Rick franziu a testa.

"E você sabia que as editoras de revistas colocam uma etiqueta com nome e endereço na capa? De qualquer forma, essa amiga não se importaria em arrancar a capa da sua próxima encomenda mensal de Risqué Business. Sabe, a capa que prova que você assina a mesma revista para a qual posei." O júbilo em sua voz era claro. "Não sou advogada, mas isso deve ser suficiente para provar a oportunidade. Todo mundo na cidade sabe que você tem uma queda por Rick, assim, motivo não é o problema. Acredite em mim, Lisa. Você não vai querer criar problemas comigo a respeito disso. Desista!"

Rick piscou, não acreditando no que via. Nunca ouvira Kendall assumir um tom tão severo, do tipo "não mexa comigo", nem mesmo com a irmã. Sentiu um jorro de orgulho em seu peito, junto com a percepção de que algo havia mudado nela. Era óbvio que havia enfrentado alguns dos demônios que estavam entranhados nela desde a infância, e que saíra mais forte da experiência.

Gostaria de poder tirar esperanças daquele acontecimento, mas o desejo de vagar por aí corria nas veias de Kendall. Mesmo que suas fugas fossem motivadas pelo medo e que esse medo parecesse ter sumido, Rick fora magoado vezes demais para poder acreditar que Kendall tinha mudado de ideia e que ficaria. Com ele.

Mas ficou satisfeito por saber que, quando fosse embora, iria de cabeça erguida. "Essa é a minha garota!", falou baixinho, mas logo se deu conta de que ela não era aquilo... e nunca seria.

"Assim que você se for, perceberá que Rick vai esquecer totalmente de você", falou Lisa, antes de partir.

Rick se adiantou. Seu instinto compelia-o a corrigir Lisa e a proteger Kendall. Mas Kendall respondeu antes, provando que não precisava que ele cuidasse dela. Sempre se virava bem sozinha.

"Vamos deixar algumas coisas bem claras", falou Kendall. "Um, sou inesquecível; dois, não vou a lugar algum; e três, fique longe de Rick. Ele é meu!"

Rick deu um risinho ao mesmo tempo que registrava o que Kendall dizia, e aquele raio evasivo de esperança voltava a se acender dentro dele. As expressões como "não vou a lugar algum" e "ele é meu" causaram um sobressalto em sua adrenalina e em suas incertezas. Não que tivesse levado a sério o que ela dissera.

Virando-se, entrou na sala para que ele mesmo pudesse discutir com Kendall. Lisa passou voando ao seu lado, e ele permitiu que ela se fosse. Kendall dissera tudo que precisava ser dito – e até mais. Mas a pergunta permanecia: será que ela reafirmaria o que disse, dessa vez na frente dele, ou viraria para o outro lado e fugiria?

Ele a observou. Estava encostada na parede dos fundos, de olhos fechados. Rick sabia que as discussões não eram sua diversão favorita, mas saíra-se bem. Estava orgulhoso dela. Não sabia se aquela seria a última travessura de Lisa, mas pelo menos Kendall deixara a outra mulher avisada. Haveria consequências da próxima vez.

Kendall respirou fundo e então exalou. Seus seios se ergueram sob a regata cor de limão. Uma alça delicada pendurava-se em seu ombro, revelando sua pele lisa, e o desejo de beijar cada centímetro de seu corpo exposto ficava ainda mais forte dentro de Rick.

"Calma", disse ele para si mesmo. Tinham um longo caminho a percorrer antes que ele cedesse ao desejo de beijar aquela mulher que controlava seu coração. Era melhor começar pelo básico. "Parabéns!"

Suas pálpebras abriram-se com tudo. "Rick!" Ela piscou. Se o sorriso hesitante significasse alguma coisa, era uma indicação clara de que estava assustada, mas não infeliz por vê-lo. "Parabéns pelo quê?"

"Você amansou a bruxa", falou ele, referindo-se a Lisa. Um sorriso surgiu em sua boca. "Isso merece uma salva de palmas." Aplaudiu-a para reforçar o que dizia, assim como para quebrar a tensão entre eles.

"Não sei se a amansei." Kendall riu, com os olhos faiscando. Fazia poucos dias, mas, Deus!, como sentira falta da luz nos olhos dela e da risada fácil... "Mas eu acertei as coisas com ela."

Ele aquiesceu. "Foi o que ouvi."

"Você estava bisbilhotando?", perguntou, obviamente surpresa.

"Ouvindo num local público."

Ela revirou os olhos. "Mesma coisa. Assim... quanto você ouviu?", perguntou, mordendo os lábios brilhantes.

Rick queria dar uma mordiscada também. "Quanto você quer que eu saiba?", retrucou.

Ela suspirou, mudando o peso de uma perna para a outra, evidenciando seu desconforto. "Rick, não quero entrar num jogo de perguntas e respostas..."

"Nem eu." Também não queria ficar ali se consumindo por uma mulher que acabara de rejeitá-lo novamente. "Então que tal apenas responder à minha pergunta? Diga-me o que quer que eu saiba." Ele aproximou-se, assumindo o maior risco de sua vida. Mas, se a ouvira corretamente, ela finalmente assumira um risco também. Senão, aquele seria o último respiro de Rick Chandler. "Fale comigo!"

Kendall encarou Rick, analisando seu rosto amado, sua expressão séria e sua boca linda. Agora, com ele à sua frente, não sabia o que dizer, por isso preferiu a verdade. "Estou assustada...", admitiu.

Ele esticou a mão e acariciou-lhe a bochecha. Sua pele áspera transmitiu para todo o corpo dela a ideia de que a compreendia, lembrando-lhe não apenas a união física, mas também a sentimental que havia entre eles. Era óbvio que o laço permanecia, apesar das tentativas dela de afastá-lo, e o alívio que corria em suas veias a acalmou um pouquinho. Tratava-se de Rick, e podia contar qualquer coisa para ele.

Enquanto o olhava nos olhos, deu-se conta do valor da resposta que daria. Apesar de Kendall temer que Rick a rejeitasse, ironicamente também temia que ele a aceitasse. A vida que sempre quisera, e ao mesmo tempo temera, estava bem acessível, e ela não seria humana se não admitisse estar aterrorizada.

Respirando fundo, deu um salto no escuro, esperando que Rick estivesse lá para escorá-la. "Não vou embora de Yorkshire Falls."

"É mesmo?" Ele ergueu uma sobrancelha. "Conte tudo!"

Um sorriso adorável surgia-lhe no rosto, e Kendall percebeu que ele ouvira a conversa toda com Lisa. Mas ele ainda merecia saber de primeira mão e num tom e modo bem diferentes daqueles que usara com a bruxa, como Rick adequadamente chamara Lisa.

"Eu..." Kendall fez uma pausa e limpou a garganta. A tensão quase chegava a paralisá-la. E se ele recuasse? E se se aproximasse?

Como se sentisse a tensão dela, Rick se aproximou e prendeu as mãos dela nas suas, apertando forte. Para encorajá-la. Para confortá-la. "Continue..."

Kendall forçou um sorriso, que se tornou mais fácil e mais real enquanto falava. "Decidi parar de fugir."

"Porque..."

Ele apertou ainda mais a mão dela, e ela gostou daquela demonstração de apoio, ficando mais esperançosa. "Não sei por quê. Num instante estava olhando para aquela porcaria de fotografia e me convencendo de que chegara a hora de ir embora. De que você e sua família mereciam algo melhor."

"Algum de nós falou isso para você?" Ele rosnou, e uma careta substituiu seu sorriso. Era claro que não estava contente.

"Ora, não." Ninguém havia dito nada para ela.

"Mas você imaginou que podia decidir por nós. Muito obrigado!" Ele balançou a cabeça.

"Foi uma desculpa para eu fugir."

"Foi uma desculpa para você fugir", falou ao mesmo tempo.

Ela sorriu, sentindo o nó em sua garganta se desfazer. "Você me conhece muito bem."

"É isso que venho tentando te dizer o tempo todo." Sua voz ficou mais melancólica, séria e ainda mais sedutora, se é que isso era possível.

"Gostaria de poder te prometer que tudo será fácil." Ela indicou com o dedo o espaço entre eles. "Que eu não terei dificuldades para me ajustar."

"Se eu quisesse facilidade, ficaria com Lisa." Ele forçou um riso, dando um tapa na coxa e gargalhando da própria piada.

"Muito engraçado..."

"Também achei", falou, mas logo deu de ombros. "Sério, querida, tudo que eu quero é você, em um só lugar. Comigo. O resto virá naturalmente, prometo. Algumas dificuldades à frente, talvez, mas todos os casais casados lidam com isso cedo ou tarde."

"Casados?" Ela se afastou, surpresa, e bateu na parede atrás.

Ele a seguiu, não deixando espaço para que escapasse. "Podemos fazer isso de duas formas. Devagar e fácil, ou rápido e difícil." Encostou uma das mãos na parede, sobre o ombro dela. "Não quero pressioná-la a fazer algo para o que ainda não esteja pronta, mas tenho de colocar as cartas na mesa e deixar claras as minhas intenções para que não haja erro."

Ela aquiesceu. Queria aquilo também. Honestidade, abertura, nada de erros, nada de surpresas. Nada de fugas.

"Quero me casar com você." Acariciou-lhe o rosto com a outra mão. "Quero passar o resto de minha vida com você. Quero te ajudar a criar sua irmã travessa, junto com alguns filhos nossos. E quero fazer isto aqui em Yorkshire Falls." Ele inclinou a cabeça, tocando sua testa na dela, sua respiração quente sobre a bochecha dela.

Kendall respirou fundo e sentiu-se como se tivesse encontrado sua casa. "Quero as mesmas coisas..." Sua voz vacilou e uma lágrima correu-lhe pelo rosto. "Mas e se eu entrar em pânico? Nunca morei em um único lugar por muito tempo, nunca fiz planos para o futuro. Ao primeiro sinal de problemas, meu instinto me diz para fugir... para rejeitar uma pessoa ou um lugar antes que eles possam me rejeitar. Percebi isso agora. E se..."

"Shh." Rick colocou um dedo sobre os lábios dela. "Não há 'e se'. Não agora que você entende por que tem fugido. Se for tomada pelo pânico, eu saberei. Ou você saberá, e virá até mim, porque é isso que pessoas que se amam fazem. E eu te ajudarei a superar", falou, e selou-lhe a boca com a sua, evidenciando promessas e amor em cada movimento de sua língua e na maneira possessiva com que assumira o controle dos sentimentos dela.

Ele a conhecia, a compreendia e, acima de tudo, a aceitava. Kendall ergueu as mãos, fazendo um berço com o rosto dele entre suas palmas, criando um acesso melhor e mais profundo ao calor úmido da boca dele antes de, por fim, recuar. "Nunca achei que encontraria um lar", murmurou.

"Está bem aqui, querida." Os lábios dele flutuavam sobre os dela. "Comigo."

"Humm." Apesar do medo constante de saber que passaria um bom tempo tentando aceitar as coisas, Kendall sentia-se segura, amada e desejada pela primeira vez na sua vida. Um sentimento que passaria a sua irmã e a todos os filhos que tivessem. Sentiu um calor crescente em seu peito.

"Olha só!" O grito de Hannah ecoou no salão. "Jeannie, venha cá e veja isso! E traga a senhora Chandler também. Quero dizer, Raina. Traga Raina. Eba!"

Kendall sentiu-se corar; o calor subia rapidamente para suas bochechas, enquanto Rick simplesmente se endireitava, rindo. "Acho que é melhor me acostumar a esse tipo de interrupção, não é?"

"Quem sabe ela aprende a bater?", perguntou Kendall, esperançosa.

"Vamos ficar? Nós vamos ficar?", perguntou Hannah, com os olhos bem abertos e ansiosos.

Kendall sorriu. "Vamos ficar!"

"Onde vamos morar? Podemos nos mudar para a casa principal? Pearl contou que a casa de hóspedes seria muito melhor para as costas de Eldin, mas não queria te falar isso enquanto o escândalo estivesse te ocupando a cabeça", disparou Hannah.

Kendall olhou para Rick, com a cabeça girando.

"Não falamos sobre isso ainda, espoleta!", falou a Hannah.

"Está bem, está certo. Podemos falar sobre isso mais tarde. Quero que meu quarto seja roxo. Você pode pintar de roxo o quarto em que eu for ficar, qualquer que seja ele, Rick?"

Kendall observava, chocada, a irmã repentinamente cheia de vida. "Falaremos sobre o quarto roxo outra hora. De qualquer forma, como você veio parar aqui? Norman não falou que não queria ver sua cara por aqui até o próximo século?"

"Sim, mas eu o seduzi", falou Hannah, com uma boa quantidade de cinismo.

Rick virou-se na direção da irmã dela. "E como você fez isso?"

"Eu o ajudei a lavar pratos hoje de manhã... e ele não teve pena de minhas mãos. Isso significa que posso te chamar de papai? Ou tio Rick?" Hannah riu, e Kendall nunca a tinha visto tão feliz.

"Não sei como você deve chamá-lo, mas é melhor me chamar de vovó", falou Raina, surgindo por trás de Hannah. Olhou para Rick. "Viu? Falei que havia netos no meu futuro." Ela abraçou a garotinha, apertando-a forte, e continuou apertando.

"Não consigo respirar", grunhiu Hannah.

"E ela também não consegue falar. Continue abraçando-a, mamãe." Rick riu, enquanto Hannah lhe lançava olhares, que logo se transformaram num grande sorriso, assim que Raina a soltou.

"Isso significa que você irá dispensar Chase?", perguntou Rick. "Você já ajeitou Roman e eu. Acho que devíamos ir até o jornal e contar-lhe, todos juntos, a verdade."

"Que verdade?", perguntou Kendall, perdida e curiosa.

"Eu te conto depois", sussurrou Rick em seu ouvido. "Quando estivermos nus e sozinhos", falou com uma voz ainda mais baixinha. Ele esfregou o nariz em sua bochecha enquanto falava.

"Eca", falou Hannah, olhando para eles. Mas o sorriso não saía de seu rosto.

E, quando Kendall notou o olhar excitado de Rick, sabia exatamente a que sua irmã se referia. Vertigem, alegria, desconfiança e uma tremenda quantidade de amor assentavam-se dentro dela quando pensava no futuro. Tudo se tornara possível porque enfrentara seu passado.

Kendall viera para a cidade fugindo e acabara encontrando a vida de seus sonhos, o lar e a família que nunca tivera. Ela domara seus demônios pessoais, e também o rei das mulheres da cidade. Nada mal, diria para si mesma.

O solteirão

Carly Phillips

Raina Chandler não sabe mais o que fazer para que os filhos se casem e lhe deem netos. Eles são os três homens mais cobiçados da cidade de Yorkshire Falls – mulheres não lhes faltam, e talvez por isso não levem nenhuma a sério. Sabendo que se seus filhos acreditassem que está gravemente doente fariam de tudo para satisfazê-la se, Raina finge que uma simples indigestão é o início de um infarto. Os irmãos decidem, então, lançar o destino à sorte e decidir quem cuidaria da mãe. O caçula, Roman, perde o cara ou coroa... e a liberdade.

Seu trabalho como correspondente internacional o impede de ter uma residência fixa, e, por isso, ele renunciou a tudo, inclusive a Charlotte Bronson, seu primeiro amor. Quando Roman volta para Yorkshire Falls, eles se reencontram e sentem que, mesmo depois de dez anos, a história entre eles está mal resolvida. Mas será que a ponto de fazer Roman se comprometer pelo resto de seus dias? E Charlotte repetirá a sina de sua mãe e aceitará se casar com um homem que passa quase todo o tempo viajando?

Talvez o amor não seja um jogo de tudo ou nada.

Este livro foi composto em Garamond
para a Editora Planeta do Brasil
em março de 2010